世說新語

中文經典100句

台灣師範大學國文系季旭昇教授 總策畫
文心工作室 編著

〈出版緣起〉

站在文化巨人的肩膀上

季旭昇

「犁明即起，灑掃庭廚。忘著窗外，一片籃天白雲，令人腥情振忿。隨便灌洗一下，整理遺容之後，走到客聽，粘起三柱香，拜完劣祖劣宗，希望祖宗給我保屁。然後匆匆敢往朋友的壽宴，為朋友舉殤祝壽，大家喝的慾罷不能。談到朋友的事葉出現危機，我就建議他要摒持理念、拿出破力。朋友也免勵我要多用功，才能寫出家譽戶曉、躑地有聲的文章。晚上我開始發糞讀書，日以繼夜的終於寫完這一篇文章。」

這是用現在見怪不怪的錯字集錦而成的一篇小文，果然可以「擲地」，但是未必「有聲」。近年來，這種錯字太多了，老師開始憂心、家長開始憂心、社會賢達開始憂心，只有學生和教育主管當局不憂心，教育主管當局甚至於還要進一步削減中小學的國語文授課時數。終於，社會的憂心迸發了，由各界組成的「搶救國文聯盟」日前已起來呼籲教育主管當局要正視這個問題，不要坐視國家競爭力一日一日的衰落。

身為文化事業一份子的商周出版，老早就在正視這個問題了，所以洞燭機先地策畫了「中文可以更好」系列，為文字針砭、為語文把脈，希望把這些年語文界的毛病治好。各界反應還不錯。

語文的毛病治好了，體質還是不夠強壯。商周出版認為進一步要熬十全大補湯，讓我們的語文更強壯。這「十全大補湯」就是「中文經典一〇〇句」系列。

《荀子．勸學篇》說：

「吾嘗終日而思矣，不如須臾之所學也。吾嘗跂而望矣，不如登高之博見也。登高而招，臂非加長也，而見者遠；順風而呼，聲非加疾也，而聞者彰。假輿馬者，非利足也，而致千里；假舟楫者，非能水也，而絕江河。君子生非異也，善假於物也。」

學畫一定要先從芥子園畫譜學起。芥子園畫譜是初學者的「經典」。

張大千的畫藝要更上層樓，所以要去千佛洞臨壁畫。千佛洞是張大千的「經典」。

學書法的人要學二王顏柳，二王顏柳是書法界的「經典」。經典是古代聖賢才智的結晶，是民族文化的源頭。

多認識經典可以讓我們站在巨人的肩上，長得更快、更高。多認識經典可以讓我們的思想、文字帶有民族智慧、民族風格。

《論語》、《史記》、《古文觀止》、《孟子》、《詩經》、《莊子》、《戰國策》、《唐詩》、《宋詞》、《紅樓夢》等，這十本書應該是現代國民的「最低限度必讀經典」，做為這個民族的一份子，沒有讀過這十本書，就稱不上這個民族的「知識分子」。但是，現代人實在太忙了，大人忙著五光十色、小孩忙著被教改、社會忙著全民英檢、國家忙著走出去，人人都在盲茫忙，商周出版因此為忙碌的人們燉一鍋大補湯，用最活潑簡明的文句，把經典的精粹提煉出來，讓大家可以在「三上」（馬上、枕上、廁上）閱讀。在做完文字針砭、為語文把脈、把病痛治好後，讓我們來培元固本，增強功力，站在文化巨人的肩膀上，看得更高，飛得更遠！

（本文作者現爲台灣師範大學國文系教授）

〈專文推薦〉

會心處不必在遠

馬寶蓮

劉宋宗室劉義慶編撰的《世說新語》一書，踵繼三國劉劭《人物志》等書，將人才分類為三十六門；主要掇拾了從東漢至東晉士族階層人物的軼事瑣語，依清談家品鑑人倫的觀點，納入〈德行〉、〈言語〉、〈雅量〉、〈識鑑〉、〈品藻〉、〈簡傲〉、〈汰侈〉等各類中。大抵上卷四篇，以孔門四科為序將談玄說理歸本儒術，中卷九篇（〈方正〉至〈豪爽〉）以品鑑名士嘉德懿行為主，下卷廿三篇（〈容止〉至〈仇隙〉）多為任誕脫俗、恣情越理的故事。全書褒貶臧否的人物不下五、六百人，自帝王卿相至士庶僧徒均有記載，不啻為一寶貴的文史資料。

再者知人尚需論世。東漢和帝以還迄於桓、靈，外戚擅權、宦官跋扈，「匹夫抗憤，處士橫議，遂乃激揚名聲，互相題拂，品覈公卿，裁量執政，婞直之風，於斯行矣。」（《後漢書．黨錮列傳》）黨錮禍後，遂改清議為清談，士子為明哲保身，乃漸慕玄談。而三國爭戰不已，曹操「求賢令」、「舉賢勿拘品行令」一出，更對名士任誕行為有推波助瀾之功。其後司馬炎篡位、八王之亂，謀逆不斷，天災時起，人命如蟻，大環境如此，魏晉老莊清靜無為、易學思想勃興，也是其來有自。

《宋書・臨川烈武王道規傳》說劉義慶：「為性簡素，寡嗜欲。愛好文義，文辭雖不多，然足為宗室之表。」《世說新語》被視為志人類的文言筆記小說先聲，受《漢書・藝文志》：「小說家者流，蓋出於稗官，街談巷語，道聽塗說之所造……閭里小知者之所及，亦使綴而不忘，如或一言可采，此亦芻蕘狂夫之議也」影響甚多，其體制短小，但言有可采；摭拾采錄、綴而不忘。《世說新語》中：「記言則玄遠冷俊，記行則高簡瑰奇」；《少室山房筆叢》明胡應麟以為：「讀其語言，晉人面目氣韻，恍然生動，而簡約玄澹，真致不窮，古今絕唱也。」

《中文經典一百句──世說新語》體例如系列叢書，分「名句的誕生」、「完全讀懂名句」、「名句的故事」及「歷久彌新說名句」四部分，編撰群亦本如或一言可采，亦摭拾采錄，務使散金碎玉綴而不忘的精神，串成具體而微的《世說新語》。「名句的誕生」揀擇之廣，耳熟能詳者有之如：「管中窺豹」、「割席分坐」、「床頭捉刀人」、「未若柳絮因風起」等；也有〈賢媛〉篇許允醜婦，以「婦有四德，士有百行」過人才辯讓夫婿回心轉意；劉伶以「天地為棟宇，屋室為褌衣。諸君何為入我褌中？」越名教而任自然、放曠任誕的名士表現。

「名句的故事」部分，往往還原史實，書中引證正史第一手資料比比皆是，如：《晉書》的〈謝安傳〉、〈張翰傳〉、〈殷仲堪傳〉、〈孫綽傳〉、〈潘岳傳〉、〈劉惔傳〉等都在其列。例如張季鷹思吳中菰菜、蓴羹、鱸魚膾，命駕便歸，傳為美談之事，名句的故事就引證史實，詳述了趙王倫、晉惠帝、齊王冏、長沙王乂叛變、糾葛的關係，更點出張翰此舉除性情中人的表現外，更大的因素是洞燭機先，適逢「八王之亂」的保身存全之道。

此外，也每每把故事後續的發展敘述完全。如：「戰戰惶惶，汗出如漿。戰慄慄，汗不敢出。」不僅引證《三國志．魏書》之〈鍾毓傳〉、〈鍾會傳〉，鍾毓十四歲即為散騎侍郎，鍾會也敏惠夙成，二人均有父親鍾繇之風。但也描述到身為司馬氏心腹的鍾會樹大招風不知隱退，以謀反罪斬首示眾的下場。這是當初為嵇康所拒，記恨在心，後中傷嵇康：「上不臣天子、下不事王侯，輕時傲世，不為物用……今不誅康，無以清潔王道。」其致嵇康於死地時，又怎料到一己的慘狀呢？

「歷久彌新說名句」則旁徵博引，上下古今中外。前述「戰戰惶惶，汗出如漿。戰戰慄慄，汗不敢出。」就推其源，與《詩經．小雅．小旻》：「戰戰兢兢，如臨深淵，如履薄冰。」並解；再如孫楚為妻服喪滿做悼亡詩末句：「臨祠感痛，中心若抽。」篇中即追溯文學史中的悼亡傳統，從唐李商隱的悼亡詩，到清納蘭性德的悼亡詞都一一敘說。此外對名句也會就古今義、引申義、音讀做些辨異、釐清的工作。如「元方難為兄，季方難為弟」本意在稱許兄弟才學品德俱佳；到了後來變成了形容兩個人半斤八兩、不過爾爾；如今又衍生出同患難、相同困境的兩個人。不也是另一種「世說新語」嗎？

你想知道成語如「箕山之志」、「進退維谷」、「吳牛喘月」、「蜂目豺聲」、「東山再起」的故事嗎？「登徒子」這個人怎麼好色？「杖頭錢」為何代表酒錢？傳神寫照正在「阿堵」中是什麼意思？王徽之「何可一日無此君」，何物那麼重要？魏晉之士為何雅好「嘯詠」？「看殺衛玠」，那麼魏晉美男子的標準為何呢？

會心處不必在遠，就在《中文經典一百句——世說新語》中！

（台北大學中國語文學系副教授）

人生貴得適意爾——瀟灑人生

Contents／目錄

Contents／目錄

世說新語100

人生貴得適意爾

——瀟灑人生

一飲一斛，五斗解酲

名句的誕生

劉伶[1]病酒，渴甚，從婦求酒。婦捐[2]酒毀器，涕泣諫曰：「君飲太過，非攝生[3]之道，必宜斷之！」伶曰：「甚善。我不能自禁，唯當祝鬼神自誓斷之耳！便可具酒肉。」婦曰：「敬聞命。」供酒肉於神前，請伶祝示。伶跪而祝曰：「天生劉伶，以酒為名，一飲一斛，五斗解酲。婦人之言，慎不可聽！」便引酒進肉，隗然[4]已醉矣。

～任誕第二十三

完全讀懂名句

1. 劉伶：晉朝人，生卒年不詳，曾為建威參軍，與嵇康、阮籍等同稱為「竹林七賢」。
2. 捐：捨棄、拋棄。
3. 攝生：保養身體、持養生命。
4. 隗然：隗音ㄨㄟˊ，wéi，酒醉欲倒的樣子。

語譯：劉伶的酒癮發作，非常想喝酒，就向妻子要酒喝。他的妻子把酒灑掉、毀掉酒瓶，哭泣地勸諫他說：「您實在喝的太過分了，這實在不是養生的方法，一定要戒酒。」劉伶說：「很好。但是我自己無法控制，必須在鬼神面前禱告、發誓戒酒！你去準備酒肉祭品吧。」妻子說：「遵命。」於是就把酒肉供奉在神像前，請劉伶上香禱告。劉伶跪下禱告說：「我劉伶自一出生，便以酒為命，一次喝掉一斛，喝了五斗才可解除酒癮。婦人所說的話千萬不要聽呀！」說罷就拿起酒肉吃喝起來，一會兒又醉了。

名句的故事

劉伶是「竹林七賢」之一，歷史上可以找到關於劉伶的記述並不多，讓人強烈印象的就是他對酒的高度狂熱；劉伶嗜酒，借酒可以裝瘋，不只用來躲避政治現實，還用來愚弄自己的夫人。

還有一個有趣的故事。有一天，劉伶來到洛陽城南的杜康酒坊前，看見門上的一幅對聯寫著：「猛虎一杯山中醉，蛟龍兩盞海底眠。」橫批是「不醉三年不要錢」。劉伶一看，這好大的口氣，便衝進酒館要酒喝。劉伶喝了第一杯之後，杜康便勸他不要喝了，但是劉伶不肯，所以又喝第二杯；緊接著，劉伶又要了第三杯酒，卻不料開始天旋地轉，醉了起來。

劉伶離開酒館後回家，向老婆交代完後事便醉死了。過了三年，杜康跑來找劉伶要酒錢，劉伶的老婆告訴他，劉伶三年前喝了他的酒後便死了。杜康便說劉伶沒死，說完兩人便前去挖開劉伶的墳墓，打開棺材一看，劉伶果真醒了過來，還連聲說：「杜康好酒，杜康好酒！」這就是「杜康造酒醉劉伶」，劉伶一醉就是三年呀！

歷久彌新說名句

北齊有位高官皇甫亮，據說他的天性淳厚、行為毫不造作，平日喜歡飲酒，對於仕途不以為念。在他擔任尚書殿中郎期間，皇帝下令查察懶於辦公的官員，沒想到皇甫亮正好有三天沒有到尚書省辦公。皇帝便問他原因，皇甫亮毫不掩飾地回答：「一日雨，一日醉，一日病酒。」意思是說，第一天下雨，第二天喝醉酒，第三天酒癮又發作了。皇帝聽罷，見他誠實以對，只杖打他三十下，作為警惕。（《北史．列傳第二十六》）

使我有身後名，不如即時一杯酒

語譯：張季鷹縱情放任、不拘小節，當時的人稱他為「江東步兵」。有人告訴他：「你或許可以一時縱情，但難道不想死後留名嗎？」張季鷹豪邁地說：「要我死後享有盛名，不如現在讓我擁有一杯美酒。」

名句的誕生

張季鷹[1]縱任不拘，時人號為「江東[2]步兵」。或謂之曰：「卿乃可縱適一時，獨不為身後名邪？」答曰：「使我有身後名，不如即時一杯酒！」

～任誕第二十三

完全讀懂名句

1. 張季鷹：即張翰，字季鷹，晉吳郡人，善屬文，縱任不拘，時人稱為「江東步兵」。
2. 江東：長江至蕪湖與南京間因作西南、東北流向，故秦漢以來，泛稱長江此河段的南岸地區為「江東」。

名句的故事

張季鷹是晉朝名士，原本在齊王冏的幕下任職，但因為厭倦司馬氏親族間的殺閥猜忌，領略到人生的浮沉，同時想起家鄉吳郡美味的菜餚、鱸魚，便瀟灑地棄官返鄉。回到故鄉後的張季鷹，縱情酒林，人人都叫他「江東步兵」。

「江東步兵」這個典故來自於竹林七賢之一的阮籍。阮籍其實不愛當官，他想要個一官半職的目的很奇特，例如擔任步兵校尉就是阮籍主動要求的，因為他聽說步兵府裡面有美酒可喝；再者，這是阮籍就任的最高官職，所以後世稱他為「阮步兵」。而張季鷹嗜酒，又為江東人士，因此人稱「江東步兵」。

話說張季鷹放棄功名利祿，鎮日耽於酒食，讓旁人為他扼腕，提起古有明訓：立德、立言、立功，他可是不屑一顧。然而，世人不僅貪戀生時的虛名，還冀望死後千古傳名，這種名利慾望，張季鷹早就看破。故鄉的美酒佳餚能有多好吃？能夠這樣天天消遙嗎？這其實是張季鷹遠離司馬氏加害的要訣罷了。

歷久彌新說名句

後世文人多借張季鷹的豁達，來掩飾自己的不得志。唐朝的高適是一個有抱負且具備政治才幹的詩人，他曾經受到玄宗和肅宗的賞識，對朝政頗有貢獻；但唐朝中期宦官勢力崛起，與士人長期對立，偶有失意落寞時。此時的高適這麼安慰自己：「蹇步蹉跎竟不成，年過四十尚躬耕。長歌達者杯中物，大笑前人身後名。」

又例如宋朝愛國詩人辛棄疾的〈破陣子〉：「了卻君王天下事，贏得生前身後名，可憐白髮生！」主張積極抗金的辛棄疾，感嘆自己為朝廷戮力後，卻被主張與金人和解的同僚驅出政壇，雖然之前的功勞讓他享譽全國，卻也因操勞而讓白髮爬上頭。

胸中壘塊，故須酒澆之

名句的誕生

王孝伯問王大：「阮籍何如司馬相如？」王大曰：「阮籍胸中壘塊[1]，故須酒澆之。」

～任誕第二十三

完全讀懂名句

1. 壘塊：累積的土塊。比喻胸中積存的不平之氣，或抑鬱不適。

語譯：王恭問王忱：「阮籍比起司馬相如來得怎麼樣呢？」王忱說：「阮籍胸中多了抑鬱不平之氣，所以必須用酒來澆薄沖淡。」

名句的故事

王恭，字孝伯，是東晉孝武帝皇后的哥哥；王忱，字元達，小名佛大，故又叫王大。兩人同出太原王氏一族，為東晉居有鼎盛地位的一門士族，兩人在年少時期感情交好；後來各自涉身政治之後，王恭隸屬晉孝武帝一派，而王忱則屬宰相司馬道子一派，由於主相之間，有其矛盾心結，也造成了王恭和王忱感情日漸轉薄，甚至最後產生仇隙，《世說新語》中出現不少兩人從早期友好關係，到晚年交惡的精采實錄。

在這則故事裡，王恭想知道王忱對三國魏末「竹林七賢」之一的阮籍，與西漢辭賦大家司馬相如有何不同？王忱回答說：「阮籍胸中壘塊，故須酒澆之。」意為阮籍除了胸中多了一股抑鬱不平之外，和司馬相如並沒有什麼地方不一樣，阮籍之所以縱狂飲酒，是想沖刷去除累積在胸口的不平之氣。後人也多以「胸中壘塊」一語，比喻人懷才不遇，只好借酒來澆愁。

歷久彌新說名句

《世說新語．任誕》王恭提到另一位與阮籍比較的人物是西漢的司馬相如，兩人皆寫得一手好文章，也同樣都是趨吉避凶的處世高手。據《史記．司馬相如列傳》記載：「相如口吃而善著書，常有消渴疾。與卓氏婚，饒於財。其進仕宦，未嘗肯與公卿國家之事，稱病閒居，不慕官爵。」司馬遷眼中的司馬相如，雖不善言語，講話有口吃的毛病，患有糖尿病；但文章寫得極好，與富家女卓文君成婚，深諳理財之道；在做官的時候，經常以生病為理由，不願參與同事之間對國家大事的討論，表現出一副事不關己的態度。

就後人王忱的觀察，認為司馬相如和阮籍唯一不同之處，在於司馬相如是真心不想被官場鬥爭牽累，阮籍則是生在亂世不得已的選擇，故只能終日借酒澆愁，除心中的落莫神傷。

生於東晉末，南朝宋初的陶淵明，其五言詩〈九日閑居〉中云：「酒能祛百慮，菊解制穨齡。」意為酒能去除人的百種憂慮，服菊能制止人的年齡衰老。此詩即是寫於九月九日重陽節，見證了喝酒能祛除人心抑鬱不平的詩人，難怪可以創作出二十首膾炙人口的〈飲酒詩〉，把酒視為他人生的知音。

世稱「詩聖」的唐代詩人杜甫，其五言律詩〈落日〉最末兩句為：「濁醪誰造汝，一酌散千憂。」此時，年逾半百的詩人，從年輕時的滿懷理想，到歷經戰亂的顛沛流離，成為一個飽受病痛摧殘的垂垂老人，他忍不住想問手上的酒，要酒回答到底是誰創造了「酒」，讓人一飲，馬上排遣心中所有不快與憂愁；酒當然不會回答任何人的問話，但顯然杜甫也必須靠著酒的麻醉，才能稍稍抒放他那顆苦悶、鬱結的心靈。

三日僕射

名句的誕生

周伯仁[1]風德雅重[2]，深達[3]危亂。過江積年[4]，恒[5]大飲酒，嘗經三日不醒。時人謂之「三日僕射[6]。」

～任誕第二十三

完全讀懂名句

1. 周伯仁：即周顗，字伯仁。
2. 雅重：莊重。
3. 深達：深知。
4. 積年：連年。
5. 恒：常的意思。
6. 僕射：古代官名，地位僅次於尚書令。

語譯：周伯仁風格德行高尚莊重，深知國家的危亂。隨晉室過江幾年之後，經常大量喝酒，曾經一連三天不醒。當時的人就把他叫做三日僕射。

名句的故事

這個故事的脈絡需從東晉南渡的歷史來看，眾所皆知，永嘉之禍後西晉的皇帝、后妃與王儲等都被胡人虜到北方。大批的北方士族為避免戰事，也不想被胡人統治，紛紛率族人來到南方新樂園。由於南方開發未久，民風尚淳樸，地方豪族對於南渡的「高族門第」心生嚮往，半自願地退出首都金陵，讓給南來的皇族公卿、高官子弟。本篇名句的主人翁周顗，在這種情形下來到南方，他在西晉末年時，已是享譽聲名，擔任至尚書左僕射的高官，如同宰相。

東晉開國之初，民間盛行著一句俚語：「王與馬，共天下。」「王」，指得是鼎鼎大名的琅琊王氏——王敦、王導兄弟，王敦負責軍事大權，王導於朝中輔政。「馬」是統治者司馬家。從這句俚語不難看出當時士家大族的勢力非常之大，連皇帝也要退讓三分。但由於皇帝對這些士族懷有戒心，一方面給他們高官厚祿，一方面也怕他們造反，其中又以琅琊王氏最讓皇帝戒慎恐懼，因為他領有東晉武力最強的一隻軍隊。果然後來王敦叛變，弟弟王導深知明哲保身，因此兄長叛變時，他並不表態，僅暫時退出政壇。弭定王敦之亂後，儘管晉元帝清算此事，卻因王導家的勢力實在太大，只能草草了事。

正如周顗最初的擔憂，即使他喝酒避事，災難仍然降臨。王敦叛變之初，謠言已經傳到宮廷，皇帝趕緊派人將王導找來，原本想逮之入獄，周顗基於與王導的交情，極力為他辯解。但之後王敦大軍成功進入首都，王敦開始清算這些為晉元帝服務的官員，王敦詢問王導要不要殺掉周顗，王導一言不發，最後導致周顗被殺。王導得知消息後，痛哭流涕說：「吾雖不殺伯仁，伯仁由我而死。」伯仁就是周顗的字，王導所言「吾雖不殺伯仁，伯仁由我而死」，於是成為歷史典故。

歷久彌新說名句

「醉生夢死」的逃避方法，在周顗以前早有前例。最著名的莫過於阮籍的例子。司馬昭為兒子司馬炎向阮籍求姻，阮籍卻不想將女兒許配給司馬家。因此每當司馬家派使者來問時，總是故意喝得酒醺醺，一問三不知，讓司馬家的使者無法回覆。如此反覆六十日，司馬家才作罷，放棄了聯姻這件事。阮籍這項舉動其實是想與政權統治者拉開關係，故意裝瘋作傻，避免將來被扯入政治風波當中。而阮籍的舉動並沒有得罪司馬家，反而認為此乃「清玄名士」該有的特色。當外面的人批評阮籍時，司馬昭還為他說話呢！

名士不必須奇才，但使常得無事

名句的誕生

王孝伯[1]言：「名士不必須奇才，但使常得無事，痛飲酒，熟讀《離騷》，便可稱名士。」

～任誕第二十三

完全讀懂名句

1. 王孝伯：王恭，字孝伯。

語譯：東晉王恭說道：「作名士不必須要特別懷有奇異的才能，但一定要常常空閒，痛快地暢飲喝酒，讀熟《離騷》，就可以稱之為名士了。」

名句的故事

名句中主角王恭，曾擔任東晉地方刺史，篤信佛教，在當時也頗有地位。王恭一輩子沒讀什麼書，也不熟悉用兵，因此在東晉末年的戰亂中被敵軍所殺。劉義慶於《世說新語》中收錄此則，其實是具有暗諷之意。乍讀還以為在諷刺當時所謂的「名士」，他們只要每天閒閒沒事做，喝喝酒醉醺醺，再附庸風雅幾句詩話就可以了。但在這裡，劉義慶所要嘲諷的是，這些人明明不是名士，想要模仿卻又畫虎不成反類犬，徒留笑話。

若說是王恭故意嘲諷當時的「名士」，那倒也不至於。因為王恭話中最大的敗筆就是「熟讀《離騷》」。以魏晉時期玄風清談之盛，大家要熟悉、精讀的書，怎麼會是屈原那種滿腔熱血、經世濟民的思想抱負呢？當然是當時最流行的「三玄」啦！即是《老子》、《莊子》、

《易經》，這些書上特立獨行的言論，才能顛覆過去儒家規範性的禮法束縛，要熟讀這三本書，才能跟得上流行的腳步。因此當王恭說出《離騷》，就顯露出他根本不懂何謂「名士」，不小心露出馬腳來了！正因為他吐露出不屬於這個集團的標記，更顯示其實他很想進入這個圈子。王恭犯了名士不會犯的錯誤，在在顯示他附庸風雅的一面。

歷久彌新說名句

魏晉南北朝時期是中國歷史上少有的解放時代，類似七〇年代時的嬉皮風氣。當時對禮法的藐視與反抗，即使是二十一世紀的我們，對於當時許多光怪陸離的任誕、玄風恐怕也無法理解。特立獨行的言行不僅是王孝伯所說的無事、飲酒而已，舉止放蕩、任性而為等更不在話下。舉例來說，當時著名的名士周顗，在一次公開的場合當中，當場猥褻主人紀瞻的愛妾。當時與座的滿士朝廷要臣，尚有王導。依常理來說，一般人根本就不會有這種不合言行的舉止，更何況是滿腹經綸的官員。周顗這種行為，在我們看來簡直是匪夷所思，在當時卻無受到任何懲處。

不過，這種以「任誕」為名的放肆舉止，也非當時人普遍可以接受的。在五胡十六國時期，北方姚興的統治下，積極以整飭風紀聞名於史。當時的黃門侍郎古成詵「每以天下是非為己任」，嚴格舉發不法之情事。當時住在京城的韋高，特別仰慕阮籍不合流俗的言行舉止，因此想學習阮籍，在母親過世之後，也喝酒彈琴。古成詵得之後，欲「以崇風教」，企圖將他私下處死。韋高得知消息後，連夜打包逃離京師，此後終身不敢見古成詵。因此，想要任誕也需要考量實況，並非所有主事者都能接受放浪形骸的舉止行為。一時的風流放達，也逐漸走到歷史的尾端。進入隋唐以後，儒家禮法的規範再次成為整個社會的主流。

箕山之志

名句的誕生

嵇中散[1]既被誅，向子期[2]舉郡計[3]入洛，文王引進，問曰：「聞君有箕山之志[4]，何以在此？」對曰：「巢、許狷介[5]之士，不足多慕。」王大咨嗟[6]。

～言語第二

完全讀懂名句

1. 嵇中散：嵇康字叔夜，曾任中散大夫，為竹林七賢之一。
2. 向子期：向秀字子期，與嵇康友善，亦為竹林七賢之一。
3. 舉郡計：郡國上陳會計之簿籍時，推舉其才。
4. 箕山之志：堯時巢父、許由隱居於箕山。後人用「箕山之志」比喻隱居遁世的意思。
5. 狷介：耿介自守不與人苟合。
6. 咨嗟：讚嘆。

語譯：嵇康被殺以後，他的好友向秀被州郡政府推舉給中央，司馬昭為他引薦，問他說：「聽說你有隱居遁世的志向，為何會來到這裡？」向秀回答說：「巢父、許由雖然耿介自持，卻不明白堯的讓賢之意，不值得讚美羨慕。」司馬昭大為讚嘆稱許。

名句的故事

巢父與許由都是古代的高士，相傳堯想將天下讓給許由，許由不接受而避居箕山。之後

「箕山之志」就用指隱居避世，不慕虛榮的高尚志節。

向秀本意隱居不願出仕，嵇康被殺害以後，在當權者的高壓鎮懾下，他只得應徵召到洛陽，司馬昭嘲諷的問他：「聽說你有箕山之志，怎麼在這裡？」向秀以「巢父、許由不懂堯讓賢之心，不值得讚美羨慕」的話語，取得司馬昭的讚賞。因為在位者待士並無禮遇之心，向秀不得不謙遜自抑，以求免禍。《晉書》本傳說：「後任黃門侍郎，轉散騎常侍，在朝不任職，容跡而已。」身處亂世，做不做官都由不得自己，在其位而不任其事，當個閒官，無為而治，也是消極的全身之道吧！

歷久彌新說名句

向秀為「竹林七賢」之一，與嵇康相交友善，但兩者的思想主張略有不同。嵇康主張「越名教而任自然」，要求拋開世俗名教的束縛而純任自然本性；向秀主張名教與自然合一，兩者不必相違背。魏時王昶的《戒子書》就教導他的子弟要「遵儒者之教，履道家之言」，「能曲以為伸，讓以為得，弱以為強，鮮不遂矣」。至於如伯夷、叔齊那樣隱居山林之輩，「雖可以激貪勵俗，然聖人不可為，吾亦不願也」，可見一般士大夫的心理，還是比較認同入世的「逍遙」；雖然懷抱箕山之志一向被視為高尚的情操，如《文選．曹丕．與吳質書》就稱：「偉長獨懷文抱質，恬惔寡欲，有箕山之志，可謂彬彬君子者矣。」

向秀從洛陽應郡舉回來，途中經過昔日與嵇康、呂安游宴的山陽故居，寫下了有名的〈思舊賦〉，「于時日薄虞淵，寒冰淒然，鄰人有吹笛者，發聲寥亮」，回想昔日舊遊均慘遭殺害，山陽聞笛，更是感慨萬千，文中情景交融，充滿淒愴悲涼的情調，表達了對亡友深摯的懷念。

丈人不悉恭，恭作人無長物

名句的誕生

後大[1]聞之甚驚，曰：「吾本謂卿多，故求耳。」對曰：「丈人[2]不悉[3]恭，恭作人無長物[4]。」

～德行第一

完全讀懂名句

1. 大：指王大，就是王忱，小字佛大。
2. 丈人：稱呼長老或老成的人。
3. 悉：知道、認識、熟悉。
4. 長物：多餘的東西。

語譯：王忱知道後，非常驚訝地說：「我原本以為你有很多張這樣的蓆子，所以才跟你要呀！」王恭回答：「您老人家不了解我的為人，我生活上一直都沒有多餘的東西。」

名句的故事

王恭是東晉時期人士，他曾經擔任過丹陽尹、中書令、太子詹事等職，他是一個生活簡樸、清廉，為官正直的文人。

王恭隨著父親，從盛產竹子的會稽來到了東晉的都城建康，與他交好的同族王忱便去探訪。王恭與王忱兩人坐在一張竹席上閒談，王忱很喜歡這張竹席，他以為王恭從盛產竹子的會稽來，應該帶來很多這樣的席子，所以，他開口向王恭要了這張竹席，王恭也很爽快地答應。後來王忱才發現，原來王恭就只有這麼一張好的竹席，對王恭的儉樸就更加敬佩了。

王恭對於這件事情，也僅是輕描淡寫地說，

他是一個生活上沒有多餘物質的人，這也就是成語「別無長物」的由來，形容一個人的生活簡樸，或是生活貧困。身無長物、一無長物、家無長物，都是同樣的意義。然而，與其說王恭對於物質生活沒有太多的欲求，不如說王恭是一個生活態度達觀的人。

歷久彌新說名句

三國時代的陸績被吳國的孫權拜為鬱林太守，他為官清廉，兩袖清風，所以深得當地百姓的擁戴。當他要卸任返回家鄉蘇州時，陸績的全部家當居然無法裝滿一船，甚至因為船身實在太輕、吃水太淺，如果行程中遇到風雨，可能就會被淹沒。因此，陸績乾脆搬了石頭來增加船的重量。回到家鄉後，這顆石頭被棄置在城門外，日子一久也被埋入土中，直到明朝弘治年間才被挖掘出來，被世人稱為「廉石」，它目前放置在中國江蘇省蘇州市碑刻博物館中。

清朝也有一個像陸績一般「官無長物」的人物，就是畢振姬。根據《清史稿》記載：「振姬居官不染一塵。歸日一僕一馬，了無長物，真學行兼優之人。」畢振姬自順治四年中了進士之後，便一路為官清廉，到順治十六年升任廣西按察使後，便逐漸在政壇引退，當時的他就只帶了一個僕人與一匹馬離開。這樣儉約的官員，在政壇中相當少見。

齊秀玲在〈禪者的風範〉一文中，探討聖嚴法師的居家生活。聖嚴法師以「平時餓不死，寒季凍不死」的標準，張羅自己的居家環境，因為他把這樣的環境當作是修行的道場，即「隨時觀照、處處淨土」。因此齊秀玲稱讚法師具備「頭陀無長物的道風，顏回居陋巷的襟懷」，所謂「頭陀」就是修習十二種苦行的比丘，「身無長物」即是修行境界的另一個層次呀！

一手持蟹螯，一手持酒栝，拍浮酒池中，便足了一生

名句的誕生

畢茂世云：「一手持蟹螯[1]，一手持酒栝[2]，拍浮酒池中，便足了一生。」

～方正第五

完全讀懂名句

1. 蟹螯：螃蟹的第一對足。
2. 酒栝：酒杯。栝，同「杯」字。

語譯：畢卓說：「一手抓著螃蟹的腳，一手拿著酒杯，在酒池中浮來游去的，這一生便已足夠了。」

名句的故事

畢卓，字茂世，晉時擔任過吏部郎，深得胡毋輔之、溫嶠等東晉開國大臣賞識，晉祚東渡，任平南長史，卒於此官。據《晉書・畢卓傳》所記，畢卓嗜酒如命，時常喝到爛醉如泥而曠職。更誇張的是，畢卓有一回到朋友家中喝酒，喝到半夜桌上的酒已全部喝光，主人也已醉倒，他還能滿身醉意地走到朋友的酒甕間盜酒來喝，被掌管酒的人當成小偷捆綁起來。等到天一亮，主人發現被捆綁的是畢吏部，才趕快命人將繩子解開。此時，已喝了一夜，還遭到五花大綁的畢卓，一點也不想打道回府，竟邀請朋友繼續飲酒。可見畢卓不僅愛酒成

癡，其個性也放達不羈，完全把別人的家當成自己家一樣。

畢卓的傳世名言，即是這句：「一手持蟹螯，一手持酒桮，拍浮酒池中，便足了一生。」對他而言，可以有鮮美的蟹肉可食，有醲郁的醇酒可飲，可以浮游在一座用酒打造的池子裡，一生便了無遺憾，表達其自適人生。

歷久彌新說名句

魏晉人嗜「酒」，已經到毫無常理可言的地步，甚至還會對「酒」下一番新解，以詮釋這杯中物對自己的重要性。除了畢卓之外，《世說新語．任誕》還記載了諸多名人雅士對酒的定義，如東晉孝武皇后的父親王蘊曾云：「酒，正使人人自遠。」直指酒可使人的意境自然高遠；王蘊官拜光祿大夫，甚有德政，世稱其「清和」，讚許他為人的清廉謙和。

又如東晉丞相王導最小的兒子王薈說道：「酒，正自引人箸勝地。」指酒能引人沉浸在美好意境當中，此話也成了後來「引人入勝」這句成語的由來。王蘊和王薈當時皆為頗受好評之士，兩人一致認為「酒」足以引領人的心靈，更直達絕妙高遠、不可言喻之境。

還有一個王蘊的族親，名叫王忱，曾任荊州刺史，他則是感嘆地說：「三日不飲酒，覺形神不復相親。」要他三天不喝酒的話，等於逼他的形體和精神分開，不再互相親近，即今所謂「魂不守舍」的意思。可見這些魏晉名士不僅鍾情於酒，也會為自己狂恣飲酒行為，尋求合理的解釋。

唐人「詩仙」李白，堪稱是酒的最佳代言人，其五言古詩〈月下獨酌．其四〉最末四句：「蟹螯即金液，糟丘是蓬萊。且須飲美酒，乘月醉高臺。」李白倣效前人畢卓，手持蟹螯來下酒，認為其美味好比瓊漿金液的仙藥般，又將酒糟堆積成山丘，在詩人眼中，就像是一座蓬萊仙山。看來李白嗜酒成癖的程度，絲毫不輸給魏晉的名流士紳，難怪被封上「謫仙人」的稱號。

日莫倒載歸，酩酊無所知

名句的誕生

山季倫為荊州，時出酣暢。人為之歌曰：「山公時一醉，徑造高陽池[1]，日莫[2]倒載歸，酩酊[3]無所知。復能乘駿馬，倒箸白接籬[4]，舉手問葛彊，何如并州[5]兒？」高陽池在襄陽。彊是其愛將，并州人也。

～任誕第二十三

完全讀懂名句

1. 高陽池：位在今湖北襄陽峴山南，本名「習郁池」或「習家池」，漢侍中習郁在此依春秋楚人范蠡養魚法做魚池。秦末漢初，來自古高陽鄉（今河南杞縣西北）的酈食其自稱「高陽酒徒」，晉人山簡鎮守襄陽，每臨此池，必置酒暢飲，狂呼「此是我高陽池」，後遂改稱「高陽池」。
2. 莫：音ㄇㄨˋ，mù，「暮」的本字。指傍晚、太陽將落的時候。
3. 酩酊：大醉的樣子。
4. 白接籬：飾有鷺羽的白帽。
5. 并州：州名，位在今山西太原。

語譯：山簡擔任荊州刺史時，經常到郊外暢飲。有人因而作了一首歌，歌詞為：「山公每一次大醉，就直接到高陽池。直到日落才倒在車上回來，醉到什麼事都不知道了。有時他又會騎在駿馬上，倒戴著插有鷺羽的白帽。舉手問葛彊說：『我比你家鄉那些并州兒郎來怎麼樣？』」高陽池在襄陽，葛彊是山簡的愛將，為并州人。

名句的故事

山簡，字季倫，是「竹林七賢」山濤之子。西晉懷帝永嘉三年，山簡鎮守襄陽，擔任荊州刺史，當時正值天下分崩離析之際，朝野無不惶恐，山簡卻能優游在襄陽的一座林池邊，唯酒是耽。於是當地孩童為他作了一首山歌，歌中生動描寫山簡從大白天喝酒喝到太陽下山，才醉倒在車上歸返的模樣，而他早已醉得不省人事了。當然，山簡也並非每次都喝得如此酩酊大醉，還未醉倒前，會帶著一身矇矓酒意騎在馬上，頭上倒戴著一頂插有羽毛的白帽，壯志豪情的想和部將家鄉的壯丁一較高下。因此後人則以「山簡醉酒」一語，形容一個人喝醉酒的瀟灑姿態。

歷久彌新說名句

晉人山簡來到襄陽，愛上了遍植竹木的「習郁池」，每次都會帶著酒到池邊喝，他想起那位秦末辯士，自稱「高陽酒徒」的鄺食其和自己一樣也是個愛酒人，故每每醉酒後，山簡總會對著池水狂喊「此是我高陽池」，經由他這樣不斷喊著，池子後來也被更名為「高陽池」。

南宋文人辛棄疾，為人重氣節，作品豪氣干雲，其〈定風波又〉上片為：「昨夜山公倒載歸，兒童應笑醉如泥。試與扶頭渾未醒。休問！夢魂猶在葛家溪。」辛棄疾在此儼然以山簡的化身自居，他臨摹山簡爛醉如泥的倒臥馬上，使得一群孩童哈哈大笑，旁人趕緊上前試著扶住他的頭，山簡卻早已醉得渾然不知。詞人不禁嘆道：一切都別再多問了！因為醉倒在馬上的人，他的魂魄還遊蕩在部將葛彊并州家鄉的溪畔，正在作和并州男兒比劃的夢呢！這是辛棄疾嘗試走進山簡醉酒時的內心世界，所作的一闋詞篇。

青州從事，平原督郵

名句的誕生

桓公有主簿[1]善別酒，有酒輒令先嘗；好者謂「青州[2]從事[3]」，惡者謂「平原[4]督郵[5]」。青州有齊郡[6]，平原有鬲縣[7]；「從事」言「到臍」，「督郵」言「在膈上住」。

～術解第二十

完全讀懂名句

1. 主簿：職官名，主管文書簿籍及印鑑。漢以後中央機關及地方郡縣皆設有此官。
2. 青州：古城名，是現今山東省益都縣。
3. 從事：職官名，漢朝刺史的輔佐官吏。有到職參與其事的意思，故下文說從事言到臍。
4. 平原：地名，在今山東省平原縣。
5. 督郵：古時候的驛站稱為「郵」，督郵就是監督驛站的官職。
6. 齊郡：漢郡名，位於現今山東省。與下文的臍古音通用。
7. 鬲縣：漢郡名，與下文的膈古音通用。

語譯：桓溫有一位主簿善於辨別酒的好壞，因此有酒的話都會請這位主簿先品嚐；這位主簿把好酒稱為「青州從事」，差的酒稱為「平原督郵」。由於青州有一個齊郡，平原有一個鬲縣。所以「青州從事」是說酒力直到肚臍的位置；而「平原督郵」是說酒力才到橫膈膜上就止住了。

名句的故事

好酒之所以稱作「青州從事」，是因為當時的青州境內有個地方叫做齊郡，「齊」跟肚「臍」的音是類似的，而「從事」就是辦事的人，需要的是精力；好酒喝下去，它的酒力可以直達肚臍。所以這位主簿把好酒比喻為「青州從事」。

壞酒之所以稱作「平原督郵」，是因為：「督郵」言「在鬲上住」。平原這個地方剛好有一個鬲縣，「在鬲上住」的「鬲」是指橫膈膜。「督郵」的任務就是要監督驛站，每到一個驛站就到停駐在那裡，而壞酒的酒力不好，到橫膈膜就打住了，所以壞酒就被比喻為「平原督郵」。

由上可知，這位主簿人不僅幽默，他的地理常識一定豐富，善於用文字上的諧音，來作比喻，讓人發出會心的一笑。

歷久彌新說名句

曹操在「挾天子以令諸侯」後建立了魏國，雖然他曾經高吭「對酒當歌，人生幾何」，但愛酒的他居然下了禁酒令！其目的在於收拾頹廢的人心，並富國強兵、重新統一中國。當時的士人們雖然強烈反對，但是曹操禁酒的意志卻十分堅定，因此大家都偷偷飲酒。想當然爾，喝酒卻不能說出酒字，所以就把有糟的「白酒」稱為「賢人」、「清酒」稱為「聖人」，整天聖賢來、聖賢去，其實都是在交流喝酒的經驗呀！

佛家人把酒稱為「般若湯」，是因為唐朝長慶年間，有一位到處遊歷的僧人，來到一間寺廟誦經，卻叫寺廟的侍者去買酒。結果買回來的酒被寺廟的住持往大樹上砸過去，瓶子都碎了。這位僧人說：「我誦《般若經》，要喝一杯酒，便聲音嘹亮。」說罷，便收回被潑出去的酒，然後喝下幾口。這就是「般若湯」的由來。

何可一日無此君

名句的誕生

王子猷[1]嘗暫寄人空宅住，便令種竹。或問：「暫住何煩爾[2]？」王嘯詠[3]良久，直指竹曰：「何可一日無此君[4]？」

～任誕第二十三

完全讀懂名句

1. 王子猷：王徽之，字子猷，王羲之的兒子，性情放達，不受拘束。
2. 何煩爾：何必麻煩做這種事。
3. 嘯詠：歌嘯吟詠。
4. 此君：指竹子。

語譯：王徽之曾經暫時寄居在別人的空屋子裡，一搬去就教人種竹子，有人問他：「只是暫時居住，何必麻煩做這種事？」王徽之歌嘯吟詠了很久，直指著竹子說：「不可以一天沒有這位先生呀！」

名句的故事

竹，秀逸有神韻，象徵君子的風度翩翩；竹心中空有節，象徵虛心能容而有高尚的氣節；歲寒長青、彎而不折的特性，帶著傲然的氣質。竹既有審美的意象，又與士人崇尚飄逸風雅的思想相契合。因此，素來深為名士文人所賞識。

「嘯」本是一種古老的發聲方法，透過模擬動物以及其它許多自然聲而形成，嘯法一方面成為道人的法術，另一方面則發展成為歌詠的手段。魏晉時期受談玄說理風氣的影響，許多名流高士如嵇康、阮籍等人也都雅好嘯法，「嘯詠」成為一種獨特的歌詠形式，頻頻出現在文人的作品中，成為獨特的文學意象。

王徽之放達不羈的個性，從另一個與竹子有關的故事也可以看出來：

王徽之經過吳郡時，看到一個士大夫家種了許多極好的竹樹。主人知道王徽之一定會再來，就打掃庭除、布置房屋，等著王徽之到堂上來看他。沒想到王徽之一來便逕行步入竹林，吟詠呼嘯許久，即要直接離開，主人一急，就叫僕人把大門關上，不讓他出去。王徽之反而欣賞主人這樣率性的舉動，便留下來賓主盡歡後才離去。

歷久彌新說名句

自古以來，文人雅士對竹有著特殊的情感，除了倫理道德的象徵意義外，也愛那一份隱逸灑脫的含義。

可與王徽之相提並論，另一個愛竹又率性的文人是宋代的蘇軾。蘇軾愛竹也喜歡吃豬肉，他在〈於潛僧綠筠軒〉詩中稱：「可使食無肉，不可使居無竹。」因為「無肉令人瘦，無竹令人俗。人瘦尚可肥，士俗不可醫。」如果兩者無法兼得時，他還是會以竹為重。此外，蘇軾也喜歡喝點小酒，在〈飲酒說〉中說：「予雖飲酒不多，然而日欲把盞為樂，殆不可一日無此君也。」此處的「不可一日無此君」，是指酒而不是指竹了。

文人愛竹、畫竹、寫竹，吟詠讚嘆，自古皆然，但清代「宦海歸來兩袖空，逢人賣竹畫清風」的鄭板橋，卻為自己的一幅〈畫竹〉題了一首打油詩：「無肉令人瘦，無竹令人俗。若要不瘦又不俗，除非天天筍炒肉。」這首詩從蘇軾的竹與肉引申而來，充滿戲謔的意味。近來在網路上有一首有趣的打油詩：「竹似偽君子，外堅中卻空。根細善鑽穴，腰柔慣鞠躬。成群能蔽日，獨立不禁風。文人多愛此，聲氣想相同。」以文人所愛之竹，反諷無節無行的文人，也真是匠心獨運了。

人生貴得適意爾，何能羈宦數千里以要名爵

名句的誕生

張季鷹辟[1]齊王東曹掾[2]，在洛，見秋風起，因思吳中[3]菰[4]菜、蓴[5]羹、鱸魚膾[6]，曰：「人生貴得適意爾，何能羈宦[7]數千里以要名爵？」遂命駕便歸。俄而[8]齊王敗，時人皆謂為見機[9]。

～識鑒第七

完全讀懂名句

1. 辟：徵召。
2. 掾：音ㄩㄢˊ，yuán，古代官府屬員的通稱。
3. 吳中：位在今江蘇蘇州。
4. 菰：音ㄍㄨ，gū，植物名，俗稱茭白筍。
5. 蓴：音ㄔㄨㄣˊ，chún，植物名，又名蓴菜。嫩葉可作羹湯，味鮮美，多生於池沼中。
6. 鱸魚膾：將鱸魚做成菜餚，自古即為江南一道名菜。
7. 羈宦：滯留在外地做官。
8. 俄而：不久。
9. 見機：事先察明事情的發展與變化。

語譯：張季鷹奉了齊王徵召任職東曹掾的官位，當時人在洛陽，看見秋風興起，因而懷念家鄉吳中美味的菰菜、蓴羹和鱸魚膾，說道：「人生在世最可貴的是自在如意而已，為什麼要離開家鄉數千里來做官，只為了追求功名爵位呢？」於是叫人駕車返回家鄉。不久，齊王

事敗而亡，當時的人都說張季鷹是一個懂得事先洞察事情變化的人。

名句的故事

張翰，字季鷹，西晉人。《晉書．張翰傳》說他「有清才，善屬文，而縱任不拘」，但實際上，張翰對外表現出放縱不拘的形象，除天生性情之外，更大的因素是他正逢西晉「八王之亂」的明哲保身之道。

晉惠帝永寧元年（西元三〇一年），趙王司馬倫叛變，廢去晉惠帝，自立為帝；齊王司馬冏，聯合了河間王司馬顒、成都王司馬穎，一同起兵討伐趙王，趙王不敵，兵敗遭賜酒而死。其後，齊王司馬冏威風凜凜的迎晉惠帝復位，他也因復興皇室有功，擔任大司馬職位，從此獨攬朝政大權；張翰受齊王徵召為東曹掾，即是發生在這一兩年的事。

齊王司馬冏在輔政期間，展現不可一世的傲慢態度，出入皆比照皇帝的排場，又成日耽溺聲色，荒廢國事，他驕奢無度的行為，自然讓其他王族找到藉口對其討伐；晉惠帝太安元年（西元三〇二年），長沙王司馬乂聯合河間王司馬顒攻入京都洛陽，齊王被斬於閶闔門（皇宮正門）外，至於齊王的黨羽，也一律被誅滅三族。

《世說新語．識鑒》寫秋風起時，身在洛陽的張翰心生鄉愁，思念家鄉吳中的佳餚美味，其實張翰早已嗅出當時政局的弔詭氣氛，使他決定離開那雲譎波詭的京城。果然，張翰一離開洛陽沒多久，齊王很快遭到王族殺害，難怪人們稱讚張翰具有洞察先機的睿智，才幸運地逃過這場浩劫。

張翰辭官前作有一首〈鱸魚歌〉，歌云：「秋風起兮木葉飛，吳江水兮鱸正肥。三千里兮家未歸，恨難禁兮仰天悲。」從此「秋風鱸膾」成為羈旅在外之人，渴望放棄名利官爵牽絆，想早日返鄉過愜意日子的用語。

歷久彌新說名句

每一個人心中渴望的「適意」生活，皆不盡

相同。如西晉張翰體驗官宦生涯後，終於參透「無官一身輕」才是真正寫意人生，辭掉了人人稱羨的官爵，因而逃過一劫，因此《世說新語．識鑒》稱許他為「見機」者。

但有些人的「適意」只是希望能和心上人廝守，如漢末無名詩人作古詩十九首，其中〈凜凜歲云暮〉最末四句：「眄睞以適意，引領遙相睎。徒倚懷感傷，垂涕沾雙扉。」此詩描寫一名已婚女子，夢見遠行在外的丈夫回家，夢中的她眼波流露無限情思，承歡獻媚的討好丈夫，盼望丈夫更加憐惜自己。不料，等她大夢初醒，根本不見丈夫蹤影，她只能失望的伸長頸子遠望，徒然倚門佇立，那晶瑩淚水也就一滴滴的垂在門扇上。詩中所言「適意」，一方面是希望可以稱心如意的見到丈夫，也帶有取悅丈夫歡心的意思。

東床上坦腹臥，如不聞

名句的誕生

郗太傅[1]在京口，遣門生與王丞相[2]書，求女婿。丞相語郗信[3]：「君往東廂，任意選之。」門生歸，白[4]郗曰：「王家諸郎，亦皆可嘉，聞來覓婿，咸自矜持，唯有一郎，在東床上坦腹[5]臥，如不聞。」郗公云：「正此好！」訪之，乃是逸少[6]，因嫁女與焉。

～雅量第五

完全讀懂名句

1. 郗太傅：郗鑒，曾任徐州刺史，鎮守京口。
2. 王丞相：指丞相王導。
3. 信：信使，傳遞信息的人。
4. 白：回報、告訴。
5. 坦腹：露出腹部。
6. 逸少：王羲之，字逸少，是王導的姪兒。

語譯：太傅郗鑒鎮守京口的時候，曾經派門生傳信息給王導，想要從他家挑選女婿。王導回覆使者道：「你到東廂房去，隨意挑選吧！」門生回來後，告訴郗鑒：「王家的那些公子們都很不錯，聽說您要來挑女婿，都拘謹嚴正以待。只有一位公子躺在東邊臥床上袒胸露腹，好像不知道有這件消息一般。」郗鑒說道：「這個正好！」於是親自訪查，原來是王羲之，便把女兒許配給他。

名句的故事

本篇名句中的人物皆鼎鼎大名，郗鑒、王導已爬上高位，王羲之從小也因為聰慧而享有盛名。郗鑒基於瑯琊王氏門第之高，因此想藉由聯姻來提高自家身分地位。有趣的是，王導也了解對方心理所想，卻也不以為意，讓郗鑒門生自己到後院挑選，彷彿只是在挑水果一般。或許這種方式真有可取之處，挑來撿去還真的撿到人中之龍——王羲之。郗鑒欣賞他不會刻意矜持奉承，雲淡風輕、神色自若，於是將女兒郗璿許配給王羲之。這段故事後來也收入王隱《晉書・王羲之傳》中，而且增加王羲之坦露腹部，倒臥在床上吃啃著胡餅的模樣，王羲之風流不羈的形象更加寫實完整。鑒於《世說新語》本則名句所載之情節過於生動，此後常以「東床」、「令坦」、或「東牀坦腹」、「坦腹東牀」（牀同床）來代指女婿。

歷史上這種特殊擇婿的方式屢見不鮮。唐代由於科舉取士興盛，且進士得第之後，未來前程一片光明。因此許多高官貴卿或富有人家，都會趁著放榜的時候，站在榜單下方為女兒挑選一門上等姻緣。五代人王定保於其作品《唐摭言・散序》當中，就曾記載：「曲江之宴，行市羅列，長安幾於半空。公卿家率以其日揀選東床，車馬闐塞，莫可殫述。」王定保這本書全記載著有關唐代科舉制度，及相關的遺文瑣事、文士風習，對於了解唐代士人、科舉文化有很大貢獻。在這篇小文章當中，記錄著唐人「榜下擇婿」的風俗。曲江之宴即是登科舉子才有資格參加的皇帝賜宴，其中之意氣風發自不言待。

詩人孟郊曾於〈登科後〉言：「昔日齷齪不足嗟，今朝曠蕩思無涯。春風得意馬蹄疾，一日看盡長安花」。孟郊是科場常敗將，卻愈挫卻愈勇。這首他初及第的詩，讓人聞之莞爾不已，也可體會他內心滿懷之暢快。曲江宴時，與會公卿將仔細挑選著東床快婿，為待字閨中的女兒招來好夫婿。

歷久彌新說名句

王羲之東床坦腹的故事，後來也成為佳婿的代言詞。中唐詩人劉長卿曾受官員誹謗，貶謫到南方隨州擔任刺史，寫下〈登遷仁樓酬子婿李穆〉一詩。其言：「歸路空迴首，新章已在腰。非才受官謗，無政作人謠」，由於謠言毀謗讓他調離舊職，遷謫到更偏遠的隨州，到任之初他寫下這首詩，記錄其心路歷程。語末他欣慰感嘆道：「賴有東牀客，池塘免寂寥」，還好有個東牀客（好女婿），一路陪伴著他，讓他身處荒土得免於無聊。

清初曹雪芹寫《紅樓夢》時，也曾運用東床的典故。作者在最初鋪陳說明全書架構時，先藉由第三者的口吻，將賈府諸多人物一一批點、素描，略作摘要，以便讀者進入情境。賈雨村便是重要開首人物，他原本是位家道中衰，仕運尚未開展的窮酸儒士，因緣際會讓他得以進入林府擔任黛玉的啟蒙老師。且由於林黛玉與賈府的親戚關係，讓賈雨村知曉賈家的大致情況。一日賈雨村與友人冷子興談天時，正說到關於寧國府、榮國府的事蹟與幾個小輩。冷子興便道賈府中女兒們——元春、探春、迎春、惜春都還不錯，不知「這小一輩的將來的東床如何呢？」曹雪芹藉著賈雨村與其友人的觀察與初步認知，環環推演相扣展開對賈府故事的描述。其中所言之「東床」，即是採用典故，代言這些女孩們的夫婿。

關於以「東床」為婿的代言詞不勝枚舉，但使用上仍需小心，不可盡以為都是指稱女婿。有時東床並非指女婿，它也可以代指臨時住宿、待賓接客的床鋪。如唐代詩人李賀於〈將發〉詩中言：「東床卷席罷，濩落將行去。秋白遙遙空，日滿門前路。」李賀這詩寫得悵然，他是即將遠行的過客，淪落失意、踽舉獨行於蕭瑟秋日當中。詩中的「東床」即形容暫時歇息、來去匆匆的旅客。

既有凌霄之姿，何肯爲人作耳目近玩

名句的誕生

支公[1]好鶴，住剡東口岇山。有人遺[2]其雙鶴，少時翅長欲飛。支意惜之，乃鎩其翮[3]。鶴軒翥[4]不復能飛，乃反顧翅垂頭，視之如有懊喪意。林曰：「既有凌霄之姿[5]，何肯為人作耳目近玩[6]！」養令翮成，置使飛去。

～言語第二

完全讀懂名句

1. 支公：支遁字道林，河內林慮人，本姓關，二十五歲入佛道，五十三歲卒於洛陽。
2. 遺：音ㄨㄟˋ，wèi，贈送。
3. 鎩其翮：剪掉翅膀的羽毛。
4. 軒翥：飛舉的樣子。翥，音ㄓㄨˋ，zhù。
5. 凌霄之姿：乘雲高飛的本質。
6. 耳目近玩：供人狎近賞玩之物。

語譯：支遁愛鶴，住在剡縣東部的口岇山。有人送給他兩隻鶴，不久翅膀長長了，想要飛走似的。支遁捨不得，就剪掉牠們翅膀的羽毛。鶴舉翅想飛，卻不能再飛了，回過頭來看翅膀，把頭垂下，好像很沮喪的樣子。支遁說：「既然有飛上雲霄的本領，怎麼肯讓人當做耳目觀賞的玩物呢？」再把牠養到翅膀長好，就任牠飛走了。

名句的故事

鶴的羽毛潔白，身姿秀麗，舉止優雅，常翩

然展翅，悠然而舞，充滿飄逸靈動的美感，符合魏晉人士的審美形象。而且鶴善鳴，叫聲清唳悠揚，《詩經．小雅．鶴鳴》：「鶴鳴於九皋，聲聞於野。」九皋，指深遠的水邊。如此置身於塵世之外，而又聲名遠播的象徵意義，符合士人在亂世之中避世遠禍的隱逸心態，成為魏晉士人喜愛的禽鳥之一。

支遁是東晉時的佛教學者，擅長老莊之學，喜歡談玄理。支遁除了養鶴也喜歡養馬，但他養鶴而放鶴，養馬而不乘馬，只喜愛欣賞馬的神駿與鶴的凌霄之姿。支遁豢養的雙鶴在無法飛翔後，顯露了頹喪的神態，支遁認為鶴有乘雲高飛的本質，不願讓人當做耳目觀賞的玩物，就讓牠自由翱翔而去。支遁的做法說明他並非以人役物，而能推己及物，具有物我無別、物我同等的認知。名士都不願意任人支配成為別人的玩物，或許支遁把這種情感投射到鶴的身上了。

歷久彌新說名句

支遁明白愛其物應順乎其道，就任其自由飛去，以全鶴之性。相形之下，北宋的雲龍山人張天驥養鶴就更聰明了，他養了兩隻鶴，性情馴良，善於飛翔。早上張天驥便朝著西山的缺口，把鶴放了，任憑牠們四處飛翔，有時站在山邊的田上，有時高飛雲外去了，晚上鶴便向著東山飛回來，後來張山人在山上蓋了一個亭子就叫做「放鶴亭」，他的好友蘇軾還為他寫了一篇〈放鶴亭記〉。

鶴具有高潔的形象。宋沈括《夢溪筆談》說：趙抃去四川做官，隨身攜帶的東西只有一張琴和一隻鶴，閒坐時就看鶴鼓琴。後人用「一琴一鶴」稱頌為官刑清政簡，也用來稱頌品德高尚的人。明朝和清朝文官的補服（職官禮服前胸與後背鑲有金線及彩絲，繡成鳥獸圖樣的繡章），一品文官繡的正是飛翔在雲端的丹頂鶴，即含有官吏政簡清廉的期許。

舉卻阿堵物

名句的誕生

王夷甫[1]雅尚玄遠[2]，常疾[3]其婦貪濁，口未嘗言「錢」。婦欲試之，令婢以錢繞床，不得行。夷甫晨起，見錢閡行[4]，令婢：「舉卻阿堵[5]物！」

～規箴第十

完全讀懂名句

1. 王夷甫：王衍字夷甫，琅邪臨沂人，官至太尉。
2. 雅尚玄遠：崇尚風雅的玄理思辨。
3. 疾：患，厭惡的意思。
4. 閡行：閡ㄏㄤˊ，hàng，阻礙行動。
5. 阿堵：當時的俗語，就是「這」、「這個」的意思。

語譯：王衍崇尚風雅的玄理思辨，常常厭惡妻子貪婪污濁，因此口中從不說「錢」字。妻子想試著讓他說出錢字，就叫婢女用錢圍繞整個床鋪，使他走不出來。王衍早晨起來，見到錢阻礙了行動，就叫喚婢女：「拿掉這個東西！」

名句的故事

王衍與妻子郭氏，是一對很有意思的夫妻，王衍貴為太尉，其人「神姿高徹，如瑤林瓊樹」、「容貌整麗，妙於談玄」、「處眾人中，似珠玉在瓦石間」，如此受人敬慕的璧人；妻子郭氏卻是「才拙而性剛，聚斂無厭，干豫人事」，曾經因為小叔王澄勸阻她不要教奴婢在路上挑糞，而把小叔打得跳窗而逃，王衍雖然身居高位，卻對妻子莫可奈何。

王衍是當時的名士，善於談玄說理，以清高自許，所以絕口不提錢字，因而被傳為美談。但口中不言錢，未必就真的不愛錢，王隱寫的《晉書》就說：「夷甫求富貴得富貴，資財山積，用不能消，安須問錢乎？而世以不問為高，不亦惑乎！」錢財堆積如山，當然可以絕口不談錢。因為本名句的故事，後世就把「阿堵物」當做錢的代稱。

歷久彌新說名句

與王衍同時期的魯褒就寫了一篇〈錢神論〉，刻骨地諷刺了當時重財好利、錢可通神的世態，他說：「錢之為體，有乾有坤……其積如山，其流如川。為世神寶，親愛如兄，字曰孔方……厭聞清談，對之睡寐；見我家兄，莫不驚視」，這「孔方兄」的神妙在於「失之則貧弱，得之則富強……錢多者處前，錢少者居後，處前者為君長，處後者為臣僕」、「錢能轉禍為福，因敗為成，危者得安，死者得生。性命長短，相祿貴賤，皆在乎錢」，所以世人認為「錢之所祐，無不吉利。何必讀書，然後富貴」，「有錢可使鬼，而況於人乎」，最後總結說：「死生無命，富貴在錢！」真是感慨良深。

錢的別稱除了大家所熟知的「阿堵物」、「孔方兄」，還有一個來源更早的「銅臭味」。東漢靈帝時，因為朝廷腐敗，公然賣官鬻爵，當時崔烈以五百萬的代價，取得司徒一職，因而聲譽大減。有一天，他佯裝無事的問兒子崔鈞，別人對他位居三公可有什麼評論？崔鈞說：「你少年時就有英名，也曾任九卿，所以別人倒不是認為你沒資格當司徒，只是嫌你有些銅臭味。」（《後漢書．崔駰傳》）後來說人有銅臭味，就多少有些譏諷的意味。

未聞巢、由買山而隱

名句的誕生

支道林[1]因[2]人就深公[3]買岇山，深公答曰：「未聞巢[4]、由[5]買山而隱。」

～排調第二十五

完全讀懂名句

1. 支道林：人名，即東晉高僧支遁，字道林。
2. 因：經由、透過。
3. 深公：即竺道潛，字法深。一代高僧竺道潛。
4. 巢：指唐堯時代的隱士巢父。
5. 由：唐堯時代的隱士許由。

語譯：支道林透過他人向竺道潛買山來隱居。竺道潛聽後回答：「我沒有聽說過巢父、許由是買了山而去隱居的呀！」

名句的故事

相傳巢父、許由都是唐堯時代的賢德隱士，皆以不沾染政治為清廉。巢父居住在山中，不謀求世俗的利益，他年老時在樹上築巢而居，所以被稱為「巢父」。據說唐堯想把天下禪讓給巢父，但是巢父不肯接受；所以唐堯又尋訪賢人許由，想要把帝位傳給他。品德高尚的許由覺得自己不如舜、堯，因此不願意接受，連夜跑到岐山隱居。

只是，唐堯又派人到岐山來請他做九州長官。許由堅持不受，並且跑到河邊清洗自己的耳朵，以維護不沾染政治的「清白」。當他在河邊的時候，遇到巢父牽了一頭小牛來喝水，許由便將經過告訴了巢父。不料巢父聽後反應更為激烈，回答說：「你若是隱居在高山深谷，一心潛藏自己的光芒，那麼誰會知道你這個人而來找你麻煩呢？你故意在外製造名聲，現在卻又跑來這裡洗耳朵，可把我的小牛嘴巴都弄髒了。」便牽著牛到更上游的地方去飲水。

而本名句中支道林想要向竺道潛買的岬山，其實是很多高僧結廬修行的地方。竺道潛一聽到有人要「買山而隱」，不由自主地譏諷；而「支遁買山」即被後人用來比喻歸隱或隱居。後來，支道林便在不遠處的沃洲小嶺，蓋了一間精舍，過起悠閒的隱居生活。

支道林在東晉士族社會中非常活躍，佛教理論在他的詮釋下，在當時清談圈中，具有一定的影響力。只是「買山」一念，意外透露出支道林「我執」的一面呀！

歷久彌新說名句

歸隱就是歸隱，又何必擁有整座山呢？孟浩然便說：「支遁初求道，深公笑買山」。有足夠的金錢可以閒情逸致時，選擇隱居是常有的事情，魏晉人士這樣獨特的山水情懷，常為後人所嘲弄。清朝的吳敬梓在〈減字木蘭花詞〉中寫道：「買山而隱，魂夢不隨山谷穩」，也是用這個典故。然而「買山」畢竟是以入世功利的心態追求出世寧靜的行為，因此即使隱居山中，夜深人靜時，內心也無法像山谷一樣地平穩吧！

「仁者樂山，智者樂水」，對於寄情山水間所獲得的心靈洗滌，總是讓文人義無反顧地戀山、戀水。宋朝王安石在〈遊鍾山〉便寫道：「終日看山不厭山，買山終待老山間；山花落盡山長在，山水空流山自閑。」這種人生短暫與大自然永恆的情感依存，引發出多少文人的詩、詞、書、畫、樂，山水真是中國人無盡智慧的泉源呀！

天地爲棟宇，屋室爲褌衣

名句的誕生

劉伶恆縱酒放達，或脫衣裸形在屋中，人見譏[1]之。伶曰：「我以天地為棟宇，屋室為褌衣，諸君何為入我褌中？」

～任誕第二十三

完全讀懂名句

1. 譏：諷刺。

語譯：劉伶經常不加節制喝酒放縱，有時在家裡甚至脫掉衣服赤裸身體，人見了就常譏諷他。劉伶回道：「我把天地當作我的房子，把房子當作我的衣服褲子，你們這些人為何跑進我的褲子裡來呢？」

名句的故事

魏晉南北朝時期於中國史上開啟許多的第一次，宗教與民族的多元、個體的解放等，都對固有的思維造成威脅，也產生許多變化。過去儒家經典強調「文質彬彬」，行為舉止合乎禮儀的規範。魏晉時期則要求解放，突破禮制規範，許多光怪陸離的行為一一出現，「任誕」之風於是大勝。任誕風氣以竹林七賢為代表，他們的一舉一行，成為此後文人放蕩行為的模仿對象。在任誕風潮中有幾個指標性的行為模式，喝酒、清談、裸身、散髮、衣不斂體等等。劉伶作為竹林七賢之一，在本篇名句中即以酒、裸身來顛覆固有禮教束縛。

在這則故事當中，劉伶相當聰明，將批評者

的言論轉個彎，且提升自己的地位，將批評者視為一般之俗人，完全不懂得他的泰然與修養。劉伶在此所說的「天地為棟宇，屋室為褌衣。諸君何為入我褌中？」反映出老莊思想對他的影響，反對外在名教的束縛。因此崇尚自然無為、反抗名教，就成為這個時代「名士」必做的功課。

歷久彌新說名句

追溯中國歷史上，對於赤裸十分禁忌，從孔子以來，認為只有未開化、禽獸之類才會衣不蔽體。甚至對孔子來說，北方民族「被髮左衽」，也都是蠻夷了，更何況是赤裸不穿衣服！在史書的記載當中，也只有殘暴不仁、荒淫無道的君主才會「酒肉池林」。據司馬遷《史記．殷本紀》載殷商暴主紂王，奢腐淫亂，營建後宮，「大聚樂戲於沙丘，以酒為池，懸肉為林，使男女裸，相逐其間，為長夜之飲。」商紂王是中國史上罄竹難書的大暴君，最為儒家詬病的就是「使男女裸，相逐其間」。這是多麼淫亂的情況！因此儒家致力於修訂禮法，從教化、規範等各方面來安排社會秩序的運作。

魏晉時期流行的裸裎風氣，不僅是劉伶喜歡不著衣飾、赤裸身體，《晉書．列傳》就記載：「正始以來，世尚老莊。逮晉之初，競以裸裎為高。」時代風氣有了突破性的轉變，時人崇尚老莊思想，強調「自然」，不僅要反璞歸真，也要特立獨行，因此人是「赤裸裸地來」，當然也要赤裸裸地生活。尤其「竹林七賢」那種風流暢快、無拘無束的自在，成為流行風潮。西晉惠帝時京城的貴族子弟們也爭相效法，不論是在家裡或公開場合「散髮裸身」喝酒，甚至公開調戲場內的婢妾。《晉書》作者王隱相當不屑，認為他們「故去巾幘，脫衣服，露醜惡，同禽獸。」唐代以後，儒家的禮法又逐漸回籠。到宋代，對於禮教要求更多，直到明清皆是如此，直到民國五四運動時，才又倡導個體解放運動，但此時的主張與魏晉「自然」之道已大不相同。

楓柳雖合抱，亦何所施

名句的誕生

孫綽[1]賦遂初[2]，築室畎川，自言見止足之分[3]。齋前種一株松，恒自手壅治[4]之。高世遠[5]時亦鄰居，語孫曰：「松樹子[6]非不楚楚可憐[7]，但永無棟梁用耳！」孫曰：「楓柳雖合抱[8]，亦何所施？」

～言語第二

完全讀懂名句

1. 孫綽：孫綽字興公，太原中都人。博學善詩文，累官至廷尉卿，領著作郎。
2. 賦遂初：作〈遂初賦〉。
3. 止足之分：知足知止而無所欲求的境界。
4. 壅治：培育照顧。
5. 高世遠：高柔，字世遠，樂安人。
6. 松樹子：指幼小的松樹。
7. 楚楚可憐：形容姿態纖弱嬌媚，惹人憐愛。
8. 合抱：兩手合圍。多形容樹幹的粗大。

語譯：孫綽作〈遂初賦〉，描述隱居之樂。他將房子建築在畎川的地方，自己認為已經領悟知足知止而無所欲求的境界。他在屋前種植了一棵松樹，一直以來都親手細心地培育照顧。當時高世遠是孫綽的鄰居，他跟孫綽說：「小松樹纖弱柔美的模樣，看起來非常惹人憐愛，但是卻永遠無法成為有用的棟梁！」孫綽說：「楓樹、柳樹雖然樹幹粗大，又有什麼用處呢？」

名句的故事

孫綽是東晉著名的辭賦家與玄言詩人，少年時就以文才聞名。隱居會稽，游放於山水之間十多年。桓溫北伐後想要遷都洛陽陰謀篡位，當時眾人無人敢有異議，唯孫綽上書勸阻說：北土蕭條，遷都乃是「捨安樂之國，適習亂之鄉；出必安之地，就累卵之危」，桓溫讀了孫綽的上疏，終於打消遷都之議。

孫綽作〈遂初賦〉，就是要表達他歸隱的志向。遂初，指辭官歸隱，得以遂其初志的意思。全文只有短短數十字：「余少慕老莊之道，仰其風流久矣。卻感於陵賢妻之言，悵然悟之。乃經始東山，建五畝之宅，帶長阜，倚茂林，孰與坐華幕擊鐘鼓者同年而語其樂哉！」簡短的描述他在畎川築室的原委及山林樂趣，發揮老莊知止知足的思想。

當鄰居對孫綽說：「小松樹看起來非常惹人憐愛，但是永遠無法成為有用的棟梁！」孫綽回答道：「楓樹、柳樹雖然樹幹粗大，又有什麼用處呢？」如此機智的反問，是高妙的語言技巧，這樣的反思顯然深受老、莊思想的影響。

歷久彌新說名句

莊子與惠施也曾就大樹的「有用無用」展開爭辯。《莊子・逍遙遊》記載：惠施對莊子說：「我有一棵大樹，人稱為樗。它的樹幹臃腫不應繩墨，樹枝捲曲也不合規矩，生長在路旁，匠人都不屑看它一眼，一點用處也沒有。」莊子說：「為什麼不把它種植在虛無寂寥的鄉土，廣大遼闊的原野，任意悠閒的徘徊在它的旁邊，逍遙自在的躺臥在它的下面。這樹永遠不會遭受人們的斧頭砍伐，也沒有外物會去傷害它，沒有用處，又有什麼困苦禍患呢？」讓人重新思索，「事」為什麼一定要有所為？「物」為什麼一定要有所用？未嘗不是表達出無所欲求的境界！

禮豈爲我輩設也

名句的誕生

阮籍嫂嘗還家[1]，籍相見與別。或譏之，籍曰：「禮豈為我輩設也？」

～任誕第二十三

完全讀懂名句

1. 還家：回家省親，即歸鄉探望父母或其他尊親。

語譯：阮籍的嫂子曾經返家省親，阮籍和她道別。有人因而譏諷阮籍，阮籍回答說：「禮儀豈是為我這種人設立的呢？」

名句的故事

阮籍為魏晉「竹林七賢」之一，其行為以放誕不拘而聞名。在《禮記．曲禮》規定有：「嫂叔不通問。」明文要求嫂嫂不得與丈夫的弟弟講話，以防止嫂叔同住在一屋簷下日久生情。但這些自古制定下來的禮俗，對向來作風特異獨行的阮籍，根本發揮不了作用，當他見到嫂嫂準備返回娘家省親，立即發乎自然之情的與嫂嫂道別，其舉止馬上引來旁人非議，譏笑他的行為不合乎「禮」。阮籍倒是一副無所謂的語出：「禮豈為我輩設也？」他根本不認同那些不合時宜的禮制，當然也不覺得自己犯有什麼錯。後世即以「禮豈為我輩設也」之語，比喻那些不為禮教、流俗所拘泥的人。

魏晉時期，十分重視古來制定的禮法，如《禮記．喪大記》：「期終喪，不食肉，不飲酒。」訂定守喪期間不可食肉飲酒，但是阮籍在遭逢母喪時，不但照常參與宴會，還大快朵頤地喝酒吃肉，旁人斥責他違背孝道，他也不以為意；可是當他的母親準備下喪，阮籍與母親最後訣別一刻，他卻發出一聲哭號，當場口吐鮮血，倒地不起，表現失去母親的悲慟至情。可見阮籍在乎的是人發於內心的自然情緒反應，而非執著在禮教的形式規範。

歷久彌新說名句

《世說新語．任誕》另有一則故事描述阮籍喪母，任職中書令的裴楷，前往阮籍家弔唁，以當時的禮儀，有人前往喪家弔唁，主人必須雙腿向後跪在地上哭泣，然後弔唁的人再行致哀。可是阮籍見到裴楷到來，他正在醉酒，披頭散髮的坐在床上，兩腿伸直坐著，也沒流下一滴眼淚，裴楷隨即自己哭了起來，弔唁完後離開；有人因而問裴楷，認為阮籍身為主人都不哭了，裴楷又何必循禮而哭？裴楷的回答是：「阮方外之人，故不崇禮制，我輩俗中人，故以儀軌自居。」裴楷深知阮籍乃置身世俗之外的人，向來不受禮法拘束，但自己卻是活在世俗之中，受到世俗規範的牽制。裴楷明白兩人對「禮」的認知有差距，所以也尊重阮籍的無「禮」舉止。

在《莊子．大宗師》中，生在戰國的莊子，藉用了春秋儒家孔子及其弟子子貢之名，杜撰出一段虛擬情節，以彰顯世俗的「禮」不過是人為衍生的一種虛偽產物。文中子桑戶、孟子反與子琴張（三人皆為莊子筆下的虛構人物）為好友，存有「莫逆於心」的心契情誼。後來，子桑戶去世，孔子派了弟子子貢前往喪家致哀。子貢見到孟子反與子琴張，竟在子桑戶的屍體旁引吭高歌，他相當不解的向前問這兩人：「這是合乎禮的行為嗎？」聽了子貢的問話，兩人相視而笑的對他說：「是惡知禮意。」意在嘲弄子貢哪裡懂得什麼是「禮」呢！

會心處不必在遠

名句的誕生

簡文入華林園[1]，顧謂左右曰：「會心處不必在遠，翳然[2]林水，便自有濠濮[3]間想[4]也，覺鳥獸禽魚自來親人。」

~言語第二

完全讀懂名句

1. 華林園：宮苑名。位在今江蘇南京。
2. 翳然：隱蔽的樣子。
3. 濠濮：濠，指濠水，位在今安徽境內。濮，指濮水，本為黃河分支，後來逐漸枯涸，位在今河南境內。相傳莊子曾遊於濠水、濮水。
4. 間想：間，同「閑」字。意指閑暇自得的情趣。

語譯：晉簡文帝走入「華林園」，回頭對左右侍從說：「使人心領意會的事物，不一定要到遠方才有，只要山林水清，環境隱蔽幽靜，自然有莊子遊於濠、濮兩水時，那份閑暇自得的情趣，那些鳥獸禽魚，也會主動來親近人們。」

名句的故事

晉簡文帝是晉朝南渡後，東晉第一任皇帝晉元帝的小兒子，當初他的父親將皇位傳給大哥晉明帝，晉明帝再傳給自己的兒子，其後又傳了好幾個短命皇帝，總之，帝位似乎怎麼也輪不到年逾五十的晉簡文帝身上。當時東晉政權幾乎掌控在桓溫手裡，桓溫為了鞏固自己的勢力，改立晉簡文帝，他就如此「意外」的登上皇位。不過，晉簡文帝只是桓溫的一個傀儡，所有政事皆須聽從桓溫的指示。

於是，晉簡文帝只能將生活寄情山水，終日談玄說理，故《晉書．簡文帝紀》寫他「清虛寡欲，尤善玄言」。然而，真實生活裡的晉簡文帝，卻無時無刻不為自己懷憂，內心抑鬱不已。不過，這樣的惶恐日子也沒有過太久，晉簡文帝在即位隔年便去世，只當了八個月的皇帝。

歷久彌新說名句

「會心處不必在遠」一語，其原始典故則是援引《莊子．秋水》有關濠水、濮水的兩則故事。

莊子站在濠水橋上，看著橋下的魚，對其好友惠子說：「魚從容地游來游去，真是快樂。」惠子反問莊子：「你又不是魚，怎知道魚的快樂？」莊子回道：「既然你不是我，怎麼知道我不知道魚快樂？」惠子立刻回說：「對啊！我不是你，當然不知你的情況；但是你也不是魚，所以你不知道魚快樂。」最後，莊子對惠子說：「請回到我們一開始所談的。當你問我『怎知道魚的快樂』這句話時，你已經知道我知道魚快樂才問我，而我就是站在這個『濠上』知道的啊！」

另一則故事是說，莊子正在濮水邊釣魚，楚王派了兩名使者，前來說服莊子入朝參與國事。聽完對方來意，莊子問他們：「我聽說楚國有一隻神龜，已經死了三千年了，楚王還特地用竹箱裝著，以手巾蓋著，你們認為這隻龜是寧可死了，留下骨頭被人尊貴的放在廟堂之上，還是寧可活著，拖著尾巴在泥地裡爬呢？」兩名楚使回答莊子：「寧可活著，拖著尾巴在泥地裡爬。」莊子悠然釣著他的魚說：「那麼請你們回去吧！我就是想『曳尾於塗中』，繼續拖著尾巴在泥地裡爬。」後來比喻人寧願安於貧困，但活得自在。

世說新語100

聞所聞而來，見所見而去

——妙語如珠

不問馬，何由知其數

名句的誕生

王子猷作桓車騎[1]騎兵參軍[2]。桓問曰：「卿何署？」答曰：「不知何署，時見牽馬來，似是馬曹[3]。」桓又問：「官[4]有幾馬？」答曰：「『不問馬』，何由知其數？」又問：「馬比[5]死多少？」答曰：「『未知生，焉知死。』」

～簡傲第二十四

完全讀懂名句

1. 車騎：古代將軍的名號。
2. 參軍：掌參謀軍務。
3. 馬曹：管理馬匹的官署。
4. 官：官署。
5. 比：近來。

語譯：王徽之在桓沖將軍手下擔任騎兵參謀。桓沖問他：「您在哪個官署工作呢？」王徽之回答：「不知道是哪個官署，時常見人牽著馬來，可能是管馬的地方吧！」桓沖又問：「官署那裡有幾匹馬呢？」王徽之回答：「『不過問馬』，哪裡知道有幾匹馬呢？」桓沖繼續問：「馬近來死了多少？」王徽之回答：「『不知道活的有多少，哪裡知道死的呢？』」

名句的故事

王徽之，字子猷，他是東晉大書法家王羲之的第五個兒子，其祖父的兄長是東晉開國功臣王導與王敦。

王徽之被安排進入官署，擔任騎兵參軍一職。當上司車騎將軍桓沖問他隸屬哪個單位，王徽之只知工作場所時見馬走來走去，猜測應該是管馬的地方；對方再問他官署內有幾匹馬，王徽之竟引用《論語》孔子之語答出「不問馬」。桓沖還是不死心，於是繼續追問王近來死了幾匹馬。此時，王徽之已被問得很不耐煩，照樣搬出《論語》中孔子的話：「未知生，焉知死」，桓沖聽到王徽之一再拿聖人之言來「瞎掰」，肯定為之氣結，只是礙於王徽之出身門閥世族，懶得再跟這個部屬計較了！顯見王徽之漫不經心的工作態度，也見識到他說話的強詞奪理，應對上司更是桀驁不馴，難怪大家對他都敬而遠之。

歷久彌新說名句

王徽之所言「不問馬」與「未知生，焉知死」兩語，皆出自《論語》孔子之言。《論語．鄉黨》：「廄焚，子退朝，曰：『傷人乎？』不問馬。」孔子退朝返家後，發現家中馬廄失火，孔子只急著問是否傷到人，而沒有問馬的傷亡。意在說明孔子「貴人賤畜」的人本精神，只擔心這場火災是否有人受傷，完全不在乎他的馬廄裡有多少物的損失。

又《論語．先進》：「曰：『敢問死？』曰：『未知生，焉知死？』」子路向孔子請教有關死亡的事，孔子回答子路，如果人連活著的事都弄不清楚，哪還能知道死後的事？意在闡明「重生輕死」的入世觀念，他希望子路先關心眼前事物，不要浪費時間空想死亡的事，忽略了人活著的學習。

王徽之或許是天生性情使然，也或許他已無心在「騎兵參軍」一職。既然援引了孔子的話，卻故意扭曲孔子本意，用來和長官耍嘴皮子，這樣的表現並不是很得體，最終還是被《世說新語》的作者列入「簡傲」一族。

侯王得一以爲天下貞

名句的誕生

侍中[1]裴楷進曰：「臣聞天得一以清，地得一以甯[2]，侯王得一以為天下貞[3]。」帝說[4]，群臣嘆服。

～言語第二

完全讀懂名句

1. 侍中：職官名，侍於君王左右，與聞朝政，為皇帝親信重臣。
2. 甯：通「寧」，安寧之意。
3. 貞：守正道的、效忠的。
4. 說：通「悅」，高興之意。

語譯：侍中裴楷上前說：「臣聽說天得『一』而清明，地得『一』而安寧，侯王得『一』就能成為天下的首領。」晉武帝聽了之後非常高興，眾朝臣對裴楷的機智也相當佩服。

名句的故事

話說晉武帝登上王位時，很想知道自己能傳位幾世，因此便在朝中卜卦，結果居然是個「一」字。晉武帝的臉色當場難看極了，難道晉朝如此短命？在場的朝中大臣不知如何是好，然而裴楷在這時候走了出來，向晉武帝解釋卜得「一」的優勢，晉武帝聽完後不但釋懷，還高興起來。眾臣不禁佩服，放下心中的一顆大石。

裴楷的機智告訴我們，沒有任何一件事物的詮釋，是固定而不能改變的。裴楷所引用的詮釋，來自老子的《道德經．第三十九章》：

「昔之得一者，天得一以清，地得一以寧，神得一以靈，谷得一以盈，萬物得一以生，侯王得一以為天下貞。」晉武帝剎時才知道得「一」的可貴。

然而，老子口中的「一」，它是一種「中庸之道」，萬事萬物必須達到中庸的境界。這當然與皇帝占卜國祚得「一」的意義是完全不同的，這不過是裴楷安慰晉武帝的手段吧！只是晉朝的司馬家族，從晉武帝到晉惠帝，也不過傳承一代，「八王之亂」便讓晉朝的國本幾乎傾覆，「五胡亂華」也讓晉朝喪失北方江山，最後屈於江左立國。

歷久彌新說名句

唐朝有個「順天易得，得壹難求」的故事。天寶十四年間，受唐玄宗寵信的安祿山、史思明率先起來叛變。史思明在占領東都洛陽之後，便自稱「大燕皇帝」，並鑄造「得一元寶」。但是幾個月之後，「得一元寶」就被廢除，原因就是與晉武帝司馬炎占卜的故事有關。《唐書．食貨志》記載：「既而惡『得一』非長祚之兆，改其文曰『順天元寶』。」史思明這些叛黨害怕跟晉武帝有同樣的下場，很快地改成「順天」。然而「安史之亂」畢竟是「逆天」而行，最後還是被剿平了。這些當初毀壞佛像所鑄成的「得一元寶」，又被熔化後鑄成佛像，因此「得一元寶」在世上流傳的極少，所以才有「順天易得，得壹難求」的說法。

大約在唐朝以後、五代之間，有部蘇廙作的《十六湯品》一書。其中第一品講到「得一湯」：「火績已儲，水性乃盡。」意思是說煮水的火侯剛好到最恰當的時候，而水性也被消除，這就好像「如斗中米，如稱上魚，高低適平，無過不及為度」，要恰到好處。作者又說：「天得一以清，地得一以寧，湯得一可建湯勳。」突顯「一」所具備的「中庸」特性，湯也必須要「得一」，此時的力度不溫不火，恰可表現湯的本質。

戰戰惶惶，汗出如漿

名句的誕生

鍾毓、鍾會少有令譽[1]。年十三，魏文帝聞之，語其父鍾繇曰：「可令二子來。」於是敕見[2]。毓面有汗，帝曰：「卿面何以汗？」毓對曰：「戰戰惶惶[3]，汗出如漿。」復問會：「卿何以不汗？」對曰：「戰戰慄慄[4]，汗不敢出。」

~言語第二

完全讀懂名句

1. 令譽：美好的聲譽。
2. 敕見：受天子之命召見。
3. 戰戰惶惶：形容戒慎畏懼的樣子。戰惶，恐懼不安貌。
4. 戰戰慄慄：形容戒懼謹慎的樣子。戰慄，因恐懼、寒冷或激動而發出顫抖。

語譯：鍾毓與鍾會兄弟兩人，從小就有美好的聲譽。在鍾毓十三歲時，魏文帝聽說了他們的名聲，便對其父親鍾繇說道：「可以叫你的兩個孩子來見我。」於是下令召見兩人。當進去見到魏文帝時，鍾毓臉上冒有汗水，文帝問道：「你臉上為什麼一直出汗？」鍾毓回答說：「由於戒慎緊張，所以汗水如水漿一樣不停流出。」文帝又問鍾會：「那你為什麼不出汗？」鍾會回答說：「由於戒慎顫抖，所以汗水一點也流不出來。」

名句的故事

鍾毓，字稚叔，據《三國志．魏書．鍾毓傳》

說其「年十四為散騎侍郎，機捷談笑，有父風」，試想一名十四歲的青少年已被封為侍郎官，其資質不可不謂聰敏慧黠。史書言鍾毓「有父風」，意指鍾毓的言行舉止，承襲父親鍾繇的行事作風。

鍾會，字士季，是鍾毓的弟弟。《三國志．魏書．鍾會傳》說其「少敏惠夙成」，鍾繇曾帶五歲的鍾會出門，有人一眼即看出鍾會「非常人也」，認為這個小孩將來必是一位不平凡的人物。果然，鍾會日後受到司馬家族重用，從早期祕書郎一職，後來還被封為鎮西將軍。魏元帝景元四年（西元二六三年）曹魏滅蜀漢一役，魏軍的主帥正是鍾會，不過，鍾會卻無福消受他所立下的功勳，隔年他因謀反罪名遭亂箭射殺，還被眾將斬首示眾。終不知掌握退隱的最佳時機，落得身首異地，結束年僅四十餘的生命。

歷久彌新說名句

鍾家兄弟所言「戰戰惶惶，汗出如漿」與「戰戰慄慄，汗不敢出」之語，源出《詩經．小雅．小旻》最末一章：「戰戰兢兢，如臨深淵，如履薄冰。」意在叮嚀上位者必須隨時保持謹慎戒懼，如同站在深淵邊緣或踩於薄冰之上，也可進一步引申為，人若不細察自身所處的險境，後果終將不堪設想。

杜甫在唐代宗大歷元年（西元七六六年），作一五言古詩〈貽華陽柳少府〉，其中四句為：「南方六七月，出入異中原。老少多暍（音ㄏㄜˋ）死，汗逾水漿翻。」當年杜甫旅居夔州（今四川奉節），他特意登門拜訪從華陽（今四川成都）到夔州作客的柳少府，並作此詩相贈。詩中描寫兩人見面正值南方大暑，不分男女老少，許多人皆因中暑而死，杜甫以「汗逾水漿翻」形容夔州已熱到讓人汗如雨下，可說與三國魏人鍾毓「汗出如漿」如出一轍。只不過，杜甫是因為天氣暑熱，才導致滿身大汗，而前人鍾毓則是惶恐魏帝天威，才嚇出一身冷汗來！

我曬書

名句的誕生

郝隆[1]七月七日[2]出日中仰臥。人問其故，答曰：「我曬書。」

～排調第二十五

完全讀懂名句

1. 郝隆：晉朝名士，官至征西參軍。
2. 七月七日：崔寔《四民月令》提到說：「七月七日曝經書及衣裳不蠹」。

語譯：在七月七日夏天最炎熱的這一天，郝隆在大太陽底下躺著。有人問他在幹什麼，他回答說：「我在曬書。」

名句的故事

在漢朝，每到了七月七日夏天酷熱日照最強的這一天，家家戶戶便會將家裏的衣物及書籍，搬到屋外的院子來曝曬，用來防止受潮及蛀蟲的啃咬。這個風俗，到了魏晉時代，富貴豪門競相拿出家中的綾羅綢緞，互相比較彼此的奢侈浮華，成為豪門製造誇耀財富的機會。

當時有位名士叫阮咸，他是當時文學家阮籍的侄兒，他看不慣這樣的行為，便將家裏的一塊破衣裙也拿出來懸掛。有人問他為何如此。他說：「我只不過是附和世人的風俗而已。」

郝隆在自家的院子裏，頂著大太陽，袒開肚子而躺著。有人看他在大太陽底下躺著，便好奇地問他。他說：「我只不過是曬一曬肚子裏的經書。」郝隆此舉如同「老王賣瓜」，自我誇耀自己滿腹學識，但是一方面也反諷當時人，只有藏書卻不知讀書。

歷久彌新說名句

此篇當中郝隆犧牲色相，小露一下他的肚皮。其實這個「肚子」也關係著人們的學問。我們說一個人學識很豐富，便說是「滿腹經綸」，如果書讀得不夠多，便說他「腹笥甚窘」，笥是古代藏書竹器，整句話的意思是指人肚子裏面，所裝得書籍實在少得可憐。

近代的散文大家梁實秋先生，作了《曬書記》，敘述自家小時侯曬書時全家總動員的艱辛過程。他的父親一見到藏書遭到蛀蟲的啃蝕，感慨的說：「有書不讀，叫蠹魚去吃也罷。」並刻了一顆小印，曰「飽蠹樓」，藏書所以飽蠹而已。他聽了心裡很難過，他說：「家有藏書而用以飽蠹，子女不肖，貽先人羞。」

所以，即使藏書千萬，要是有書卻不讀，只是白白當做蠹蟲的糧倉罷了。明、清時代的江南地區許多民間的藏書家，像天一閣、海源閣等藏書家，蓋了防潮、防火、防盜固若金湯的樓房，來珍藏得之不易、唯一的孤本和善本書，且為防止子孫的盜賣，更設下種種繼承的限制，把書當做金銀財寶般的藏在高閣深窖，即使是自己子孫也不輕易一睹自家所珍藏的書籍。但是，最後這些藏書世家的書庫，有些毀於戰火，有些亡於盜匪，還能保持完全的也只有一、二家。

山不高則不靈，淵不深則不清

名句的誕生

康僧淵目深而鼻高，王丞相每調之。僧淵曰：「鼻者，面之山；目者，面之淵[1]。山不高則不靈，淵不深則不清。」

～排調第二十五

完全讀懂名句

1. 淵：深潭。

語譯：康淵僧的雙目深陷、鼻梁高挺，王導丞相時常嘲弄他。僧淵說：「鼻子，是臉上的山；眼睛，是臉上的深淵。山不高就不神靈，淵不深就不清明。」

名句的故事

康僧淵，西域人，後東渡江南，為東晉一著名高僧。據南朝梁人慧皎《高僧傳》記載，康僧淵具有「清約自處」的品德，又深諳「辯俗書性情之義」的佛學知識。原本他是個默默無聞、經常餐風宿露的僧侶，因主動拜訪了頗負盛名的大臣殷浩，正巧殷浩家中當時賓客雲集，席間兩人暢談義理，康僧淵的言談舉止，深得殷浩賞識，此後遂一夕成名，成為從學者眾的高僧，其後他在豫章山（今浙江龍泉）立寺講經，晚年卒於寺中。

由於康僧淵的血統來自西域胡族，擁有深陷雙目與挺直鼻梁，王導身為堂堂承相，卻喜歡拿他和華夏民族不同的外貌來取笑。康僧淵果然是有修養的人，即使嘲笑他的是一名權高位重的大臣，他仍然不疾不徐的應對，把自己高聳的鼻子喻為人臉上的山，將自己深陷的雙眼比為人臉上的水淵，巧妙地說出「山不高則不靈，淵不深則不清」。中國人自古嚮往「山高水清」之人間仙境，康僧淵刻意借此為喻，一來不致得罪當朝丞相王導，二來又維護了自己民族的尊嚴，實不愧為一代高僧。

歷久彌新說名句

「山」、「水」是歷來文人書寫情景，不可或缺的兩大標的所在。《呂氏春秋．本味》記載春秋楚人伯牙，擅於彈琴。伯牙鼓琴志在太山，鍾子期一聽即言：「善哉乎鼓琴，巍巍乎若太山。」一下子伯牙鼓琴志在流水，鍾子期聽到了又說：「善哉乎鼓琴，湯湯乎若流水。」伯牙認為世間唯有鍾子期一人聽得懂他的弦外之音，從此兩人結為知音好友。

後來鍾子期死，伯牙「破琴絕弦」，將他的古琴在鍾子期墳前摔碎，發誓再也不彈琴，以憑弔人生知音的難遇。盛傳伯牙在鍾子期面前彈奏的曲目，即為《高山流水》。

唐人劉禹錫作〈陋室銘〉一文，開頭寫道：「山不在高，有仙則名。水不在深，有龍則靈。斯是陋室，惟吾德馨。」其意是說，山不在乎它的高度，只要有仙人住在山中，就會帶來名氣；水不在乎它的深度，只要有潛龍在水裡，就會顯出靈氣。這是一間簡陋的住所，只有我的德望，才能使這個簡陋的屋子馨香遠播。作者借「山水」喻人的住所，以「仙龍」喻人的品德，突顯居住在這個簡陋房屋的人，即使無「高山」和「水淵」的加持，也會展現其美好品德，重點在山中是否有「仙」，水裡是否藏「龍」而已。劉禹錫此說一出，算是對自古矢志堅信「山高水清」、「山峙淵渟」，以及「山高水遠」等情境者，提出另一種層面的思考。

官本是臭腐；財本是糞土

名句的誕生

殷[1]曰：「官本是臭腐，所以將得而夢棺屍；財本是糞土[2]，所以將得而夢穢汙。」時人以為名通[3]。

～文學第四

完全讀懂名句

1. 殷：殷浩。
2. 糞土：污穢的泥土。
3. 名通：名言。

語譯：殷浩說：「做官本來就是惡臭腐敗，所以如果快要升官，就會夢到棺材屍體之類；而財富本來就是污穢的泥土，所以如果將要獲得財富，就會夢到污穢的東西。」當時的人都把這句話當作是名言。

名句的故事

殷浩是東晉時期人士，人們仰慕其「識度清遠」，在清談方面也頗負盛名。他曾擔任過「中軍」的官職，統領揚州、豫州、徐州、兗州、青州等五州的軍事，所以被人稱為「殷中軍」。殷中軍在年輕時，就顯露出不凡的清高。因此有人問他：「為什麼一個人得到官位之前會夢到棺材，快要獲得財富時就會夢到污穢的糞便呢？」殷中軍很率性的回覆：「官本是臭腐」、「財本是糞土」。正迎合魏晉時期文人對功名利祿的鄙棄，「視富貴如浮雲」就是當時名士的標準作風啊！

事實上，殷浩並沒有真正當過大官，雖然當

過「記室參軍」、「建武將軍」、「揚州刺史」，到後人熟知的「中軍將軍」，但是下場卻是作戰失敗，遭撤職流放。《晉書．殷浩傳》記載：「浩雖被黜放，口無怨言，夷神委命，談詠不輟，雖家人不見其有流放之戚。但終日書空，作『咄咄怪事』四字而已。」

原來，殷浩被罷官貶為庶人之後，受到太大的刺激，口中雖不出怨言，一如往常，家人也不覺得他有什麼悲傷，但是卻整天對著空氣寫著「咄咄怪事」四個字。「咄咄怪事」是令人感到驚奇、不可思議的事情，足見殷浩對於被貶官，始終耿耿於懷。

歷久彌新說名句

周宣是三國時期的解夢高手，在《三國志．周宣傳》記載了一則故事。有一個人問周宣：「我昨天夢見芻狗，這是什麼預兆嗎？」周宣回答：「你會享用一頓美食。」結果，這個人真的受到邀宴。後來，這個人又跑來問周宣：「昨天我又夢見芻狗，這次是什麼意思？」周宣說：「你可能會跌下車、摔斷腳，最好小心一點。」沒想到周宣的預測，還是應驗了。只是這個人又第三次請教周宣：「我又夢見芻狗了，這到底是怎麼回事？」周宣這次說：「你家可能有火災，要小心點。」後來果真如此。

後來這個人坦白地告訴周宣，這三次作夢都只是用來試試他的能耐，卻沒想到這麼靈驗。周宣告訴他：「芻狗是用來祭拜神明的物品，所以夢見它，應該是有供品可以吃；祭祀完後，芻狗被人拋在地上、被車輾過，這就代表你可能會摔車、摔斷腿；芻狗最後可能被當成柴燒，所以表示你家可能會失火。」這就是周宣解夢的邏輯。

簡單說來，周宣是根據這個人所說出話的「內容」，來預測這個人可能會發生的事情，因為我們說出話的內容，代表我們潛意識的反射，跟睡覺作夢其實是一樣的道理。因此，仔細觀察自己的一言一行，說不定能夠更掌握自己的未來，也更能了解自己的內心世界喔！

郗生可謂入幕賓也

名句的誕生

桓宣武與郗超議芟夷[1]朝臣，條牒[2]既定，其夜同宿。明晨起，呼謝安、王坦之入，擲疏[3]示之。郗猶在帳內。謝都無言，王直擲還，云：「多。」宣武取筆欲除，郗不覺竊從帳中與宣武言。謝含笑曰：「郗生可謂入幕賓也。」

～雅量第六

完全讀懂名句

1. 芟夷：比喻剷除亂賊。芟，音ㄕㄢ，shǎn，削除，同「刪」字。
2. 條牒：分條陳述的奏章。牒，官方文書或證件。
3. 疏：古代臣下進呈君王的奏章。

語譯：桓溫和郗超商議鏟除朝中大臣，分條陳述的奏章已經擬定，當晚一同就寢。明早起床，喚謝安、王坦之進來，擲下奏章給他們看。郗超當時還在帳子裡。謝安看了之後一句話也沒說，王坦之直接丟擲回去，說：「太多人了！」桓溫拿起筆想刪除一些人，郗超不知不覺悄悄在帳子裡和桓溫講話。謝安含著笑說道：「郗先生可算是入幕之賓了！」

名句的故事

桓溫，謚宣武侯，故稱其「桓宣武」，在東晉簡文帝時期，擔任大司馬一職。郗超，字嘉賓，為桓溫手下愛將，所以才能一夜留宿桓溫帳幕，共謀朝政大事。

《晉書．郗超傳》中指出郗超在年少之時，已展現出眾才華，性格豪邁，聲名遠播，桓溫雖身為長官，也真心結納郗超為自己的心腹。

本則名句描寫謝安與王坦之，被桓溫召入房中看奏章時，帳幕不小心被風吹開，謝安見到郗超正與桓溫交頭接耳的竊竊私語，而郗超發現自己被謝安瞧見，那場面必定十分尷尬，但謝安卻輕鬆地說道：「郗生可謂入幕賓也。」這其實是一語雙關，他話中的「幕」表面是指藉以藏身的簾帳，意在讚許郗超是入得了桓溫簾幕的「嘉賓」（正好是郗超的字），不愧為桓溫的重要幕僚成員。

古人習慣用簾帳區隔屋內空間，帷幕屬於個人起居私密處，所以能夠進入帷幕的賓客，自然與主人關係匪淺。由於謝安的機智詼諧，才舒緩了郗超被人發現的不安氣氛，此後人們遂以「入幕之賓」形容參與機密或充當幕僚的人，也可比喻兩人關係親近，即今心腹或死黨。

歷久彌新說名句

東晉謝安所言「入幕之賓」，意在郗超為桓溫的政事「幕僚」。有關「幕僚」一詞由來，源出漢代將帥出征時，將帥有權選任他的文職部屬，設置府署，協助自己處理軍政事務，又因軍隊行軍在外，府署皆設在幄幕中，故稱「幕府」，至於在將帥身旁的左右僚屬，也就被稱之「幕僚」或「幕職」。

原來「入幕之賓」本意為長官的親信幕僚，但衍生到後來，這層主從關係也被去除，僅留下友朋、賓主之間親近的意思。明代馮夢龍《醒世恆言．佛印師四調琴娘》中，蘇軾故意找來一個美嬌娘試探佛印的定性，但佛印並非好色之徒，沒有因而破了色戒，最後佛印也贏得蘇軾對他的另眼看待，最末一段寫著：「東坡自此將佛印愈加敬重，遂為入幕之賓。」將其引為「入幕之賓」，意在表明蘇軾和佛印禪師的友好親密。

聞所聞而來，見所見而去

名句的誕生

鍾士季[1]精有才理[2]，先不識嵇康，鍾要[3]於時賢儁之士，俱往尋康。康方大樹下鍛[4]，向子期[5]為佐鼓排[6]。康揚槌不輟，傍若無人，移時不交以言。鍾起去，康曰：「何所聞而來？何所見而去？」鍾曰：「聞所聞而來，見所見而去。」

～簡傲第二十四

完全讀懂名句

1. 鍾士季：鍾會，字士季，官至司徒。
2. 才理：才思。
3. 要：同「邀」字。
4. 鍛：把金屬放在火裡燒，再用鍾子擊打。
5. 向子期：向秀，字子期，與嵇康友善，為竹林七賢之一。
6. 鼓排：吹火的風箱。

語譯：鍾會精明有才思，原先不認識嵇康，鍾會邀請當時的賢能才俊之士，一起去找嵇康。嵇康正在大樹下鍛鐵，向秀在一旁幫他轉動吹火的風箱。嵇康揮動鐵槌不停，一副旁若無人的樣子，好久都沒有交談一句話。鍾會起身要離去，嵇康問他：「聽到什麼話而來？看到什麼才回去？」鍾會說：「聽到所聽到的就來，看到所看到的就回去。」

名句的故事

嵇康有奇才，崇尚老莊，恬靜寡欲，張隱《文士傳》說他會鍛鐵，家門口環繞著許多大樹，夏天頗為清涼，嵇康常在樹下休憩活動或是自行鍛鐵。雖然家境貧困，但如果有人請他鍛鐵，也不收取酬勞。偶爾有親朋故舊帶著雞酒邀約共飲，就在大樹下清談而已。

鍾會是太傅鍾繇的兒子，以其才能深為司馬昭所信賴。聽聞嵇康的大名，率領一群賢能才俊前來看他，嵇康竟然旁若無人的鍛鐵，鍾會只得悻悻然而去。鍾會回答：「聞所聞而來，見所見而去」，這是搪塞之語，答了等於沒答，機智的回敬嵇康不客氣的問話，但二人從此交惡，鍾會懷恨在心，常對文王進讒言說嵇康的壞話。

魏晉之際，政治險惡，嵇康卻敢於頂撞司馬氏的心腹鍾會，表現了他性格剛直任性的一面，在〈與山巨源絕交書〉中嵇康即自言：「不喜俗人」、「剛腸疾惡，輕肆直言，遇事便發」，這樣的個性終為他招來殺身之禍。

歷久彌新說名句

嵇康身處亂世，本無意於仕途，認為「榮名穢人身，高位多災患。未若捐外累，肆志養浩然。」主張「越名教而任自然」，要求拋開世俗禮教的束縛而純任自然本性。

嵇康的好友呂安被其兄誣以不孝的罪名，嵇康出面為呂安辯護，鍾會即勸司馬昭乘機除掉呂安和嵇康。鍾會說他「上不臣天子，下不事王侯，輕時傲世，不為物用，無益於今，有敗於俗」、「今不誅康，無以清潔王道」，將嵇康收押下獄，當時太學生三千人聯名上書，請求赦免嵇康，願以嵇康為師，為司馬昭所不許。臨刑前，嵇康神氣不變，彈奏一曲〈廣陵散〉後從容就死，年三十九歲。

嵇康曾與道士孫登遊於深山，孫登對他說：「用才在乎識物，所以全其年。今子才多識寡，難乎免於今之世矣！」孫登看出嵇康不懂得「識時務者為俊傑」，勢必難以見容於世俗。嵇康在獄中寫詩自責道：「昔慚柳惠，今愧孫登！」但後悔已來不及了。

顛倒衣裳

名句的誕生

邊文禮見袁奉高，失次序[1]。奉高曰：「昔堯聘[2]許由，面無怍[3]色。先生何為顛倒衣裳？」文禮答曰：「明府[4]初臨，堯德未彰，是以賤民[5]顛倒衣裳[6]耳。」

～言語第二

完全讀懂名句

1. 失次序：舉止失措。
2. 聘：以禮徵召。
3. 怍：音ㄗㄨㄛˋ，zùo，慚愧。
4. 明府：英明的府君。漢時稱太守為府君，此指袁閬。
5. 賤民：此為邊讓謙虛的自稱。
6. 顛倒衣裳：上衣下裳，顛倒穿著。形容匆忙失序的樣子。

語譯：邊讓拜見袁閬，舉止有些慌張失措。袁閬說：「昔日堯帝禮聘許由，許由沒有露出一點慚愧的臉色。先生為什麼有『衣裳上下穿反』的失常舉止呢？」邊讓回答說：「那是因為英明的您初來此地，有如堯舜一樣的賢德尚未彰顯，所以我才會出現『衣裳上下穿反』的失常舉止啊！」

名句的故事

邊讓，字文禮，東漢末年人，曾任九江太守，《後漢書．文苑列傳》說其「少辯博，能屬文」，可知年輕時的他已具備侃侃辯才，不但書讀得多，文章也寫得極好。晉人張隱《文士傳》記載，邊讓曾受漢靈帝何皇后之兄大將軍何進以禮召見，席間邊讓展現出「才俊辯逸」的好口才，與其「占對閑雅，聲氣如流」的優雅儀態，贏得在場每一位賓客的傾慕。可惜的是，到了漢獻帝建安年間，邊讓因自恃其才，得罪當時已掌控大權的曹操，終為曹操所殺。

歷久彌新說名句

文中「顛倒衣裳」典故，出自《詩經．齊風》，其首章寫道：「東方未明，顛倒衣裳。顛之倒之，自公召之。」此詩原是諷刺國君分不清晝夜，君令無度，使人臣日夜疲於應付，弄得精神緊張，在慌忙之中，連衣裳都上下穿顛倒了！「顛倒衣裳」便用來形容人匆忙慌亂的樣子。

西漢劉向在《說苑．奉使》中，記載一則戰國魏文侯父子，以〈齊風．東方未明〉之「顛倒衣裳」傳遞心意的故事。魏文侯封太子擊到中山國，三年不想和他往來；太子擊的手下趙倉唐，提出自願出使魏國，代太子擊問候父親魏文侯；到了魏國，魏文侯問趙倉唐，太子擊平日讀些什麼書？趙回答《詩經》，當場還吟誦〈秦風．晨風〉與〈王風．黍離〉，表示太子擊甚為思念父親。

原本魏文侯已準備立少子摯為接班人，聽到趙倉唐的吟詩，遂有感而發，拿出裝有一襲衣裳的衣笅，請趙倉唐務必於雞鳴時回到中山國，將衣笅交給太子擊；當太子擊打開父親賜他的衣笅，發現裡頭衣裳上下置放顛倒，立即喊人備車要前往魏國拜見父親。趙倉唐一臉納悶，因為魏文侯僅交代「雞鳴時至」，不曾提到欲見太子擊一事；太子擊興奮地說魏文侯所以賜他衣裳，就是為了召見自己，因為《詩經》寫有：「東方未明，顛倒衣裳。顛之倒之，自公召之」，因此才要趙倉唐趕在「東方未明」回到中山國，又刻意在衣笅內「顛倒衣裳」，這不正暗示著「自公召之」嗎？

當天傍晚，太子擊趕回魏國見到三年不見的父親，魏文侯經過這件事後，決定復立太子擊為儲君，而他就是戰國史上的一代霸主魏武侯。

惠子其書五車，何以無一言入玄

名句的誕生

司馬太傅[1]問謝車騎[2]：「惠子[3]其書五車，何以無一言入玄？」謝曰：「故當是其妙處不傳。」

～文學第四

完全讀懂名句

1. 司馬太傅：會稽王司馬道子，晉孝武帝的弟弟。
2. 謝車騎：即謝玄。
3. 惠子：戰國時代的名家惠施。

語譯：司馬道子問謝玄說：「惠施的書可以裝滿五輛車，為什麼沒有一句話是談玄理的？」謝玄回答說：「應該是他的微妙之處未能流傳下來吧。」

名句的故事

魏晉玄學的思考方式等同於當時文人的生活態度，諸如老子、莊子、惠施等先秦人物的學說，都是他們探討與模仿的對象。正史中並沒有關於惠施這個人的記載，他的著作也早就已經散佚，在《莊子》、《荀子》、《韓非子》、《呂氏春秋》等書中還能看到他的言論。換句話說，「其書五車」並沒有留下惠施最完整的思想紀錄。

根據《莊子．天下篇》記載：「惠施多方，其書五車，其道舛駁，其言也不中。」惠施的道理很多，著書可以裝滿五輛車，但是他所講的道理駁雜，內容也不符合天道。而「其道舛駁，其言也不中」應該就是司馬太傅想要發問的主題，只是他向謝玄提問時，用了一個比較含蓄的說法。

其實並沒有足夠的資料來驗證《莊子．天下篇》的說法，所以謝玄的回答只能中止雙方的討論，難有更深入的研究。劉孝標在註解這一段時，他批評惠施的言論「能勝人之口，不能服人之心」，因為惠施是戰國時代有名的辯論家，根據對手的程度與辯論的需求，而有不同說法，所以僅能讓別人無法與之辯論，卻無法讓人真正從心底服氣。

歷久彌新說名句

樂雷發，字聲遠，博覽群書、長於詩賦，是南宋時期懷有投筆從戎之志的詩人。當蒙古兵大舉進攻南宋西北方時，樂雷發作了〈烏烏歌〉，批判史彌遠等當權派人士誤國，因此導致他屢試不第，與功名始終無緣。〈烏烏歌〉開頭便說：「莫讀書！莫讀書！惠施五車今何如？」意即讀再多的書又有何用，惠施當年有書可裝滿五車，現在還不是一本都沒有留下來。樂雷發當然不是呼籲大家不要讀書，而是強調不要死讀書，讀到歷史時要能轉換成實際的抱負，挺身出來挽救南宋的國運呀！

《鏡花緣》第十六回中有一段：「大賢世居大邦，見多識廣，而且榮列膠庠，自然才貫二酉、學富五車了。」此「才貫二酉」、「學富五車」實有異曲同工之妙。《太平御覽》中記述，所謂「二酉」是指現今湖南省沅陵縣的大、小酉山，相傳秦朝焚書坑儒時，咸陽城有兩個老書生冒著生命危險，將幾千卷的書藏在「二酉山」的「二酉洞」。所以「才貫二酉」是比喻一個人的才識相當豐富，而稱讚一個人「學通二酉」，意即書讀很多、擁有很多知識。

若人死有鬼，衣服復有鬼邪

名句的誕生

阮宣子[1]論鬼神有無者。或以人死有鬼，宣子獨以為無，曰：「今見鬼者云，著生時衣服，若人死有鬼，衣服復[2]有鬼邪？」

～方正第五

完全讀懂名句

1. 阮宣子：阮脩，字宣子，晉陳留人，為清談名士。
2. 復：又。

語譯：阮脩與人爭論到底有沒有鬼神的問題，別人都認為人死後有鬼，只有阮脩認為沒有，他說：「現在自認為見過鬼的人，都說鬼穿著生前的衣裳，如果說人死了有鬼，難道衣服也會有鬼嗎？」

名句的故事

傳統中國人對死亡的看法有兩大取向，第一個是認為「人死如燈滅」，人死後一切都不存在了。第二個是認為人死後靈魂可脫離肉體獨存，英雄豪傑、賢良之士死後，可以成「神」成「仙」，有能力保祐世人，而一般凡人的靈魂，也可以在另一個空間以「魂」或「鬼」的方式存在。

魏晉時期，社會上盛行「清談」的風氣，士族名流相遇，不談論國計民生，而專談老子、莊子、周易，崇尚虛無的言論，以表現自己的高雅脫俗，所以也被稱為「清談」。「清談」是眾人之間的論駁，要「見人之所未見，言人之所未言」，能提出新異的觀點才能吸引人，當別人都認為人死後有鬼，只有阮脩獨排眾議認為沒有，有自己獨到的意見。

阮脩是東晉的名士，《晉書．阮脩傳》說他不喜歡見俗人，也不與權貴來往，常常將百錢掛在拐杖頭上，步行出入酒店，獨自開懷暢飲，可見他個性的放縱不拘。以後的人將酒錢稱為「杖頭錢」，就是由此而來。

歷久彌新說名句

人死後會怎樣？到底有沒有鬼神存在？對於這個所有人都關切的話題，至聖先師孔子也只是說：「未知生，焉知死」、「敬鬼神而遠之」，其他避而不談。但從六朝的鬼怪小說《搜神記》、《幽明錄》到明清的《酉陽雜俎》、《聊齋誌異》，一連串的小說和戲劇，在在表現出人們對死後世界的敬畏與好奇。

魏晉以後佛教盛行，齊梁時的范縝提出〈神滅論〉的主張，反對佛教的輪迴之說，他說：「神即形也，形即神也，是以形存則神存，形謝則神滅也。」他認為身體與精神是互為依存而不能分割的，人死之後精神（靈魂）也就隨之消滅了。范縝並舉例說：形體就像刀刃，精神就像它的鋒利，沒有聽說刀刃沒有了而鋒利還存在的，豈有形體亡了而精神還在的道理？

近代學者胡適常勉勵青年學子做學問要有懷疑的精神，他說自己在十幾歲的時候，便已有好懷疑的傾向，尤其關於宗教方面。胡適小時候，由於家中的女眷都是深信神佛的，接觸到《目連救母》、《玉歷鈔傳》等佛教經書的影響，腦子裡裝滿了地獄的殘酷景象，心裡十分害怕。有一天，他念到司馬溫公的家訓，其中有論地獄的話，說：「形既朽滅，神亦飄散，雖有剉燒舂磨，亦無所施。」他再三唸著這句話，突然覺得一切地獄慘狀都再也威脅不到他，不用再害怕了；及至讀到范縝的〈神滅論〉，更把腦子裡的無數鬼神都趕跑了，使他走上了無鬼無神的道路。

時無豎刁，故不貽陶公話言

名句的誕生

陶公[1]疾篤[2]，都無獻替[3]之言，朝士[4]以為恨。仁祖[5]聞之，曰：「時無豎刁[6]，故不貽[7]陶公話言。」時賢以為德音。

～言語第二

完全讀懂名句

1. 陶公：陶侃。
2. 疾篤：病的很嚴重。
3. 獻替：對未來興革治理的建議。
4. 朝士：朝廷大臣。
5. 仁祖：當時著名的天才兒童，謝尚，字仁祖。
6. 豎刁：春秋時人，深受皇帝寵信的宦官。
7. 貽：音一ˊ，yí，留。

語譯：陶侃病危之時，對於朝廷興革利弊都沒有留下隻字片語，朝中大臣深以為憾。謝仁祖聽到後，說道：「這是因為我們當今並沒有豎刁這種小人當道，因此陶公不用留下任何擔心的遺言。」當時人都認為這是有德者所說的話。

名句的故事

陶侃是晉朝大臣，流傳至今最能勾起我們的印象，是他為了鍛鍊身體與心志，每天早上搬磚的故事。當時陶侃原本擔任中央的將領，卻因為被誣陷而被放到廣州。雖然已經遠離朝廷勢力，一般人或許也就安於現狀，無力再奮鬥。但陶侃不然，他仍然堅守收復北方故土的理想。他為了不荒廢武藝而鍛鍊體魄，於是每天都將房子內的磚頭搬到屋外，隔天再從屋外搬進家中。果然當他再度調回朝廷時，就受到皇帝的重用，擔任荊州刺史。

本則故事中，作者劉義慶記載陶侃撒手人寰之際，未曾留下任何有關於未來國家大事的遺囑。因此朝廷臣子們深以為憾。然而若考究《晉書．陶侃傳》可以發現，事實上陶侃臨終前還曾上表給皇帝，表中言：「臣年垂八十，位極人臣，啟手啟足，當復何恨！但以餘寇未誅，山陵未復，所以憤慨兼懷，唯此而已！猶冀犬馬之齒，尚可少延……伏願遴選代人，使必得良才，足以奉宣王猷，遵成志業。則雖死之日，猶生之年。」意思是說：「我已八十歲垂垂老矣，榮任高官，雖死無憾。心中但念著餘賊尚未平定，山河未能收復。多麼希望能夠在最後一刻善盡犬馬之勞……因此希望能推薦接手的良材人選，希望他能在我死之後，輔助帝業。則我雖死，猶如在世。」這封上表可謂真情流露，反應一個盡忠職守的朝臣，即便面對死亡也毫無畏懼，心中唯念著國家山河的收復，與國治民安的維繫。

陶侃後代也出現一個歷史著名人物，即陶淵明。陶侃是淵明的曾祖父，兩人未曾見過面，但陶淵明一生最佩服的人就是陶侃。他曾多次在作品中回憶著祖先功業，其中又以曾祖陶侃的立功立德最令他敬佩，其云：「桓桓長沙，伊勳伊德。天子疇我，專征南國。功遂辭歸，臨寵不忒。孰謂斯心，而近可得。」記載著陶侃身前為天子手下之大將，為天子開闢、收復疆壤，深受皇帝喜愛，受封長沙公。陶侃卻謹守儒家修身之道，淡泊名利，功成身退，毫不戀棧權位。如此的品德修養，是淵明一生的座右銘，謹遵時刻不忘。

歷久彌新說名句

本篇名句中，謝仁祖用了一個典故，即「豎刁」。豎刁又作「豎刀」，刁與刀本來是同一個字的分化，因此豎刁又可作「豎刀」。豎刁是春秋時期第一霸者齊桓公晚年最寵信的宦官。豎刁也是當時政治上的毒瘤，雖然名臣管仲不斷地用計掃除豎刁，卻礙於齊桓公不支持而一直不能成功。當管仲病重將亡之際，齊桓公匆忙趕去見他最後一面，卻只心念著江山的未來。齊桓公還委婉地問道：「如果你不介意回答的話，豎刁能不能在你死後，取代你擔任宰相呢？」管仲聽了之後，只有淡淡回道：「這種人身體有殘缺，卻阿諛諂媚君主，非常理可言，必不可用！」雖然管仲作了這個建議，他心裡也清楚，等他死了之後，第一個被「扶正」的人，一定是豎刁。

果然如此，齊桓公還是沒有警覺到這點，仍寵信重用豎刁。這項舉動，進而帶起了宦官干政的危機。等到齊桓公過世之後，他的幾個兒子都跳出來爭奪皇位，宮中的宦官們也各自選邊站，互相爭權奪利。最後甚至招惹戰禍，各個皇子都互不相讓，齊國的勢力因此一落千丈，失去了霸王的地位。而齊桓公不聽管仲的建言，儘管生前並無遭受太大的磨難，但他的「身後事」就很可憐，甚至成為史上著名的醜事。他的幾個兒子由於互相爭取皇位，在名不正言不順之前，齊桓公的屍體就不能埋葬、入土為安。由於幾個公子發動戰爭，根本沒人處理桓公的身後世，屍體就放在宮中發臭腐爛。一直等到桓公的朋友宋襄公看不過去，才出兵平定齊國內亂，將齊桓公安葬好。但此後齊國勢力大為衰退，在在應驗了管仲識人之明！

齊國的這件醜聞，一代梟雄曹操也不禁為之慨然。他曾寫一首四言詩〈善哉行〉，將這段史事摘錄下來，說道：「齊桓之霸，賴得仲父。後任豎刁，蟲流出戶。」齊桓公的霸業是仗賴著管仲之賢而成，後來卻信用豎刁，落得死後屍體長蟲，流出門口。可見孔子所說「親君子，遠小人」的道理，後代子孫須引以為鑑！

小時了了，大未必佳

名句的誕生

孔文舉[1]年十歲，隨父到洛。時李元禮[2]有盛名，為司隸校尉[3]。詣門者皆儁才清稱[4]及中表親戚[5]乃通。文舉至門，謂吏曰：「我是李府君親。」既通，前坐。元禮問曰：「君與僕有何親？」對曰：「昔先君仲尼與君先人伯陽[6]，有師資之尊，是僕與君奕世[7]為通好也。」元禮及賓客莫不奇之。太中大夫陳韙後至，人以其語語之，韙曰：「小時了了[8]，大未必佳。」文舉曰：「想君小時，必當了了。」韙大踧踖[9]。

～言語第二

完全讀懂名句

1. 孔文舉：孔融，字文舉，東漢末年人。
2. 李元禮：李膺，字元禮，是東漢末年清流運動的領袖。
3. 司隸校尉：掌管京師與屬郡百官的督察權。
4. 清稱：具有清高名譽之人。
5. 中表親戚：即表親們，如姑姊妹的子女、母族手足的子女。
6. 伯陽：指老子，名耳，字伯陽。
7. 奕世：累世。
8. 了了：聰明貌。
9. 踧踖：音ㄘㄨˋ ㄐㄧˊ，cù jí，侷促不安的樣子。

語譯：孔融十歲時，隨著父親來到洛陽。當時李膺有很大的名望，擔任司隸校尉。登門拜訪他的都必須是才子、名流和內外親戚，才准通行。孔融來到他家，對門房說：「我是李府君的親戚。」經通報後，他入門就坐。元禮問道：「您與我有何親戚關係？」孔融回答：「過去我的祖先孔子曾跟您的先祖老子問學，曾經有過師徒關係，如此我與您就是老世交了。」元禮與在場賓客無不讚賞孔融的聰明。後來太中大夫陳韙來了，人們就跟他說這件事。陳韙說道：「小時後聰明伶俐，長大了未必出人頭地。」孔融回答：「那您小時後想必一定是非常聰明！」陳韙聽了，非常地難為情。

名句的故事

孔融確為孔子第二十四世孫，家族都居住在古代魯國（山東）所在地。他的成名故事有兩則，一是「孔融讓梨」、一是本則名句「小時了了，大未必佳」。兩則事件都發生在他年紀甚小之時。孔融讓梨發生在他四歲時，家人給他與哥哥兩顆梨子，他選擇小的，將大顆讓給兄長，家人為之稱奇不已。畢竟一個才四歲的小孩，能夠懂得兄恭弟友、尊長謙讓的美德，實屬難得。因此宋代王應麟撰寫《三字經》時特別收錄此事，「融四歲，能讓梨，弟與長，宜先知」，傳頌於歷代莘莘學子們。

「小時了了，大未必佳」的故事，是孔融進入名流社交圈的第一擊，藉由他的才思捷敏，成功地打開知名度。其實在登門拜訪時，李膺聽了孔融巧妙地「拉關係」，對這個人印象已十分深刻，當場賜座，且詢問孔融是否要用餐。孔融應好，李膺搖搖頭說：「我教你當客人的道理。當主人客氣詢問你是否要用餐，你應該謙讓推辭，這是禮貌。」孔融聽了之後，緩緩應道：「不然，換我來告訴你當主人的禮儀，主人應該主動為客人佈餐，而不是詢問後再作。」李膺於是感到慚愧，嘆道：「可惜我已經老了，看不見你富貴騰達的模樣了！」之後，兩人還針對經史百家作了深入談論，孔融皆對答如流。接下來才是自大的陳韙登場，被孔融反諷「想君小時，必當了了。」李膺聽了孔融對陳韙的嘲諷，大笑不已，連連稱讚孔融長大必為偉器。可憐的陳韙簡直無顏見江東父老，一個大人卻被小孩子反駁得張口結舌，難以言對。

歷久彌新說名句

「小時了了，大未必佳」，幾乎成為我們對於天才兒童的偏頗印象，還帶了一些忌妒與諷刺。有趣的是，雖然多數人都知道這則故事主人翁是孔融，卻常誤以為這句話是孔融所說的。若通曉這段緣由，便知我們琅琅上口的「小時了了，大未必佳」，其實是陳韙所道。由於《世說新語》這段記載寫得活靈活現，「小時了了，大未必佳」便成為後世文人常用的典故。

晉朝袁宏記載東漢獻帝的本紀，寫道：獻帝「小時了了者，至大亦未能奇也。」獻帝年紀小小就被董卓、曹操「挾天子以令諸侯」，即使他能多麼聰慧，在這個群雄即起的年代，最終也只能犧牲在權利鬥爭當中，讓位給曹魏政權。

現代作家劉墉在其作品《螢窗小語》中，深深同意陳韙所言：「小時了了，大未必佳」這句話。劉墉認為現代社會中新聞媒體所報導的天才兒童，若持續追蹤，究竟有幾個能成就非凡？反而是一些持續默默努力的人，最後反而一鳴驚人。作者在書中寫道：「有超人的聰明者，不見得有超人的抱負。他們常仗恃自己的智力，放棄平實的奮鬥……加上大人們的虛榮心作祟，在旁一味鼓吹，於是益發造成急功好利的毛病。發掘這種天才，吹捧這種天才，實在是害了他們哪！」所謂聰明反被聰明誤即是如此，成名過早反而讓小時了了者貪圖享逸。因此，不論是小時了了，或是大時了了，都需要勤奮加上努力，才有可能成功！

我常自教兒

名句的誕生

謝公[1]夫人教兒，問太傅[2]：「那得初不見君教兒？」答曰：「我常自教兒。」

～德行第一

完全讀懂名句

1. 謝公：謝安。
2. 太傅：古代官職，相當於宰相，此時謝安正擔任太傅一職。

語譯：謝安妻子教導子女時，問丈夫說：「怎麼都沒看到你在教小孩呢？」謝安回答：「我平常的行為就是在教他們！」

名句的故事

這個故事發生於鼎鼎大名的謝安家裡。謝安是東晉著名的宰相，最大功績在於抵禦北方外族前秦苻堅大軍南下，讓中國免於「被髮左衽」。然而或許忙於政治，使謝安對子女的教育沒有那麼盡心盡力。他的妻子有一天正在教導子女的時候，看到謝安又閒閒地晃來晃去，就忍不住質問他：「怎麼從不見你教小孩呢？」妻子的詢問或許帶點抱怨，可是薑果然是老的辣，謝安直接回道：「我每天做的事就是在教小孩！」一開口就讓妻子無以言對，只能認命地摸摸鼻子繼續教誨小朋友了！

在《妒婦記》中記載一則謝安夫妻的小故事。謝安的妻子劉夫人不准丈夫納小妾，謝安雖不敢反抗，但心裡常有怨言。謝安又特別喜歡聲樂，富豪人家常常豢養著一批自家的樂妓，謝安羨慕不已。他的姪子、門生多少知道他的心意，便有意無意試圖幫他跟劉夫人求情。在一次機緣，他們跟劉夫人提到古代《詩經・螽斯》篇曾言：「螽斯羽，詵詵兮，宜爾子孫，振振兮！」意思是說，古人先賢就曾說，婦女如同螽斯一般，最大的功能就在於讓夫家傳承香火、開枝結葉，且越多越好，因此應該讓丈夫多納幾個妾室。劉夫人一聽就知道他們是在諷刺自己善妒，不屑地回道：「那是因為〈螽斯〉是周公寫的，若是周婆來寫，那就不一樣了。」

歷久彌新說名句

本則名句「我常自教兒」，說的就是傳統中國教育中最重視的「身教」。與謝安同時期的劉寔也有類似的故事。劉寔是晉朝的太尉，即擔任有關司法的工作，一般來說執行此工作的人，要求節操剛直、守禮安分。然而他的兩個兒子卻不學好，老是招惹禍事回家，最後因此獲罪下獄，父親劉寔也連坐降職。劉寔的朋友問他說：「你怎麼不好好教導你的小孩呢？」劉寔回道：「吾之行事，是其耳目所聞見，而不仿效，豈嚴訓所變邪？」劉寔所言同於謝安，皆是日常生活中即以身作則，子女卻不能體悟，實在可惜！

清末著名的湘軍將領曾國藩，在當時非常受人崇仰尊敬。曾國藩雖忙於國事，卻十分孝順，不僅常寫書信給父母請安，也常寫給兄弟互相勉勵，其中一篇寫給弟弟的信中敘述：「往往積勞之人，非即成名之人，成名之人，非即享福之人……吾兄弟但在積勞二字上著力，成名二字，則不必問及，享福二字，則更不必問矣。」當時他正在外地打仗，為了國家社稷安全，仍不忘與兄弟互相鼓勵，也是以身作則的最佳範例。

臣猶吳牛，見月而喘

名句的誕生

滿奮[1]畏風。在晉武帝坐，北窗作琉璃屏風，實密似疏，奮有難色。帝笑之，奮答曰：「臣猶吳牛[2]，見月而喘。」

～言語第二

完全讀懂名句

1. 滿奮：字武秋，西晉人氏。
2. 吳牛：水牛多生長在江淮間，故稱吳牛。

語譯：滿奮平時就怕風吹。有一次他在晉武帝的座席上，面北而坐，宮中北邊的窗子是用琉璃做的屏風，這屏風做得很密實，但看起來卻很疏鬆，好像風可以透過來一樣，滿奮便顯得坐立不安。晉武帝看到這樣不禁笑他。滿奮便告訴晉武帝：「臣就像吳牛一樣，看到月亮以為是太陽，便不由自主喘起來了。」

名句的故事

滿奮的這句名言的典故，是出自漢朝《風俗通義》中的記載，書上說：「吳牛望見月則喘，使之苦於日，見月怖而喘焉。」這裡的「吳牛」是指生長在長江、淮水之間一帶的水牛。由於南方的夏天比較長，水牛怕熱，看到太陽會覺得熱到喘氣；因此，看到晚上的月亮，水牛卻誤以為是太陽，不由自主地開始喘起氣來。

以上就是成語「吳牛喘月」的故事，一方面可以用來形容天氣很熱，另一方面則是指看到類似曾受其害的事物，不明究理的就會感到害怕，也就失去了了解真相、判斷真相的能力。換句話說，吳牛所經歷過的事物太少了，才會把月亮當作是太陽。

就像是「蜀犬吠日」一樣，四川的天氣常常是充滿雲霧，狗兒難得看到太陽，當太陽出現時，還以為是什麼怪物，緊張地大叫。這就是少見多怪囉！

話說回來，滿奮這個人身材高大，沒想到卻十分怕冷，據說他遇到颳風的天氣，幾乎整個人快縮到衣服裏面去；冬天一到，他更是鎮日都坐在爐火旁。面對晉武帝的嘲諷，聰明的滿奮不但擅於用典，也巧妙地化解了自己的尷尬。

歷久彌新說名句

說到「吳牛喘月」讓人聯想到「犀牛望月」。「犀牛望月」意即犀牛的鼻子上面有長角，眼睛一看出去，視野總會被角所影響，所以只要觀看東西，都會看不完全，因此犀牛總是「外不見物，內不見情」，對事物總有誤判。到現在，這兩句成語常被相提並論。

有趣的是，「犀牛望月」被後人衍生為長久盼望之意，這就要說到另一個神話故事了。據說犀牛原來是天上的神將，一日受玉皇大帝的旨意，下凡向人間散播起居作息的規範：「一日一餐三打扮。」要求人們應當注重禮儀多於吃喝。沒想到犀牛被人間的花花綠綠擾亂了，竟將旨意說成「一日三餐一打扮。」。這下可好了，玉皇大帝生氣之下，便罰犀牛到人間受苦。來到人間的犀牛，每每思念天上無憂無慮的生活時，晚上就會抬頭望月。這就是「犀牛望月」，盼望早日回到天上的緣故。

簸之揚之，糠秕在前；洮之汰之，砂礫在後

名句的誕生

王[1]因謂曰：「簸之揚之[2]，糠秕[3]在前。」

范[4]曰：「洮之汰之[5]，砂礫在後。」

～排調第二十五

完全讀懂名句

1. 王：指王坦之，字文度。桓溫死後，與謝安一同輔助幼主。
2. 簸之揚之：就是簸揚，意即用篩米去糠的竹器不斷地讓米起落，以除去糠秕。
3. 糠秕：穀類廢棄不可食的部分。比喻瑣碎或無用的事物。
4. 范：指范啟，字榮期，以才義顯於世，仕至黃門郎。
5. 洮之汰之：洗濯的意思，這裡指洗米。

語譯：王文度對范榮期說：「把米放在簸箕中不斷翻揚，無用的糠和秕就會移到前面。」范榮期不甘示弱的說：「把米加以淘洗，砂礫就留在最後。」

名句的故事

這個故事發生在南北朝梁簡文帝時期。有一次，王文度、范榮期兩人雙雙受到簡文帝約見，范榮期雖然年長但是官位卻較低，王文度則是年紀輕但是官位較高。要上前覲見簡文帝時，兩人相互謙讓要對方先行，讓來讓去，王文度就落在范榮期的後面。王文度當下突生一智，說出：「簸之揚之，糠秕在前。」

而這句話其實源於《尚書．仲虺之誥》仲虺

（音ㄈㄟˋ）是商湯的左相，商湯發動革命打敗夏桀，放逐夏桀於南巢，但是商湯的心中還是感到憂慮。仲虺為了安撫商湯，所以寫下這篇文告，以支持商湯革命的正義性。文告中描述：「肇我邦，予有夏，若苗之有莠，若粟之有秕。」意思是說，商是在夏朝的時候建立的，就好像稻苗當中會有雜草，成熟的稻穗中也會摻雜一些沒有長好的空穀。就夏朝的立場而言，商的出現就好像是稻苗中的雜草、稻穗中的空穀，是要被鏟除的，如同孔安國所傳述：「若莠生苗，若秕在粟，恐被鋤治簸颺。」

王文度雖然機智過人，卻也反映出他的心胸；范榮期也不甘示弱的用砂礫比喻王文度。這就是典型「君子動口不動手」，也是魏晉名士的風格呀！

歷久彌新說名句

魏晉時期的名士，行事講究文采風流，骨子裡或多或少都有恃才傲物的性格，對於實際或口頭上的輸贏，都特別敏感。

元朝高明所作《琵琶記》中的〈糟糠自厭〉，有一句：「糠和米本是相依倚，被簸颺作兩處飛；一賤與一貴。」將糠和米用來比喻蔡伯喈與趙五娘這對夫妻真是恰到好處，也突顯出兩人出生的貴賤差異，因此被迫離散、分隔兩地。這裡是用「簸」、「颺」的兩個動作，讓人聯想這對夫妻的分隔是多麼地迫不得已。

「糠秕在前」也是一句謙遜之詞。例如《蘇軾集・卷七十一》〈答曾舍人啟〉：「訓詞一出，皆丹青潤色之文；老拙自降，有糠秕在前之歎。」這是蘇軾在讀到後輩的文章時，對於自己所享有的讚譽感到慚愧，因此形容自己就像無用的糠秕一樣，居然占據在前面的位置。可見中國辭句的用法，可真是千變萬化呀！

管中窺豹，時見一斑

名句的誕生

王子敬[1]數歲時，嘗看諸門生樗蒲[2]，見有勝負，因曰：「南風不競[3]。」門生輩輕其小兒，乃曰：「此郎[4]亦管中窺豹[5]，時見一斑。」

～方正第五

完全讀懂名句

1. 王子敬：即是晉朝書法名家王獻之。
2. 樗蒲：樗音ㄕㄨ，chū，古代賭博遊戲的一種，有點像今日的擲骰子。
3. 南風不競：原意指南方楚國的音樂，樂聲低沉微弱，好像軍隊士氣的低落；後人用來比喻競賽失利的一方。
4. 郎：僕役對主人之子的稱呼。
5. 管中窺豹：比喻所見狹小，未得全貌。

語譯：王獻之小的時候曾經看他父親的門生在玩擲骰子，他觀察出其中的勝負後，便說：「南邊的人比較弱。」門生們輕視王獻之年紀小，便回答說：「郎君只是從竹管中看豹，只能看到豹身上的一個花斑。」

名句的故事

王獻之所說的「南風不競」，是出自於《左傳》。《左傳．襄公十八年》記載，晉國的人一聽到楚國的軍隊有些害怕，晉國的樂師師曠便說：「這沒什麼大礙，我每次吹奏完北方的音樂後，再吹奏南方的音樂，南方的樂聲大多低沉微弱、沒有活力，想必楚國的軍隊不會太強。」所以後人便用成語「南風不競」來形容比賽或作戰時，實力較弱的一方。

句中人物所玩的樗蒲，其實是中國古代的博戲之一，外形很像是古代織布時所用的梭，兩頭尖，中間粗。後來人們把樗蒲這種博具的外形織進了絲織物中，形成了「樗蒲紋」，同時配以多種色彩以及花卉等紋樣，顯得莊重而華美。

以王獻之一個小孩子，對他父親的門生們所玩的遊戲，說出了見解，沒想到卻被門生們嘲笑。因此，王獻之很生氣地瞪大眼睛說：「遠慚荀奉倩，近愧劉真長！」然後生氣地離開。荀奉倩就是曹魏時期的荀粲，為人清高，好玄談辯論；劉真長是東晉的劉惔，也喜好老莊玄談。兩位都是當時所謂的名士清流之輩。王獻之出於好意提醒地說出「南風不競」，沒想被奚落，因此提醒那些比他大的門生，即使是荀奉倩、劉真長遇到這個狀況，都會感到慚愧。

因為這有個趣的故事，而有了「管中窺豹」這句成語，形容一個人看事物時，因為角度的關係，只看到局部而無法看到全貌。類似的成語有管中窺天、坐井觀天、以蠡測海等等。

歷久彌新說名句

「管中窺豹」也可能用來自謙。《宋史．楊紘傳》記載，江東轉運使楊紘是一個很嚴謹的人，他常常說：「不法之人不可貸。去之，止不利一家爾，豈可使郡邑千萬家俱受害邪？」對於不法的人不可以寬待，除掉這樣的人，只是對這個人的家庭有損害，但是對很多家庭都會受益。據說，楊紘嚴謹到即使他在家中，他的兒女也不敢隨便說笑談話。楊紘平時都用手寫記下所知道事實，將之稱為《窺豹篇》，單就書名來看，就突顯出這個人小心翼翼的性格。

譬如人眼中有瞳子，無此必不明

名句的誕生

徐孺子[1]年九歲，嘗月下戲，人語之曰：「若令月中無物[2]，當極明邪？」徐曰：「不然。譬如人眼中有瞳子[3]，無此必不明。」

～言語第二

完全讀懂名句

1. 徐孺子：東漢徐稚。
2. 月中無物：意即月亮裡面沒有嫦娥、玉兔、桂樹等等。
3. 瞳子：瞳孔。

語譯：徐孺子九歲時，一天在月下遊戲，有人告訴他：「如果月亮裏面什麼都沒有，是不是會更亮一些？」徐孺子說：「不會，就好像人的眼睛裏有瞳孔，如果沒有瞳孔，一定什麼都看不見。」

名句的故事

徐孺子就是徐穉，東漢豫章南昌人。徐孺子自幼家境貧苦，桓帝雖然多次徵召他入宮，但是因為不滿宦官專權，終究不願入京求得一官半職，所以當時的人稱他為「南州高士」。這句名言是透過修辭學上的比喻手法，藉由人眼睛的特色作發揮，反映出徐孺子的聰慧。

關於徐孺子的聰慧還有另一則故事。徐孺子跟著父親去拜訪當時受人尊敬的學者郭林宗，兩個人一進門就發現幾個人正忙著砍一棵大樹。徐孺子覺得奇怪，便開口問站在一旁的郭林宗為什麼要砍樹。郭林宗回答：「房子四四方方像個『口』字，院子當中長著一棵樹，木在口中就是『困』，這很不吉祥。」

徐孺子聽了之後忍住笑意，覺得郭林宗實在迂腐。他便裝出吃驚的樣子，趕快告訴郭林宗：「先生，這房子也不能住人了。」此刻換成郭林宗不解地看著他，徐孺子則一臉認真的說：「房子四四方方像個『口』字，房子裏住著人，人在口中就是『囚』字，那住在房子裡的人都會成為囚犯囉？」郭林宗聽罷，啞口無言，他以後就再也不去做那些迷信的傻事了。

歷久彌新說名句

曾國藩在《冰鑑》中說：「一身精神，具乎兩目。」意思是說一個人的精、氣、神，自然會透過他的兩眼表現出來。在相學上有所謂的「重瞳」，就是眼睛裡面有兩個瞳孔，據說有重瞳的人通常是出生貧困卻能夠攀升到高位的人，歷史上的人物如：帝舜、項羽、南唐李後主等都是。

《晉書．顧愷之傳》記載，顧愷之對於人物畫特為擅長，但幾近完成要點睛時，就過了好多年。人家問他為什麼，他說：「傳神寫照，正在阿堵中。」亦即人物畫要有傳神之處，關鍵便在於「阿堵」，也就是指眼睛。

又說顧愷之與殷仲堪常有往來，他很想為殷仲堪畫像，但是殷仲堪由於自己的一隻眼睛失明，所以不肯答應。此時顧愷之便勸道：「若明點瞳子，飛白拂上，使如輕雲之蔽月，豈不美乎！」只要在瞳孔上用「飛白」的方式處理，眼睛就像是被淡淡的雲遮蔽住的月亮一樣，也是很美的呀！所謂的「飛白」，就是筆畫中有空白無墨之處。殷仲堪一聽，便很高興地答應了，讓顧愷之又成就一幅維妙維肖的畫作。

卿試擲地，要作金石聲

「你把這篇文章摔到地上試試，一定會發出如金石般的聲音。」范榮期聽了倒是略帶嘲諷地回道：「恐怕你的金石之聲，不是正統的宮、商那樣好聽的聲音吧！」然而，范榮期只要讀到好的句子，還是連連讚賞：「這應該是我們想說的話呀！」

名句的誕生

孫興公作〈天臺賦〉成，以示范榮期，云：「卿試擲地，要作金石聲。」范曰：「恐子之金石，非宮商中聲！」然每至佳句，輒云：「應是我輩語。」

～文學第四

完全讀懂名句

1. 宮商：五音中的宮、商二音，在此用以借指樂聲。
2. 輒：每每，總是。
3. 我輩：我們這類人。

語譯：孫興公完成〈遊天臺山賦〉一文後，拿給他的朋友范榮期欣賞，還開玩笑地說：

名句的故事

孫興公就是東晉的詩賦大家孫綽，與書聖王羲之交好，博學能文。年輕時的孫綽性好山水，常閑居於會稽一帶（今浙江省紹興）達十餘年，期間他曾寫下〈遂初賦〉，表達自己的匡世之志；後來在征西將軍庚亮的推薦下，出任章安令，章安就是現今浙江省台州。

章安距離佛教勝地天台山不遠，孫綽公餘之

暇常去尋幽問險。東晉時期的政治、社會動盪不安，諸多人都寄情於佛老玄談，藉以逃避現實問題，而孫綽不僅信奉佛教，與當時的佛教高僧竺道潛、支遁也都有往來。〈遊天臺山賦〉就在孫綽的興之所至而誕生，也成為中國山水文學的端倪。孫綽的〈遊天臺山賦〉語詞中，或多或少加入了自己的神遊與想像，然而，全篇文章充分反映出當時文人的隱士性格，文學上的造詣不可抹滅。

後人便以「擲地作金石聲」，或做「擲地有聲」，比喻文章文辭優美、字句鏗鏘有力，就如同鐘磬等樂器所發出清脆悅耳的聲音，用來形容寫得好的文章。

歷久彌新說名句

南朝宋明帝在位時，聽聞有一個文人吳邁遠很有文采，因此就召見他。偏偏這個吳邁遠就喜歡自誇、鄙視他人。據說他每次自覺做出好詩句的時候，就會「擲地呼曰：『曹子建何足數哉！』」認為「七步成詩」、「才高八斗」的曹植都無法跟他相比，這可見吳邁遠的自大。

用「金石」的聲音來形容一篇好文章，突顯出中國文字本身所具備的聲韻，讓文章的可讀性更高了。《臺灣文獻叢刊．書堂聽讀》敘述：「我無車馬客，亦乏絲竹情；虛堂聽讀書，四壁金石聲。」意思是說，自己家裡沒有什麼客人，也沒有彈琴的閒情逸致，倒是喜歡朗誦，因此四面環繞的牆壁都會有朗誦聲音的回應，這個聲音也就是「金石聲」。

婦有四德，士有百行

名句的誕生

許允婦是阮衛尉[1]女，德如[2]妹，奇醜。交禮竟[3]，允無復[4]入理，家人深以為憂。會允有客至，婦令婢視之，還答曰：「是桓郎。」桓郎者，桓範也。婦云：「無憂，桓必勸入。」桓果語許云：「阮家既嫁醜女與卿，故當有意，卿宜察之。」許便回入內，既見婦，即欲出。婦料其此出，無復入理，便捉裾[5]停之。許因謂曰：「婦有四德[6]，卿有其幾？」婦曰：「新婦所乏唯容爾。然士有百行，君有幾？」許云：「皆備。」婦曰：「夫百行以德為首。君好色不好德，何謂皆備？」允有慚色，遂相敬重。

～賢媛第十九

完全讀懂名句

1. 阮衛尉：阮共擔任衛尉一職，乃魏之中央官名。
2. 德如：指阮共的兒子阮德如。
3. 交禮竟：婚禮交拜結束之後。
4. 無復：不再。
5. 裾：衣服的前襟。
6. 四德：婦德、婦言、婦容、婦功。

語譯：許允的妻子是阮共的女兒，阮德如的妹妹，長相非常醜陋。婚禮結束之後，許允不再踏入新房，家裡的人都十分擔心。剛好許允有客人來到，新婦派奴婢去查看是誰，奴婢回答道：「是桓郎」。桓郎即是桓範。新婦就說道：「不用擔心，桓範一定會勸許允進來。」

果然桓範告訴許允說：「阮家既然會嫁個醜女給你，應該是內有深意，你應該要好好查一下。」於是許允就回到新房，但是一見到妻子，馬上又想出去。妻子料想這次若再讓他走出去，以後也不會再進來，於是便抓住丈夫的衣服，阻止他離開。許允於是嘲諷說道：「婦人應該具有四種美德，你有幾種？」妻子回答：「我所缺乏的只有容貌。但是士人應該具備著百種良好德行，你又有幾種？」許允不客氣回道：「樣樣都有！」妻子反諷他：「據說士人百種品行以德為首，而你看重美色不重視德行，怎麼能說樣樣具備？」許允聽了面有慚愧，於是之後兩人相互敬重相處。

名句的故事

許允是曹魏時代的人，他與妻子阮氏之間有許多小故事，都被記載在《世說新語．賢媛》當中，其中最著名的故事即是本則。賢媛篇顧名思義，記載著魏晉時期賢女才婦，她們多出得了閨房、入得了廳堂，不僅具有聰明才智，更具有不輸給男性的機智。因此，作者劉義慶特地將當時著名的女性逸事，收入其中。

這則許允與妻子阮氏之間的新婚插曲，乍看驚訝於阮氏的大膽與機智，但莞爾一笑之後，卻又頗為阮氏感到難過。相貌乃父母天生，非人力所能改變，這也是阮氏對丈夫的抨擊，但是捫心自問，這世上能不在乎配偶長相的又有幾人？更何況古代不似今日可以自由戀愛，拜堂之後，丈夫掀起妻子紅罩紗的那一刻有多麼重要，自不在話下。「婦容」或許初步決定了新婚婦人的未來人生，其餘的三德，只能待來日方長的認識了解吧！許允夫妻的例子正說明這點，阮氏因為出身世家，能有應對的才智與丈夫抗衡，痛斥男人重色不重才。幸好許允也能在反省之後，給妻子一個公平的機會，才成就了兩人的婚姻結合。

許允對妻子要求「婦有四德」，四德乃古人對女子的要求。其實傳統女性規範除了四德，尚有三從，加起來就是我們今日琅琅上口的「三從四德」。其中，三從在《儀禮．喪服》就清楚記載：「在家從父，出嫁從夫，夫死從子。」清楚規範著女子一生所應依附與聽從的對象。至於四德，則是要求女子應該具備著四著美德，分別為「婦德、婦言、婦容、婦功」。婦德當然指的就是傳統婦女應有的內涵美德，包括不善妒、恭敬、孝順、貞節等等。婦言，即要求女人應該謹慎少言，千萬別東家長、西家短的，避免禍從口出。婦容，就比較微妙了，其實主要是指女性要勤於梳妝打扮，不可以懶散地當個黃臉婆，當然也多少意味著長相需要甜美一點啦！

歷久彌新說名句

仔細爬梳中國史書中的女性，多以美貌姿態出現，但其實也是有醜女的。「舉案齊眉」即是一例。漢代的梁鴻是當時的名士，風度翩翩，有不少女孩子都愛慕著他。當時有一個容貌不揚，長得又黑的女子孟氏，年近三十還未能尋到夫家。孟氏只能安慰父母，說：「女人呀！要嫁也要嫁給賢明如梁鴻之人」。原來，則愛弛呀！

其他一般人她還看不上眼呢！梁鴻知道後，居然趕來下聘，讓當時人驚訝不已。原來梁鴻一直尋覓的是心靈相知的妻子，而非看中相貌功名之人。兩人婚後相敬如賓，孟氏每次端茶給丈夫都是「舉案齊眉」，恭敬地服侍著丈夫。

不過能像梁鴻一般重才甚於貌的男子，可謂少之又少。晉朝時的張皇后，由於年老失寵，有一次在司馬懿臥病在床時，前往探視。張皇后心存好意，但皇帝見了她卻非常厭惡，罵道：「老物可憎，何煩出也。」（你這個老怪物，看了就令人憎惡，你幹嘛來？）張皇后聽了之後，自此難過的不吃不喝。她的兒子們知道之後，也跟著不吃東西。皇帝知道後驚訝不已，趕緊跑去向妻子道歉。張皇后這才釋懷開始進食。但是可惡的皇帝，卻在回去之後，說道：「老物不足惜，慮困我好兒耳！」（那個老怪物死了就算了，我擔心的是我那些兒子們！）足見古代女人以色事人者之悲哀，色衰

盲人騎瞎馬，夜半臨深池

名句的誕生

桓南郡[1]與殷荊州[2]語次[3]，因共作了語。顧愷之曰：「火燒平原無遺燎。」桓曰：「白布纏棺豎旒旐[4]。」殷曰：「投魚深淵放飛鳥。」次復作危語。桓曰：「矛頭淅米劍頭炊。」殷曰：「百歲老翁攀枯枝。」顧曰：「井上轆轤[5]臥嬰兒。」殷有一參軍[6]在坐，云：「盲人騎瞎馬，夜半臨深池。」殷曰：「咄咄逼人[7]！」仲堪眇目故也。

～排調第二十五

完全讀懂名句

1. 桓南郡：即桓玄，官至大司馬，襲爵南郡公。
2. 殷荊州：殷仲堪，晉孝武帝時，自黃門侍郎拔為荊州刺史。
3. 語次：談話之間。
4. 旒旐：音ㄌㄡˊ ㄓㄠˋ，liǒu zhāo，出殯時在靈柩前的幡旗。
5. 轆轤：利用滑輪原理製成的井上汲水用具。古人常於井上立架置軸，貫以長木，纏綆其上，下懸汲水用的桶，用手轉動嵌於長木一端的曲柄汲水。
6. 參軍：即參軍之職，是軍府中重要屬官。
7. 咄咄逼人：形容氣勢使人驚懼，是六朝的習慣用語。

語譯：桓玄與殷仲堪談話之間，隨著話題，一起作有關「終了」的聯句。顧愷之說：「大火燒掉了草原，沒有剩餘的火種。」桓玄說：「人死出殯，白布綁在棺木並豎起了幡旗。」殷仲堪說：「將魚放到深潭並放走飛鳥，都一去不回。」接著又作有關「危險」的聯句。桓玄說：「在矛頭下淘米、劍頭下煮飯，隨時都會送命。」殷仲堪說：「百歲的老翁攀住枯掉的樹枝。」顧愷之說：「井上的轆轤躺著一個小嬰兒。」殷仲堪有一個參軍在座，說：「盲人騎著瞎馬，夜半來到深池旁邊。」殷仲堪說：「這氣勢實在是太逼人！」因為殷仲堪瞎了一隻眼睛。

名句的故事

「了語」和「危語」，是當時文人在宴會或閒暇娛樂時所作的一種文字遊戲。由兩人或多人共作一詩，設立一主題，依次出句，相聯成篇，可以一人出二句或多句，將所有人的句子，集合起來則成為一種聯句詩。

「大火燒掉了草原，沒有剩餘的火種」、「人死出殯，白布綁在棺木並豎起了幡旗」、「將魚放到深潭並放走飛鳥，都一去不回」，這三句話都有表示完了、終結的意思，所以叫「了語」。另外，「在敵人矛頭下淘米、劍頭下煮飯，隨時都會送命」、「百歲的老翁攀住枯掉的樹枝」、「井上的轆轤躺著一個小嬰兒」、「盲人騎著瞎馬，夜半來到深池旁邊」四句話都是舉極危險的事情為題材所做的隱語，所以稱為「危語」。

最後，參軍插嘴所做的危語，可能有意或無意影射，正刺中殷仲堪瞎一隻眼的缺憾而使他難堪；另外，此危語所呈現的意象，確實危險得令人驚懼，有咄咄逼人之勢。殷仲堪聽後，自覺難堪，又不便當眾發怒，只得說了句「咄咄逼人」一語雙關的話解嘲。

歷久彌新說名句

「盲人騎瞎馬」用來形容人不明事理，對自己身處險境一無所悉，亂撞亂跌，反倒引來旁人為他焦急萬分。盲人騎馬本來就是很危險的事情，盲人看不到外在的環境，無法導引馬兒正確的方向，所以「盲人騎馬」，是一「危」。而「騎瞎馬」，是第二「危」，盲人看不見東西，本來還可依靠馬的本能，可是卻騎著一匹瞎馬，只能亂闖亂撞；「夜半」，是第三「危」，在半夜沒有人可以看到而救援，整個事件呈現岌岌可危的情況；而「臨深池」，是第四「危」，既無法掌握方向，又在未知的環境，眼看著災難就在眼前，悲劇即將發生。後來，我們用來比喻事情的危險或不可能，即稱之為「桓殷危語」。

「咄咄逼人」有三種含義，「咄咄」本為驚嘆之聲。逼人，指情勢逼人。「盲人騎瞎馬」的情境中，情勢非常危急驚險。所以「咄咄逼人」一方面可以形容情勢險惡逼人，使人畏懼的意思。另外，也有形容言語凌厲，氣勢逼人之意。

東晉時有一位女書法家衛鑠，字茂漪，嫁汝陰太守李矩為妻，世稱李夫人或衛夫人。她是書法世家，受到祖輩的影響，楷、行、篆、隸皆擅長。楷體造詣尤高。她的弟子王羲之，更是得到她楷書的真傳，寫起字來，咄咄逼人。此處「咄咄逼人」一語用來形容文字的氣勢逼近或超越她自己的作品，令人敬畏。

世說新語100

親卿愛卿，是以卿卿

——情之所鍾

已無延陵之高，豈可有喪明之責

名句的誕生

豫章太守顧劭[1]，是雍[2]之子。劭在郡卒。雍盛集僚屬自圍棊[3]，外啟信至[4]，而無兒書，雖神色不變，而心了其故，以爪掐[5]掌，血流沾褥。賓客既散，方歎曰：「已無延陵之高[6]，豈可有喪明之責[7]！」於是豁情散哀[7]，顏色自若。

～雅量第六

完全讀懂名句

1. 顧劭：字孝則，吳郡人。二十七歲為豫章太守，對百姓導之以德政，而使教化大行。
2. 雍：顧雍字元歎。累遷尚書令，封陽遂鄉侯，官至丞相。
3. 棊：同棋。
4. 外啟信至：外面通報有信差到來。
5. 掐：用指甲刺進肉裡。
6. 延陵之高：像延陵季子一樣通達。季子，是吳公子季札，延陵是他的封地。
7. 喪明之責：責死了兒子，哭到瞎了眼睛。

語譯：豫章太守顧劭，是顧雍的兒子。顧劭死在郡所，顧雍大集屬員在下圍棋。外面通報說信差到來，卻沒有兒子的書信，顧雍雖神色不變，但心裡已經明白其中緣故，難過得用指甲刺進手掌裡，流出的鮮血沾滿了坐墊。等到客人都散了，才嘆氣說：「我比不上延陵季子那樣通達，又怎能像子夏一樣哭瞎了眼睛，而受到人們的指責！」於是，放寬心情，排遣哀痛，面色安然自如。

名句的故事

「延陵之高」指的是延陵季子喪子的故事。《禮記・檀弓》記載：延陵季子的長子死了，孔子去參加喪禮。見到墓穴的深度還不到泉水處，死者也只是穿著平常的衣服入殮，下葬以後，季子繞著土堆哭喊說：「骨肉又回到土裡去了，這是命該如此，至於你的精神是無所不在的。」哭喊了三遍就離去了。孔子認為他的行為合於禮。

而「喪明之責」指的是子夏哭子的故事。《禮記・檀弓》中談到，子夏因為死了兒子而哭瞎了眼睛，曾子去慰問他，子夏哭著說：「我是沒有罪的人啊！」曾子生氣的說：「你怎麼會沒有罪呢？你使西河的百姓以為你比得上孔夫子，這是第一樁罪狀；你早先的父母之喪，也沒有樹立什麼孝親的榜樣給百姓，這是第二罪狀樁；死了兒子卻哭瞎了眼睛，這是第三樁罪狀。還說你沒有罪嗎？」

歷久彌新說名句

父母疼愛子女之心千古皆同，《後漢書・楊彪傳》記載：楊修因機智過人，受曹操疑忌而被殺害，其父楊彪思念愛子而形銷骨立。有一天，曹操問道：「你怎麼這麼瘦啊？」楊彪回答說：「我很慚愧沒有像金日磾發現孩子不肖的先見之明，孩子死後，我還像老牛般懷抱著舐犢之愛！」「老牛舐犢」是形容他心裡像老牛不斷用舌頭舔小牛一樣疼愛他的兒子，藉以表達其愛子之情。

不論是「已無延陵之高，豈可有喪明之責」的顧雍、懷抱「舐犢之愛」的楊彪，或「恨鐵不成鋼」親手殺死兒子的金日磾，在不同的情況下失去了他們的兒子，但悲痛的心情想必都是相同的！現代作家黃春明痛失愛兒，沉痛地寫下父母對子女永恆的愛：「我們知道你不回來吃飯；就沒有等你，也故意不談你，可是你的位子永遠在那裡，你以為你瀟灑地走了，你沒有，相信我，你沒有」，令人動容。

純孝之報

名句的誕生

吳郡陳遺，家至孝，母好食鐺底[1]焦飯，遺作郡主簿，恆裝一囊，每煮食，輒貯錄[2]焦飯，歸以遺[3]母。後值孫恩賊出吳郡，袁府君即日便征，遺已聚斂得數斗焦飯，未展[4]歸家，遂帶以從軍。戰於滬瀆，敗，軍人潰散，逃走山澤，皆多饑死，遺獨以焦飯得活。時人以為純孝[5]之報也。

～德行第一

完全讀懂名句

1. 鐺底：鍋底。鐺，音ㄉㄤ，dāng。
2. 貯錄：貯存收藏。
3. 遺：音ㄨㄟˋ，wèi，贈送，給予。
4. 未展：來不及。
5. 純孝：篤孝，即至誠的孝心。

語譯：吳郡人陳遺，侍奉家人極為孝順，他的母親喜歡吃鍋底的鍋巴，他在郡府擔任主簿時，身邊時常備有一個袋子，每次煮飯之後，總會把鍋巴貯藏起來，帶回家給母親吃。後來，逢上孫恩聚眾作亂，攻入吳郡，太守袁菘領兵討伐孫恩，這時陳遺已經聚積了幾斗鍋巴，來不及趕回家，即帶著鍋巴出征。兩軍大戰於松江下游滬瀆一處，陳遺這方戰敗，士兵四處潰散，往山間湖澤方向逃逸，多數人因饑餓而死，唯獨陳遺靠著鍋巴得活。當時的人，認為這是陳遺至誠孝心的善報呀！

名句的故事

陳遺是吳郡（今江蘇蘇州）人，東晉末年時，擔任吳郡主簿，即負責掌管文書簿籍的地方官員；由於陳遺的母親喜歡吃鍋巴，所以他每天都會拿一個袋子，到郡府廚房內打包那些人們不愛吃的焦黑飯，帶回家給母親吃。東晉安帝隆安三年（西元三九九年）孫恩聚眾叛亂，朝廷決定發兵征討孫恩，從此展開了長達三年的一場內亂；陳遺的頂頭上司吳郡太守袁菘，在隆安五年（西元四〇一年）因攻敵不克，慘遭孫恩軍隊所殺害，在這場亂事當中，許多人皆因饑餓而丟了性命，陳遺得以大難不死，其賴以維生的就是那袋原本要帶回家給母親的鍋巴飯。

此事傳來之後，大家一致認為是陳遺侍母的「純孝」之心感動上天，所以才能夠幸運地逃過一劫。不過，據《南史．孝義傳》所記，陳遺除了帶著這袋鍋巴死裡逃生之外，在戰敗逃亡的過程中還發生了一件神蹟，史書寫道：「母晝夜泣涕，目為失明，耳無所聞。遺還入戶，再拜號咽，母豁然即明。」陳遺經過一段在山澤間流竄、躲避叛軍的日子，他的母親因擔心兒子的安危，日夜不停哭泣，把雙眼都哭到失明了；好不容易陳遺回到家中，看到母親擔憂自己把雙眼都哭瞎了，不禁號啕大哭地跪拜母親，神奇的是，母親原本看不見的眼睛，竟在此時又恢復視力了！從此更加深了人們對「純孝之報」的信念，始終堅信人的「孝心」是可以感動上天的。

歷久彌新說名句

「純孝」一語，原是古人讚美東周春秋鄭國大夫潁考叔的話。《左傳．隱公元年》記錄了歷史著名的故事「鄭伯克段于鄢」。事件的起因是鄭莊公的母親姜氏，從小偏心莊公的弟弟共叔段，等到莊公一即位，她不斷向莊公提出要求封邑給共叔段管理，造成共叔段的封地和軍備，直逼莊公所統治的範圍；待共叔段羽翼漸豐，便籌謀叛變，加上境內還有母親姜氏的裡應外合，共叔段本以為這是一場天衣無縫的計畫。

其實，鄭莊公對弟弟共叔段的動向一直有所掌握，只是礙於母親的緣故，不便直接展開攻擊，等到共叔段準備起兵，莊公才率兵征討，共叔段因而兵敗逃亡。此事之後，莊公氣得將母親姜氏幽禁在城潁一處，發誓說：「不到黃泉，絕不和母親相見。」只是話一說出，莊公立即心生反悔，畢竟姜氏終究是自己的親生母親。鄭國大夫潁考叔看出莊公的心意，於是替莊公想出一個兩全其美的法子，他教莊公把地挖掘到見到泉水，然後與母親在地道中相會，這樣既不違背莊公先前說出的誓言，又可以和姜氏重拾母子之情。

這則記事的最末寫道：「潁考叔，純孝也，愛其母，施及莊公。詩曰：『孝子不匱，永錫爾類。』其是之謂乎。」文中稱許潁考叔是一個大孝子，除了自己行孝之外，也懂得助鄭莊公盡到孝道。所以《詩經．大雅．既醉》才會出現「孝子不匱，永錫爾類」的詩句，意指孝子的心不會匱乏，幸福永遠賜予這類人身上。

南朝宋時的文學家謝莊，字希逸，他在宋孝武帝大明六年（西元四六二年），曾為宣貴妃殷淑儀作了一篇哀祭文〈宋孝武宣貴妃誄〉，其中兩句為：「純孝擗其俱毀，共氣摧其同欒。」意指宣貴妃的去世，孝順的皇子悲傷到用手捶拍胸部，形體幾乎毀壞；由於母子連心，只因一體分形，同氣異息，皇子痛失了母親，形貌自此憔悴不堪。

殷淑儀為宋孝武帝劉駿的妃子，死後被追封為貴妃，謚曰宣。謝莊的這篇誄文裡，刻意著墨於皇子對母親的至誠孝心，其呼天搶地的摧殘形體，表現出失去母親的深切哀慟。

試守孝子

名句的誕生

王僕射[1]在江州，為殷、桓[2]所逐，奔竄豫章，存亡未測[3]。王綏[4]在都，既憂慽[5]在貌，居處飲食，每事有降[6]。時人謂為「試守[7]孝子」。

～德行第一

完全讀懂名句

1. 王僕射：王愉，當時正出任江州刺史。
2. 殷、桓：殷仲堪、桓玄。
3. 未測：未譜、未知。
4. 王綏：王愉之子。
5. 慽：同悽。
6. 降：降低等級。
7. 試守：類似今日的「見習」。

語譯：王愉擔任江州刺史時，逢遇殷仲堪、桓玄攻擊驅逐，戰亂中退逃到豫章，生死未卜。他的兒子王綏在京城聽到消息，面帶憂容，起居飲食皆節制降等。當時的人就稱他為「試守孝子」。

名句的故事

晉室偏安局面安定之後，祖逖、桓溫都曾經力圖北伐，但宥於北方胡族的強盛，與南渡皇族、士族奪權專擅，貪圖享逸，最後只能在淝水之戰，確立偏安局勢。此後，不僅皇室不再有恢復故土的野心，即使臣民也安於南方新樂土。名宰相謝安過世之後，東晉政治也面臨分裂的危機，軍權主要掌握在揚州刺史桓溫手上。桓溫篡位失敗後，其子桓玄仍有稱帝的野心，當時他與荊州刺史殷仲堪結合，握有荊州大權。江州刺史王愉正是朝廷派來監督抗衡桓玄勢力的人。不過，當殷、桓起兵之時，王愉力戰不敵，只得棄守逃亡，又在途中被敵軍所獲，最後降於桓玄幕下。本則「試守孝子」的故事，即發生在這段時期，當時尚在京城的王綏，對於前線戰況一無所悉，害怕父親已遭遇不測，因此不敢踰矩，先當起「試守孝子」。

何謂「試守孝子」？以古代禮法而言，人際關係中最重要的依據即是喪服禮規定的秩序。歷代禮儀書中對於服喪細節都詳加記錄。喪服禮是古代人們生活中重要的一環，人與人之間的親疏遠近盡表現於其中，關係越親密，服喪的禮儀越重、越久。其中又以君臣、父子所服之斬衰三年最重。服喪期間有許多規範，飲食穿著之外，甚至嫁娶生子都在禁止的行列當中。居喪期間若不遵守禮儀，嚴重的話，官府甚至還可以將其治罪。基於此，王綏在父親生死未卜之際時，不敢稍逾越禮分，害怕若是父親真有不測，那自己此時的享受就是大不敬了。所幸後來證明是烏龍一場，父親王愉並無受害，因此當時人才稱之為「試守孝子」。「試守」一詞，有見習、尚未正名的意思。「試守孝子」即指父親尚在，卻守喪有如孝子一般，是當時人對王綏孝行的稱讚。

歷久彌新說名句

東漢素有「表彰氣節」的歷史封號。這個時代對於儒家禮法特別要求，中央用人的首要標準，其中之一就是「舉孝廉」。對儒家官員來說，能在家孝順父母，對國家才會盡忠，對人民才能體恤、感同身受。這種「孝廉」才有資格幫助朝廷治理天下。制度發展之初，原為統治者的善意，但其發展卻始料未及。一些想要出頭的讀書人，為了攀上「舉孝廉」，絞盡腦汁想出一些光怪陸離的「義行」。例如，東漢晚期清議運動中的砥柱陳蕃，在他擔任青州樂安太守時，地方上有一個人在父母過世之後，守喪二十年，且居住在墓穴旁邊的地道當中。

陳蕃於是派人去了解，當地長官都稱這位趙宣是個孝子，急欲表揚。陳蕃邀請趙宣會面，並與趙宣妻子談話，得知他們五個小孩都是在服喪期間所生。陳蕃非常生氣，反將趙宣逮捕入獄。因為按禮教來說，服喪期間需要齋戒，不僅不可食酒肉，更不可生小孩！

到了唐代，法律明定居喪不合禮將予以處罰。其中又以居父母喪卻娶妻生子者，處分最重，若為官員則處以免職，若為百姓則徒刑一年。若妻妾懷孕在父母喪之前則免刑，不然則須完整服完喪期，脫下喪服才能回歸正常生活。這項條文從唐代立法之後，直到明清依然實行，足見統治者對於捍衛孝道的決心。

唐宋以後，由於童蒙書發達，宗教鼓舞，都使得孝道受到更高的推崇。明清之後，「割股療親」成為當時另一種奇怪的風行產物。割股療親早在春秋戰國時典籍已有記載，此後歷代也有一些個案。宋朝的蘇東坡也曾對此義行發表議論，言：「上以孝取人，則勇者割股，怯者廬墓」。認為統治者對於孝子的崇尚，對社會導致不良的效果，使得有勇氣的人敢動刀割大腿肉，比較沒有骨氣的就乾脆努力結廬守墓，用以媚上。蘇軾的上書並無法改善風氣，畢竟皇帝不可能要人民不孝順，這其實是兩難，為了統治便利，當然要鼓吹忠孝思想，歷朝修撰史書，必定收入孝子、忠臣傳記的原因即在於此。

這種愚忠愚孝觀念的改變，要到清代列強以船堅砲利入侵後，傳統中國沉重的包袱才有了改觀。革命先鋒魯迅就曾在〈墳．我們現在怎樣做父親〉嘲諷道：「醫學發達了，也不必嘗穢、割股」，過去的陋習至此需要改變。愚忠愚孝不再需要固守，應該遠遠拋棄，努力追求現代化、科學化。受到這種風潮影響下的我們，雖然教育仍教導我們事父母以孝，但孝順的方式已不同於古代，「生之孝」遠比服喪守禮的「死之孝」來得更為重要！

生縱不得與郗郎同室，死寧不同穴

名句的誕生

郗嘉賓[1]喪，婦兄弟欲迎妹歸，終不肯歸。曰：「生縱不得與郗郎同室，死寧不同穴[2]！」

～賢媛第十九

完全讀懂名句

1. 郗嘉賓：郗音 ㄔ，ch，指東晉人士郗超，字景興，又字嘉賓。
2. 同穴：夫妻合葬叫做同穴。

語譯：郗嘉賓過世了，他妻子的兄弟想要她回娘家住，但是他妻子始終不願意回去，並且說：「我活著即使無法與郗郎同居一室，死後難道不能埋在同一個墓穴嗎？」

名句的故事

郗超出身豪門世族，據《晉書．郗超傳》記載，他「少卓犖不羈，有曠世之度」，意即他年少時便才華出眾，性格豪邁，具備一種卓然的氣度，也因此交遊廣闊。〈賞譽〉中有句諺語：「揚州獨步王文度，後來出人郗嘉賓。」郗超與「江東名士」王文度齊名，後來因為他在桓溫的麾下展現不凡的軍事才能，其表現更勝王文度一籌。

《晉書．郗超傳》記載，由於郗超生前位高權重，提拔寒門後進更是不遺餘力，因此為他寫輓聯的人高達四十多人，連沙門中人都悼念不已。

這句名言表現出郗超與他妻子之間永恆不

渝、生死不棄的情感。其語法應是出自《詩經．王風．大車》的「穀則異室，死則同穴」。郗超的妻子充分展現出一個女性對愛情的堅持，只能可惜郗超在四十二歲時就撒手歸天呀！

歷久彌新說名句

中唐詩人元稹有一首〈遣悲懷三首之三〉，其中有句：「同穴窅冥何所望，他生緣會更難期。」窅（音ㄧㄠˇ），窅冥是深邃、渺茫的意思。元稹的妻子在元和四年過世，這首詩是給他妻子的悼亡詩。元稹一想到妻子早逝，覺得以後要跟她葬在一起的機會相當渺茫，更何況期待下輩子能否有緣相聚。所以元稹又說：「惟將終夜長開眼，報答平生未展眉。」他只好在漫漫長夜裡，用無盡的思念，報答他妻子生前時與他同甘共苦的情意。

元雜劇有一齣〈死生交范張雞黍〉，敘述好朋友范式、張劭分別後，張劭病倒過世，范式有感應地立即動身前去探望張劭。范式快抵達時，正值張劭出殯入土之際，只見張劭的棺材突然動也不動，眾人無法將之抬進墓穴。此時，只見范式遠遠趕到，抱著棺材哭泣說：「戚同憂、喜同悅，生同堂、死同穴。」兩人一起高興、一起悲傷，希望在世能夠同窗共讀，死後也可以埋在一起。范式、張劭的生死交情，相當令人感動，後人便用「范張雞黍」來比喻朋友間真摯的情義。

有一種「海綿動物」，名叫「偕老同穴」。這是一種骨骼為白色的海綿，在生長時會交織成網狀，而且通常會有一對儷蝦住進去。儷蝦住進海綿裡面之後，就不會再游出去，最後就老死在海綿裏面。所以這種海綿有一個浪漫的名字，叫做「偕老穴」，通常人們會送「偕老穴」的標本給新婚夫妻，祝福他們白頭偕老。

親卿愛卿，是以卿卿；我不卿卿，誰當卿卿

名句的誕生

王安豐[1]婦常卿[2]安豐。安豐曰：「婦人卿婿，於禮為不敬，後勿復爾[3]。」婦曰：「親卿[4]愛卿，是以卿卿[5]；我不卿卿，誰當卿卿？」遂恆聽之。

～惑溺第六

完全讀懂名句

1. 王安豐：即竹林七賢中的王戎。
2. 卿：動詞，稱呼對方為卿，如現代語「親愛的」。
3. 爾：代名詞，同「此」。
4. 卿：名詞，指涉對方，此處指丈夫。
5. 卿卿：前為動詞，後為名詞，意為親愛丈夫。

語譯：王戎的妻子常常稱呼丈夫為卿。王戎於是說道：「妻子稱丈夫為卿，不合禮法，以後不要再這樣稱呼了。」妻子回道：「親愛你這個丈夫，所以喚你為「卿」。我不喚你親愛的，誰又有資格喚你親愛的呢？」王戎聽了之後，就不再反對了。

名句的故事

《世說新語．惑溺》專收錄耽溺於聲色、財富、忌妒、情愛，無所節制、不可自拔之事，用以諷諫時風。傳統儒家重視禮法，講求不逾禮，以禮來維繫人間秩序。

以漢代張敞為例，當時大名鼎鼎的執法專員張敞，在外不苟顏色，嚴厲執法，但為後人所

知的卻是他為妻「畫眉」的私事，這便是成語「張敞畫眉」的典故。畫眉原本是夫妻倆閨房之樂，但這種私事卻被政敵拿來作為誣陷的藉口，皇帝詢問張敞，張敞回道：「臣聞閨房之內，夫妻之私，有過於畫眉者！」皇帝想想也對，於是這樁誣陷才沒有成功。可見在漢代即使是私人閨房之事，也要合於禮法才行，足見禮教規範的嚴密。

以本篇王戎夫妻的例子，當妻子跺腳嬌嗔道：「親卿愛卿，是以卿卿；我不卿卿，誰當卿卿？」是據理力爭的愛情表現。若放在歷史脈絡來看，此篇文章具有不同的歷史意涵，也反映了魏晉時期的時代風潮，以情代禮的風氣越來越盛。士人疾呼要求解放，以「親密」的呼喚來表現內心至情，王戎夫妻間的瑣事於是得以流傳下來。即使是竹林七賢的王戎，對這種親密的舉動都不免覺得彆扭，那麼當時人的反應就更值得我們玩味了！

歷久彌新說名句

「卿」字在古代是相當親密的稱呼。探索「卿」的稱呼方式，先秦時用於對於尊者的敬稱，更常見的莫過於古裝電視劇中常喚的「愛卿」諸類。然而，到魏晉南北朝「卿」字的使用對象大為擴大，王戎妻子親密呼喚丈夫是一例，另外對於友朋也稱之為「卿」。唐代文人李賀〈休洗紅〉言：「休洗紅，洗多紅色淺。卿卿騁少年，昨日殷橋見。封侯早歸來，莫作弦上箭。」〈休洗紅〉是當時流行的曲牌，前兩句「休洗紅，洗多紅色淺」是固定用法，後面才為詩人自由創作。李賀所言的「卿卿」即是指男性友人，他即將要從戎，李賀祝福他功成名就早日封侯歸來，不要像弓箭一般一射就不回頭。可見「卿卿」即使同性也可以使用，成為情人、夫妻、好友間的親暱稱呼。

情之所鍾，正在我輩

名句的誕生

王戎喪兒萬子[1]，山簡往省之，王悲不自勝。簡曰：「孩抱[2]中物，何至於此？」王曰：「聖人忘情，最下不及情。情之所鍾，正在我輩。」簡服[3]其言，更為之慟。

~傷逝第十七

完全讀懂名句

1. 萬子：王戎兒子的名字。
2. 孩抱：懷抱中的嬰孩、幼童。
3. 服：信服。

語譯：王戎的兒子萬子死了，他的朋友山簡前往弔唁。王戎非常的傷心難過。山簡於是安慰道：「就只是一個懷抱中的孩子而已，何苦悲痛到這種地步？」王戎回答道：「最高層的聖人是不會動情，最下等的人也談不上有感情。對感情最為重視的，正是我們這一類的人。」山簡聽了非常認同，也更加為他感到悲傷。

名句的故事

歷史上關於這個故事的主角，有兩種說法。一種是承襲著《世說新語》的說法，是王戎傷其子萬兒。另一個說法是認為過世的是王戎兄弟王衍的兒子。之所以出現歧異，是因為根據史籍記載，王戎的兒子——王綏（字萬子）過世時已經十九歲，即將成年，不可謂之「孩抱中物」。反而王衍曾喪幼子。因此後世有人認為這個故事應該是王衍喪子，而非王戎，歷來說法有所爭議。

王戎喪子這個故事，以現今眼光來看，似乎沒什麼特殊之處。但依照古代的禮儀而言，兒子的身分較為卑下，尊長不應太過悲傷，但人既非聖賢、也非草木，豈能無動於衷？王戎說服山簡的即是「情之所鍾」，而非固有儒家人倫關係的尊卑秩序。

在〈傷逝〉篇中的另一則小故事，也是情逾於禮的情況。郗愔與其子郗超兩人同在官場中任職，但擁護的對象卻不相同。父親郗愔效忠東晉王室，兒子郗超暗地卻與想篡位的桓溫交善。郗超將死之前，唯恐父親太過難過，特別交代手下，若父親真的很難過，就把這箱過去與桓溫的聯絡書信交給他。郗超過世時，當下郗愔並無太大反應。但等到兒子即將入殮出殯，郗愔卻「一慟幾絕」，哀傷成疾。郗超的手下趕緊遵循主人生前的交代，將這箱遺物交給郗愔。果然，郗愔看了之後，就停止哭泣，甚至破口大罵「小子死恨晚」（怎麼不早一點死！）前後反應有著天壤之別。

歷久彌新說名句

「情之所鍾，正在我輩」一句，後來卻成為文學經典的名句。如曹雪芹名作《紅樓夢》中，即塑造出秦鍾的人物角色。秦鍾者，情鍾也。曹雪芹運用的即是「情之所鍾，正在我輩」的典故，意圖創造一個對情最真摯且義無反顧的角色。秦鍾是寧國府秦可卿的弟弟，長的白淨俊逸，與賈寶玉意氣相投。秦可卿於書中與公公若有似無的曖昧，造成她最後尋短的主因。秦鍾護送著姐姐的靈柩到水月庵暫置。卻於庵裡與尼姑智能兒發生感情，私自幽會，難分難捨。秦鍾雖知此不合常理，也不為人所諒解，卻陷入其中無法自拔。秦父得知後，震怒不已，請出家法，將秦鍾打到重傷，自己也氣得一命嗚呼。秦鍾一方面掙扎於愛情，一方面又背負著害父親死亡的自責，最後也一病不起，就此結束他短暫的人生。對於曹雪芹筆下的人物而言，鍾於情者，似乎也注定亡於情。

肝腸寸斷

名句的誕生

桓公[1]入蜀[2]，至三峽中，部伍中有得猿子者。其母猿岸哀號，行百餘里不去，遂跳上船，至便即絕。破其腹中，腸皆寸寸斷。

～黜免第二十八

完全讀懂名句

1. 桓公：就是桓溫。
2. 蜀：即四川省。

語譯：桓溫乘船進入四川，來到長江三峽，部隊中有人捕捉到一隻小猴子。小猴子的母親沿著岸邊不斷哀號，跟著船走了一百多里仍不願離開，最後雖然跳到船上，卻也死了。船上的人就剖開母猴的肚子一看，腸子都一吋一吋的斷裂了。

名句的故事

桓溫在當時可以掌軍權，就是因為掃平「五胡十六國」在蜀地的勢力——成漢。而這個名句的所記載的就是他從長江三峽進入四川時的故事。

桓溫出任荊州刺史後，想盡快樹立功威，穩固政治勢力。他上疏要討伐蜀漢後，便逕自出兵，當時大家都認為此仗勝算很小，因為「蜀道之難，難於上青天」。而且當時的蜀地是未開發之區，桓溫搭船所經過的三峽，還是野生長臂猿猴的聚集之處，這些猴子完全不怕人。後來發生母猿的慘劇，這個士兵下船後便把母猴埋在石堆裡，帶著小猴子走向森林。據說，每每有船行經三峽時，就會聽到猿猴哀鳴悲泣的聲音。而成語「肝腸寸斷」則被用來形容一個人悲痛欲絕的心情。

桓溫在蜀地還發生另一個小插曲。他將亡國國君的女兒李氏納為妾，他的元配非常生氣，便拿著刀子想要去砍殺李氏，沒想到李氏很鎮靜地說：「我已經國破家亡了，如果能被你殺死，也是我的心願呀！」桓溫的元配被他感動，甚至憐憫她的處境。這就是「妒女猶憐」的典故。

歷久彌新說名句

《戰國策》也記述了一個「肝腸寸斷」的故事。齊國的家臣張丑，被送到燕國去當人質。過了不久，齊、燕兩國交惡，燕王便想要殺死張丑，張丑趁機逃走，卻沒想到在燕國的邊境被捕獲。此時張丑心生一計，告訴官吏：「燕王以為我有很多財寶所以要殺我，如果你把我交出去，我就告訴燕王，你奪走我的財寶並且吞到肚子裡去，到時候燕王一定會『刳子腹及子之腸矣』。」刳（音ㄎㄨ），剖開之意，意即燕王為了財寶，一定會剖開士兵的肚子，將他的腸子一寸一寸截斷。官吏聽完之後，為了保命，趕緊讓張丑逃走。

《紅樓夢．第八十三回》描述林黛玉覺得自己寄住在賈府中的境地，越來越不堪，特別是她與賈寶玉的感情始終無法有個明確的結果，隔著窗戶聽到有人罵到：「你這不成人的小蹄子！你是個什麼東西，來這園子裏頭混攪！」林黛玉一聽，以為是罵她，立刻「那裏委屈得來，因此肝腸崩裂，哭暈去了」。此處的「肝腸崩裂」如同「肝腸寸斷」，都是比喻悲傷到了極點。

另外，「肝腸寸斷」也用來形容飢餓到了極點。孤本《元明雜劇．度黃龍》的第一折：「你兩個無中生有，胡說了這一日，把我餓的來肝腸寸斷，你還說嘴哩！。」悲傷與飢餓，這兩種用法非常的兩極化，都將舉止形容的很生動。

愼勿爲好

名句的誕生

趙母嫁女，女臨去，敕[1]之曰：「慎勿[2]為好！」女曰：「不為好，可為惡邪？」母曰：「好尚不可為，其況[3]惡乎！」

～賢媛十九

完全讀懂名句

1. 敕：告誡。
2. 慎勿：千萬不要。
3. 況：更何況。

語譯：趙母嫁女兒，在女兒臨去之前，特別告誡她：「千萬別做好事！」女兒反問：「不作好事，難道要做壞事？」母親回答：「好事都不能做了，何況是壞事！」

名句的故事

根據清代李慈銘的考證，認為此處的趙母，應該是三國時代吳國虞韙的妻子，潁川趙氏女，以才敏多覽著稱於世。丈夫過世之後，孫權聽說趙氏賢才聰慧，於是下詔她入宮，擔任女官。不僅對國事建言，也箋注東漢劉向的《列女傳》。趙氏所留下的文學作品，光是賦就高達十萬餘言，足見其才。本篇名句即擷取趙氏嫁女時的「金玉良言」。乍看或許難以理解，不懂一個母親為何在女兒臨嫁之前，留下這麼詭異的交代，其用意何在？

以現代的眼光或許難以理解，但我們再思索古人的生活，趙母這段話，其實頗有深意！早在漢代《淮南子》中即記載類似的事情，只是說法略為不同，父母交代女兒：「爾為善，善人疾之」，直接點出由於怕女兒表現的太過美善，唯恐招惹眾人忌妒的眼光，因此需要低調行事。《世說新語》的記載更為隱晦，完全不提趙母為什麼不要女兒行善。其實從小受趙母嚴加調教的女兒，完全懂得趙母言下之意，因此後面故意戲言「不為好，可為惡邪？」其實是女兒想在出嫁前最後一刻，與母親撒嬌，享受天倫之樂。

這則故事中趙母雖然告訴女兒不要做好事。但深究她的意思，是提醒女兒作好事千萬別沽名釣譽，不可沾沾自喜著「好人好事」的榮譽狀有幾張，而是要更用心去做，要雪中送炭而非錦上添花。

歷久彌新說名句

對於古代已婚婦女的生活景象，唐代詩人白居易的〈婦人苦〉便說：「蟬鬢加意梳，蛾眉用心掃。幾度曉妝成，君看不言好。妾身重同穴，君意輕偕老……人言夫婦親，義合如一身。及至死生際，何曾苦樂均？婦人一喪夫，終身守孤孑。有如林中竹，忽被風吹折。一折不重生，枯死猶抱節。男兒若喪婦，能不暫傷情？應似門前柳，逢春易發榮。風吹一枝折，還有一枝生。為君委曲言，願君再三聽。須知婦人苦，從此莫相輕。」呈現古代男女地位差異的情形。

此詩開始即言婦人一早梳妝打扮，畫了好幾次才滿意，卻只因為丈夫一句「不好看」，只得再次重來。女人盼的是即使不能同年同日生，但願同年同日死。但男人的心態卻非如此，輕蔑著白頭偕老。就連社會上的規範也迴異，婦人喪偶，只能守著貞節牌坊，含辛茹苦地養大小孩，彷彿是林中的竹樹，樹枝一旦被風吹斷，就不再重生，即便枯死也毅然豎立。男人雖不至於老婆過世都不難過，但就像門前的柳樹，只要春天一到，嫩綠枝芽就長了出來；被風吹斷一枝，旁邊就又長出新的枝芽。因此白居易奉勸天下所有男人，應該要懂得婦女的辛勞痛苦，不可再如此輕視她們。

鼻如廣莫長風，眼如懸河決溜

名句的誕生

人問之曰：「卿憑重桓乃爾，哭之狀其可見乎？」顧曰：「鼻如廣莫長風，眼如懸河決溜。」或曰：「聲如震雷破山，淚如傾河注海。」

～言語第二

完全讀懂名句

1. 廣莫長風：吹不止息的北風。
2. 懸河決溜：傾瀉不止的河水整個潰堤流出。

語譯：有人問顧愷之：「您如此敬重桓溫，可以形容一下你傷心哭墳的樣子嗎？」顧愷之說：「鼻息像長吹不息的北風，眼睛像傾瀉水流的懸河。」接著又形容：「哭聲就像迅雷一樣可以震破山崗，眼淚就像傾瀉的河水一樣地注入大海。」

名句的故事

顧愷之字長康，小名虎頭，晉陵無錫人，出身江南士族，博學而有才氣，擅長詩賦，更是中國繪畫發展史上的一代宗師。至於政途方面，顧愷之表現平平，為當時的大司馬桓溫重用為參軍。顧愷之對於桓溫的知遇之恩非常感激，桓溫死後，他甚至傷心到哭墳。

世人稱顧愷之有「三絕」，即才絕、畫絕和癡絕，本章名句就是敘述其中的「癡絕」。哭的「鼻如廣莫長風、眼如懸河決溜、聲如震雷破山、淚如傾河注海」，顧愷之這樣形容自己傷心難過的程度，顯示他在情感上對桓溫的「癡」，也足見他的文采非凡。

顧愷之與桓溫之子桓玄，也時有往來。據說，顧愷之曾把自己最得意的一櫃子的畫作，貼上封條，寄放在桓玄的家中。當他準備去取畫的時候，竟發現裡面的畫作都不見了。可想而之，這是桓玄將畫偷走了。但是，顧愷之不作聲，很慎重地將封條貼回去。離開桓玄的處所後，顧愷之告訴別人，他的畫已經完美到可以成仙，所以和仙人一樣到天上去了。從這個小故事，我們可以看到顧愷之之重情重義的性格。

歷久彌新說名句

根據《呂氏春秋》記載，所謂的「八風」是指：「東北曰：『炎風』，東方曰：『滔風』，東南曰：『熏風』，南方曰：『巨風』，西南曰：『淒風』，西方曰：『飂風』，西北曰『厲風』，北風曰：『寒風』。」而本文所指的「廣莫長風」也是古人所說的「八風」之一，《史記・律書》記載：「廣莫風居北方。」廣莫風也就是北風，是一種寒風，顧愷之用廣莫風來形容失去桓溫的心情，就如北風一樣寒冷。顧愷之用強烈的比喻，形容自己的哭聲與眼淚，讓我們感受到他的悲痛，怪不得人家說桓溫是他的靠山。

唐朝詩人元稹的〈八駿圖〉一詩，是描述周穆王得到八駿馬後，荒廢國政，到處巡遊，甚至騎著八駿馬去拜訪西王母娘娘。元稹是這樣形容的：「鼻息吼春雷，蹄聲裂寒瓦。尾掉滄波黑，汗染浮雲赭。」我們似乎看到馬兒們暢快馳騁、風沙飛揚起的場面。元稹對於聲狀、行狀的形容也是採取強烈的筆法，讓讀者去感受穆天子遨遊九州的壯志。

至於另一個有名的「哭墳」，就是戲曲「梁山伯與祝英台」的重要橋段。且看祝英台哭得捶胸頓足，驚動天地，梁山伯的墓穴終於應聲裂開，祝英台不顧一切的跳下墳去，墳墓便再度合攏。轉眼間兩隻彩蝶翩翩飛起，也為這場哭墳畫下了完美的句點。

床下蟻動，謂是牛鬥

名句的誕生

殷仲堪[1]父病虛悸[2]，聞床下蟻動，謂是牛鬥。孝武不知是殷公，問仲堪：「有一殷病如此不？」仲堪流涕而起曰：「臣進退維谷。」

～紕漏第三十四

完全讀懂名句

1. 殷仲堪：出身士族，善清談，曾任荊州刺史。

2. 悸：心跳。

語譯：殷仲堪的父親得了虛弱的心悸病，聽到床下螞蟻走動的聲音，竟然以為是牛在打架。晉孝武帝不知道這個人就是殷仲堪的父親，就問他：「有個姓殷的人真是病到如此嗎？」殷仲堪淚流滿面地起身說：「微臣真是進退兩難，不知道該怎麼稟報。」

名句的故事

這個故事在《晉書》的〈殷仲堪列傳〉有記載。殷仲堪出身陳郡世家大族，是當時有名的清談大家，在〈文學第四〉裡號稱「每三日不讀《道德論》，便覺舌本間強」意思是說，一天不讀老子的理論，就會覺得說話無法明達通暢。

殷仲堪在朝不僅是個勤政愛民的好官，在家中也是個孝子。殷仲堪因為自己的父親臥病多年，便自學醫術、研究藥性，但身體不勝長期負荷之下，居然瞎掉了一隻眼睛。後來他入朝為官，得晉孝武帝的信任。有一天，晉孝武帝突然提起有人重病到如此地步的傳聞，想要向他求證，這教殷仲堪說也不是、不說也不是。後來晉孝武帝知道實情後，反倒對自己的唐突，感到非常慚愧。

由這個名句衍生出的成語就是「殷師牛鬥」，或者說是「蚊動牛鬥」。螞蟻跟牛，是如此差異之大的對照，僅僅只是螞蟻在爬，居然會被當做是牛在打架；後人便用這兩句成語，形容一個人已經到了重病虛幻的境地。而其中的「蟻動」，螞蟻到處爬來爬去，則形容心情紛擾不安的樣子。

歷久彌新說名句

《淮南子．兵略》記述：「攻城略地，莫不降下，天下為之麋沸蟻動。」「麋沸蟻動」是比喻社會秩序很亂。這個記述說的是陳勝、吳廣揭竿起義、反對秦始皇暴政的熱烈場面。就在「麋沸蟻動」中帶出了項羽精采的出場點，並且在決定性的「鉅鹿之戰」中，讓秦朝一蹶不振，也使得項羽自己登上西楚霸王的位置。

宋朝大文學家蘇軾在〈次韻樂著作野步〉中寫道：「眼暈見花真是病，耳虛聞蟻定非聰。」其中的「耳虛聞蟻」跟本文中的「殷師牛鬥」其實是一樣的道理，生病已經虛弱到搞不清狀況了。而唐朝文人皮日休在〈早春病中書事寄魯望〉則說：「眼暈見雲母，耳虛聞海濤。」人頭暈到以為看到雲海了，虛弱到以為聽到大海波浪的聲音了，這也和「殷師牛鬥」有異曲同工之妙。而種寫作手法引讀者入勝，得以幻想文中的實景。

本是同根生，相煎何太急

名句的誕生

文帝[1]嘗令東阿王[2]七步中作詩，不成者行大法[3]。應聲便為詩曰：「煮豆持作羹[4]，漉菽[5]以為汁。萁[6]在釜[7]下然[8]，豆在釜中泣；本是同根生，相煎何太急？」帝深有慚色。

～文學第四

完全讀懂名句

1. 文帝：魏文帝曹丕，曹操的兒子，逼迫東漢獻帝讓位，自立為王。
2. 東阿王：曹植，封為東阿王。
3. 大法：大刑，此處指死刑。
4. 羹：烹調成濃稠食品。
5. 漉菽：音ㄌㄨˋ ㄕㄨˊ，lù shú，漉有過濾的意思，菽則是一種豆子的種類。
6. 萁：音ㄑㄧˊ，qí，豆秸。
7. 釜：鍋子。
8. 然：通燃，燒煮之義。

語譯：魏文帝曹丕曾經命令東阿王曹植在七步之內作一首詩，作不出來的話，就要動用死刑。曹植應聲便作成一詩：「煮熟豆子將做湯羹，過濾豆渣成為湯汁。豆秸在鍋子下烹煮，豆子也在鍋子裡哭泣。原本都是同根所生，相互煎熬又何必這樣急迫呢？」魏文帝聽了深感慚愧。

名句的故事

歷史上最讓人耳熟能響的兄弟鬩牆事件，莫過於曹丕、曹植兩兄弟的故事。父親曹操一介武夫，卻也擅長作文章，特別欣賞兒子曹植天資聰敏又善於做詩。原本曹操特別偏愛曹植，甚至想將他立為繼承人，此舉引來長子曹丕的不滿。因為曹丕才是長期陪伴著父親東征西討，過著簡單刻苦軍旅生涯的人。反觀曹植，他以其文氣聞名京城社交圈，過的是文人金迷紙醉的生活。曹操想將位子傳給曹植，當然引起曹丕很大的反彈，也促使兄弟倆手足鬩牆。其導火線更在美女——甄妃。曹植首先邂逅甄妃，墜入愛河，當他將其引薦家人時，兄長曹丕也為之傾倒，展開追求。曹操得知後，認為兄弟感情若因為女人而搞壞，實在太不值得了，於是他下令將甄妃許配給曹丕。曹植情場失利，黯然離開京師。

然而，曹丕宥於曹植的情采並茂，始終都如芒刺在背，不斷找機會想除去這個眼中釘。「七步成詩」的由來即是如此。這時曹操已經過世，曹丕還未正式篡位，還只是繼承父親封爵的魏王。即使曹丕已經掌握政權，他對於曹植頭上的光環仍懷恨在心。於是在一次曹植做錯事情之後，故意刁難，要他七步作詩。曹植於是吟出「本是同根生，相煎何太急」的千古名句。

這首詩是曹植的成名作，今存在版本收錄於《世說新語》，卻不見於曹植文集中，因此歷來也有學者懷疑此詩乃為後人編纂，非本人所作。曹植以萁、萁為例，暗喻兄弟倆本是一體，何苦自相殘殺呢？曹植這招實在高明，既動之以情，又說之以理，讓曹丕於情於理都拿他無法。但從另一角度來說，也是悲哀。曹丕、曹植是同父同母之兄弟，居然相忌成仇，不能友悌仁愛，因此，曹植發出「本是同根生，相煎何太急」的呻吟，多麼地令人為之嘆惋！

歷久彌新說名句

相傳三國時期曹植以七步成詩，此後「七步」常成為形容人才思敏捷的代言詞，如才高七步。七步成詩之所以難，在於考驗著個人的才華與巧思。在曹植七步詩的作品，最早是本篇名句所載之六句詩，但或許大家更熟悉的是另一個四句詩版本。其言：「煮豆燃豆萁，豆在釜中泣。本是同根生，相煎何太急？」這個版本更廣為流傳，它濃縮了《世說新語》的精華，且更加簡單、容易背頌。畢竟《三國演義》比《世說新語》來得普及，因此多數人對曹植七步詩的記憶皆來自《三國演義》。

中國歷史上除了曹植七步成詩的壯舉之外，尚有唐代史青的五步詩。唐開元年間，玄宗很欣賞有文才的人，因此史青上書給皇帝，自稱自己比曹植才氣縱橫，只要五步之內就能成詩。玄宗或信或疑，於是下旨召見史青。史青來朝之後，發現旁邊站滿聞訊而來的公卿貴族，自知能否一舉成名端看此次機會。玄宗命題為〈除夕〉，這個題目很普遍，太多人寫過，反而更難發揮。但史青吐氣云云之後，漫行五步，開口即吟：「今歲今宵盡，明年明日催。寒隨一夜去，春逐五更來。氣色空中改，容顏暗裏摧。風光人不覺，已入後園梅。」史青果然有兩下子，點出除夕送舊迎新的韻味，且將冬去春來、萬物更新的意涵發揮得淋漓盡致，完全不輸給前人作品。此舉果然贏得滿堂喝采，得到玄宗的賞識，當朝授與左監內將軍一職。

宋代宰相寇準也是天資聰穎之人，寫作詩詞皆有奇才。他從小就極為聰慧，七歲時，曾在一次酒筵當中，與眾賓客賦詩與會。眾人以〈華山〉為題，互相賦詩吟詠助興，小小的寇準，也參與賦詩。寇準才剛走了三步，忽然巧思一到，脫口就吟出一首五言絕句，其言：「只有天在下，更無山與齊，舉頭紅日近，回首白雲低。」詩是最精煉的語言，只能用有限的字數表達出完整的詩意，對大人而言已是難事，更況孩童？但寇準他只用了寥寥數語，就說盡西岳華山雄偉險峭、嚴峻崢嶸的模樣，讓在場人士莫不拍手叫絕。

未知文生於情，情生於文

名句的誕生

孫子荊[1]除婦服[2]，作詩以示王武子。王曰：「未知文生於情，情生於文！覽之凄然，增伉儷之重[3]。」

～文學第四

完全讀懂名句

1. 孫子荊：孫楚，西晉時人。
2. 除婦服：脫下妻亡之喪服，古代禮制，妻亡，夫為之服喪齊衰一年。
3. 重：珍重、重視。

語譯：孫楚為妻子服滿喪期之後，作了一首悼亡詩，拿給王武子看。王武子看完後說道：「真不知是文由情生，還是情由文生！只知道看了你的詩之後悲傷難抑，也讓我更珍重起夫妻情義。」

名句的故事

孫楚拿給王武子看的詩，是一首對妻子的悼亡詩，存於《孫處全集》當中。詩云：「時邁不停，日月電流。神爽登遐，忽已一周。禮制有敘，告除靈丘。臨祠感痛，中心若抽。」意思是說，時間消逝毫不停留，日月穿梭宛如流電。神清氣爽登高遠眺，才突然驚覺已經過了一年。依循著禮制規矩，在妳墳前祭拜。見著祠堂倍感傷懷，內心傳來一陣陣的抽痛。

這是孫楚在妻子胡毋氏過世一週年時，到祠墳前祭拜時所寫。孫楚的悼亡詩平易近人，毫不雕飾，讀來卻讓人為之動容。因此朋友王武子看了之後才會說道：「未知文生於情，情生於文！覽之淒然，增伉儷之重。」

王武子主要是回應當時文風，過於重視字句雕琢、聲韻、用典、對仗等之文學技巧。《文心雕龍．情采篇》就批評當時，「詩人什篇，為情而造文；辭人賦頌，為文而造情。」矯情為文，矯柔造作，無法清楚表現文理。因此當他看到孫楚發於內心深處的思懷，表於文辭，不免為之淒然，渾然已不覺究竟是文生於情，抑或是情生於文了！《文心雕龍．情采篇》亦言：「夫情者文之經，辭者理之緯。經正而後緯成，理定而後辭暢，此立文之本源也。」作者主張情感與辭藻是文學的經緯，但唯有情正才能要求辭成。因此若能如王武子所言「文生於情，情生於文」，情理交融，就是文學的最高境界。

歷久彌新說名句

中國文學史中的悼亡傳統，最早可以追溯到《詩經．葛生》。悼亡傳統歷經秦漢不衰，但篇幅零星。悼亡文學的第二期發展在魏晉南北朝，由於名士對於禮法的輕視，講求感情自然地流露，對妻子的情愛也更加突顯。孫楚在妻子過世之後，對她的緬懷即是一例。

唐代也出現不少的悼亡詩人，最著名如李商隱。李商隱在婚前，才情享譽全國，周旋於當時社交名媛圈中。然而，婚後對於髮妻王氏非常鍾情，變成居家好男人。雖然李商隱一生都抑鬱不得志，但他與王氏還是攜手共度了十幾年美好的歲月。在王氏過世之後，李商隱寫了一連串甚為難解的〈無題〉組詩，不僅用典艱澀、辭藻華麗，詩中難以排遣的鬱鬱情懷，都足見他對亡妻複雜又深刻的懷念。

除〈無題〉組詩外，關於王氏的悼亡詩還有不少，如〈王十二兄與畏之員外相訪見招小飲，時予以悼亡日近，不去，因寄〉。這首詩名很長，主要是交代他為何不克赴約的原因。王十二兄與畏之員外，都是詩人的姻親，王十二兄是亡妻的兄長，畏之員外則是詩人的連襟。兩人造訪並約李商隱一同去喝酒，但李商隱因為懷念妻子，心情不佳，於是婉拒。詩中緩緩道來他對妻子的悼念，其云：「更無人處簾垂地，欲拂塵時簟竟床……秋霖腹疾俱難遣，萬里西風夜正長。」這是夜裡當詩人回到房間，恍惚之中赫然發現妻子已經不在，心中的悵然與落寞。窗外連綿的秋雨與詩人內心深處的傷痛，都難以撫平，只能在西風秋雨的夜裡獨自哀悼。

清代最為著名的詞人——納蘭性德，他也是中國詞壇重要的人物。可惜英才早逝，留給後人無限的追念。納蘭性德最扣人心弦的詞，表現在對亡妻盧氏的愛情詩與悼亡詩。根據盧氏的墓誌銘，可知盧氏知書達禮，溫柔賢慧，納蘭性德常將妻子比擬為晉朝的才女謝道蘊。夫妻倆甜蜜幸福地生活，夫唱婦隨。盧氏卒後，納蘭性德做了許多哀感詞豔的悼亡詞，來抒發他對妻子的思念。諸如〈金縷曲——亡婦忌日有感〉云：「此恨何時已。滴空階、寒更雨歇，葬花天氣。三載悠悠魂夢杳，是夢久應醒矣。料也覺、人間無味。不及夜台塵土隔，冷清清、一片埋愁地。釵鈿約，竟拋棄。」這首詞是盧氏過世三年的作品，但詞人所流露的傷懷、喪偶之痛，似乎依然難以平息。在亡妻忌日的夜裡，納蘭性德輾轉難眠，看著寒夜中的風雨，想著三年前佳人也如窗外的花兒般凋謝。寒冷的不僅是天氣、墳台，更是詞人淒婉的胸臆。回憶著過去兩人相約相守的愛情盟約，如今又能到哪裡尋找呢？

世說新語100

潘岳妙有姿容

——容貌形體

珠玉在側，覺我形穢

名句的誕生

驃騎[1]王武子[2]是衛玠之舅，儁[3]爽有風姿。見玠，輒嘆曰：「珠玉在側，覺我形穢。」

～容止第十四

完全讀懂名句

1. 驃騎：王濟死後，朝廷追贈他驃騎將軍，此處以之尊稱。
2. 王武子：王濟，字武子。
3. 儁：通俊。

語譯：驃騎將軍王濟是衛玠的舅舅，容貌俊秀，神情氣爽，很有風度。每次看到衛玠總是嘆息道：「有著像珠玉一般的人站在旁邊，不禁自慚形穢。」

名句的故事

說起衛玠，他是三國時代衛瓘的孫子。衛玠是魏晉時期著名的美男子之一，風采秀逸，當時人都稱他做「玉人」。衛玠的舅舅王濟長相也不差，但每當與這個外甥站在一起時，不禁自慚形穢。這種心態即使到今日還是可以理解。人比人氣死人，即使相貌堂堂，一旦遇到人外之人，也不禁只能慨然不已。因為王濟是衛玠的舅舅，長輩說出：「珠玉在側，覺我形穢」，其實是帶點玩笑意味，並不十分認真。

衛玠除了容貌俊美之外，本身也才器非凡，父祖輩皆是仕宦之人。他天資聰穎，再加上從小接受良好教育，先後擔任太傅西閣祭酒、太子洗馬等職位。年紀輕輕已經成功打入士人社交圈中。當時士人文化圈最流行的活動就是清談，能否與人談玄，關係著是否能躋身其中。衛玠更是其中翹楚，對於《易經》、《老子》、《莊子》都非常熟稔，與他談辯的人也常常為之傾倒。包含當時最著名的清談家王澄（字平子），聽了衛玠的談論也佩服絕倒不已。於是出現「衛君談道，平子三倒」的說法，足見衛玠在此的聰明絕頂。更有人認為王澄及其兩兄弟，雖在玄談上都算高手，但「王家三子，不如衛家一兒」，三個加起來都還不如一個衛玠。

歷久彌新說名句

中國對於人物，則從清談、品藻來陳述其想。魏晉時期，由於人物品評活動的盛行，對於人的容貌儀態也甚為重視，是一個非常講究美的年代。在這段時期，有關美男子的諸多成語不僅琳琅滿目，而且清一色倒向俊美中性的白臉書生。諸如：「美如潘安」、「面如凝脂」、「白面書生」等等，乃此時代特有的審美觀。

魏晉時期的帥哥標準，一是要皮膚白皙，二是要個子高挑。他們的白，是要天生麗質，若無法自然白皙透亮的話，不得已只能靠後天加工「搽粉」。何晏與魏明帝曾有個逸事，何晏相貌皎好，皮膚白裡透紅。魏明帝懷疑他根本是塗抹了搽粉，於是故意在大熱天裡，要他吃熱騰騰的一碗湯麵。吃完後，何晏果然滿身大汗，他隨便舉起衣袖擦臉，放下袖子後臉上依舊又白又亮。魏明帝至此才知道何謂「天生麗質難自棄」，何晏根本完全用不著擦粉。這個故事也就是「傅粉何郎」，後世形容美男子的典故。

其次，個子高挑的標準，倒也不難理解。身材挺拔，自然容易彰顯瀟灑脫俗的姿態。當時何晏、嵇康等人就因此被稱之為「玉樹」。史書記載衛玠年輕時，驅著羊車來到市集，見到他的路人都以為是看到了活生生會走動的「玉人」。魏晉時期喜歡用「玉」來形容男子翩翩風度，宛如玉樹臨風。

看殺衛玠

名句的誕生

衛玠從豫章[1]至下都[2]，人久聞其名，觀者如堵牆。玠先有羸[3]疾，體不堪勞，遂成病而死。時人謂：「看殺衛玠」。

～容止第十四

完全讀懂名句

1. 豫章：位於今日江西，近南昌。
2. 下都：指建康，今南京。
3. 羸：羸，音ㄌㄟˊ，léi，衰弱、困憊。

語譯：衛玠從豫章到建康時，附近的人都早已聽聞他的名氣，因此聚集觀看他的民眾團團圍住宛如一堵城牆。衛玠先天身體就較虛弱，不堪負荷這種疲憊，不久就生病過世。當時人就傳說，這是「衛玠被人看死了」。

名句的故事

關於衛玠如何死亡的記載，在《世說新語》中就有兩種不同說法。一是誇張的說法——「看殺衛玠」。另外一則是在〈文學〉篇中，記載他因為西晉覆滅，避亂渡江南下，由於名聲過大，一日拜訪公卿貴族，夜坐清談，達旦微言。回去之後，身體不堪負荷，病情加重，終而去世。衛玠由於天生羸弱，雖然對老莊思想甚為熟悉，也熱中於參與清玄談風，但母親為了他的健康著想，通常不允許他熬夜、清談。不料，就此一次的勞神，便帶走了他脆弱的生命。衛玠早在年輕時，就已經是京城聞名遐邇的「璧人」，只要一出門就有大批的群眾爭先恐後，想沾染他的光芒。若說「看殺衛玠」，那未免太過小看衛玠了。後者因勞累引發舊疾，可信度極高，但唯一的疑問在於其他書籍記載，衛玠死於豫章，而非下都。

衛玠過世之後，謝鯤聽聞消息哀慟大哭，毫不遮掩，引來側目。人家問他，為何會如此難過？謝鯤回答道：「棟梁折矣，不覺哀耳。」他認為衛玠是國家的棟梁，如今去世，復國的希望又降低了一點。偏安局勢安定之後，中興大臣王導也深為感嘆，提議應該將衛玠的墳塋改葬。或許就是因為天妒英才，才使得這樣一個「內外兼備」的優異青年早逝。之所以會有「看殺衛玠」的傳聞，或許是因為人們實在太捨不得他了，因此為他塑造出一個屬於美男子式的絕美死法。

歷久彌新說名句

「看殺衛玠」是誇張的形容方式。中國成語典故有關這種容貌姿態絕美的形容詞倒也不少。例如漢代「傾國傾城」的李夫人。在漢武帝時期，雄才大謀的武帝，特別喜愛舞樂，從民間招攬來當時著名的音樂家李延年。一日李延年於創作的樂曲中唱到：「北方有佳人，絕世而獨立。一顧傾人城，再顧傾人國。寧不知傾城與傾國，佳人難再得。」此佳人便是後來的李夫人，成為漢武帝一輩子最愛的女人。

還有一則蘇東坡的逸事，在宋人的筆記小說中曾記載，蘇東坡從貶謫地海南島歸來時，由於天氣過熱中暑，因此他頭上帶著帽子，身上也只穿著薄薄的衣裳，拉起衣袖，坐在船上。由於蘇軾實在太過有名，聽聞他將經過，河道兩岸擠滿了許多觀眾，聚在一起看他。東坡左右看看，無奈地對著同船的人說：「莫看殺軾否？」（我應該不會被看死吧？）蘇大才子果然堪絕，在這種時候想到的是「看殺衛玠」的典故！

潘岳妙有姿容

名句的誕生

潘岳妙有姿容，好神情。少時挾彈[1]出洛陽道，婦人遇者，莫不連手共縈[2]之。左太沖[3]絕醜，亦復效岳遊遨，於是群嫗[4]齊共亂唾之，委頓[5]而返。

～容止第十四

完全讀懂名句

1. 挾彈：腋下夾著彈弓。
2. 縈：圍繞。
3. 左太沖：左思。
4. 嫗：上了年紀的婦女。
5. 委頓：垂頭沮喪。

語譯：潘岳有皎好的容貌與優雅的神態風度。年輕時夾著彈弓走在洛陽街上，遇到他的婦人們莫不聯手圍繞著他。左思狀貌絕醜，卻也想要效法潘岳遊街。路上的婦人遇到他卻相繼唾棄、不屑，讓左思垂頭喪氣地回去。

名句的故事

潘岳是中國史上著名的美男子，其實他更出名的是另外一個名字「潘安」。潘岳，字安仁他不僅相貌堂堂，也能詩善文，辭藻絕麗，燦若披錦，文才並茂，是當時仕女們追逐的偶像。這則故事即寫於潘岳的少年時代，每當他路過街市，就宛如今日偶像簽唱會般聚集人潮。特別的是，年紀輕的小女生羞怯不敢示情意，年紀較大的婦人就毫無拘束，大方地圍繞著年輕小帥哥，「虧」個幾句也好。

其實這個故事還有另外的版本，在《晉書．潘岳》傳中說，潘安每次出門婦女們圍繞著他，紛紛丟擲著水果送他，讓他每次都滿載而歸。在此書中則是舉張載作為反例，張載雖文采甚豐，相貌卻醜陋無比；但他的下場更慘，光只是出門，鄉里的小孩們就紛紛對他扔擲石頭，打的他滿頭包只好躲回家。

不過潘岳除了容貌可取之外，本身的才學也不容小覷。他的一生隨著仕宦起起伏伏，最後也沒有善終。由於他娶的是當權勢力楊駿的女兒，隨著岳父勢力衰退，他也跟著被放逐。沉靜幾年之後，又因為個性輕躁，又急於趨利，得罪孫秀，甚至捲入西晉八王之亂，最後被殺害而亡。

歷久彌新說名句

本篇名句「潘岳妙有姿容」，常轉化成「潘岳貌美」的成語，後來也成為詩文中美男子的代稱。在王實甫《西廂記》中，男主角張君瑞就曾自謙：「小生無宋玉般容，潘安般貌，子建般才」。宋玉與潘安都是歷史上的美男子，子建指的是曹植——曹子建。

宋玉是春秋戰國時期的人，生於南方楚國，繼承發揚屈原所創的賦體。〈登徒子好色賦〉中，描述登徒子與宋玉一同在楚國宮廷工作，登徒子向楚王告狀，指稱宋玉雖然相貌姣好，卻很好色，讓他在宮廷工作很危險，哪天偷偷跑到皇帝後宮，後果將不堪設想。楚王聽了趕緊將宋玉找來問話，宋玉回答：「體貌乃天生，並非他後天矯飾」。至於好色，宋玉更是疾聲辯解，他家隔壁有個大美女隔著牆窺伺他三年，他也不曾心動，反而覺得登徒子更好色。楚王探問為何，宋玉回答說：「登徒子的妻子蓬頭垢臉，唇厚齒裂，走路還一跛一跛，身上還有疥瘡、痔瘡。登徒子還跟她生了五個小孩。豈不是更好色嗎？」這即是「登徒子」的典故。故事中的「鄰女窺牆」，後來也用於形容美男子魅力無法擋，讓隔壁鄰居也情不自禁地偷窺他。

蜂目已露，豺聲未振

名句的誕生

潘陽仲[1]見王敦少時，謂曰：「君蜂目[2]已露，但豺聲[3]未振耳。必能食人，亦當為人所食。」

～識鑒第七

完全讀懂名句

1. 潘陽仲：即潘滔，字陽仲，有文才，曾任太子洗馬。
2. 蜂目：突起如蜂的雙眼，意指猙獰的相貌。
3. 豺聲：比喻惡人的聲音凶猛如豺。

語譯：潘陽仲曾在王敦年少時見到他，當時便向他說：「你的『蜂目』已經顯露，但是『豺聲』還未出現。你將來一定有本事吃掉別人，當然也可能被別人吃掉。」

名句的故事

「蜂目豺聲」是形容一個人極為凶殘。再者，這句名言也反映出魏晉時期對於人物品評的重視，顯示中國古代面相理論的實用性，我們可以從人的外表看出一個人的性格特色。

王敦、王愷、石崇三人以奢侈著稱。有一次，王敦前往王愷的府上作客，王愷讓美女伺候客人喝酒，客人如果不喝的話，就要殺掉美人。輪到王敦時，他居然不喝就是不喝，美人這下惶恐起來了，但王敦還是視而不見。根據《世說新語》記載，王敦到石崇家作客時，就讓石崇連殺了三個美人。

由此不難發現王敦性格中殘忍無情的一面，寧可讓人受死，也不願意喝下一杯酒救人一命。一般的相書中描述，蜂目是指一個人的眼胞凸出，睛光外漏，這種人通常陰險凶狠，終生孤獨且不得善終；而有像豺狼一般的聲音者，通常個性兇殘頑固、刻薄寡恩。

事實上，東晉「王與馬，共天下」的時候，王敦已經蠢蠢欲動，後來王敦起兵叛變，不料卻突然生病死去。晉明帝平定王敦的餘黨之後，竟挖開王敦的墳墓，拖出他的屍體、燒掉他的衣服，還砍下腦袋，懸掛在南桁。王敦的死狀非常慘烈，當時的人卻認為這是他罪有應得。

歷久彌新說名句

據《史記．楚世家》記載，春秋時期的楚成王想要立長子商臣為太子時，有點猶疑不定，因此詢問令尹子上的意見。子上告誡楚成王：「楚國之舉常在少者。且商臣蜂目而豺聲，忍人也，不可立也。」意思是說，楚國的儲君通常是立比較年輕的兒子，而不是立長子，更何況商臣長得蜂目豺聲，是一個殘忍的人，不能選這樣的人為儲君。楚成王當時聽不進去子上的勸戒，執意立下商臣為太子；然而不久之後便後悔了，想要罷黜太子。沒想到商臣得知這個訊息，決定先下手為強，發動政變殺死了自己的父親，繼位為楚穆王。

再看戰國時期，當六國採用韓非的「合縱政策」時，秦王政決定接受尉繚的建議，用錢賄賂六國的大臣，瓦解他們的合作策略，從中取得實質的利益。尉繚雖然受到秦王無上的禮遇，但是卻明智的點出：「秦王為人，蜂準，長目，摯鳥膺，豺聲，少恩而虎狼心，居約易出人下，得志亦輕食人。」他認為，秦王政這個人的面相是刻薄寡恩之徒，可以共患難，卻無法共享樂，因此還是離開秦國的好。只是尉繚還沒出函谷關，就被秦王政挽留回來，後來與李斯一起為秦王政共謀天下。

蒲柳之姿，望秋而落；松柏之質，經霜彌茂

名句的誕生

顧悅[1]與簡文[2]同年，而髮蚤[3]白。簡文曰：「卿何以先白？」對曰：「蒲柳[4]之姿，望秋而落；松柏之質，經霜彌茂[5]。」

～言語第二

完全讀懂名句

1. 顧悅：字君叔，晉陵人，官至尚書左丞。
2. 簡文：晉簡文帝，即司馬昱。
3. 蚤：同早。
4. 蒲柳：一名水楊，質性柔弱，樹葉早落；用來比喻體質衰弱。
5. 經霜彌茂：受霜雪的侵凌而更加茂盛。

語譯：顧悅和簡文帝同年齡，但已經頭髮斑白。簡文帝對顧悅說：「你的頭髮怎麼先白了？」顧悅回答道：「我就像蒲柳，剛到秋天就已經落葉凋零，您卻像松柏一樣，經歷秋霜冬雪越發茂盛。」

名句的故事

顧悅的兒子顧愷之所作《顧愷之家傳》提到，顧悅去見簡文帝，顧悅的頭髮已經斑白，而簡文帝是鬢髮皆黑，問了顧悅的年紀，知道兩人同年齡，才有以上的對話。簡文帝司馬昱，在位二年，死時五十三歲，兩人見面應該都是五十出頭的中年人，髮黑顯得神采奕奕，髮白的人相對顯得較衰老，顧悅以蒲柳比喻自己的早衰，以松柏形容簡文帝的硬朗，是極佳

的譬喻，這番話也得到簡文帝的稱讚。

早在《論語．子罕篇》中「松柏後凋」已經具有象徵性的意義，孔子說：「歲寒，然後知松柏之後凋也」，是比喻君子人品堅貞，氣節高超。魏時王昶則舉「朝華之草，夕而零落；松柏之茂，隆寒不衰」來說明「物速成則疾亡，晚就則善終」，用朝開晚謝的草木和長青的松柏相對照，以表現事物的盛衰久暫。顧悅「蒲柳」與「松柏」的比喻，即是從這樣的意象而來。

顧悅借「蒲柳」的質性柔弱與樹葉早落，來比喻自己體質的衰落，也暗喻身分的卑微；借「松柏」的歲寒長青，經霜愈茂，不但比喻簡文帝的煒然神采，也暗喻身分尊貴、人品高超。將抽象的道理具體化，將無形的讚美形象化，在華麗對稱的駢偶句中，洋溢著天然的雅趣，頗具魏晉名流清音妙談的意味。

歷久彌新說名句

「蒲柳之姿」常用來比喻體質的孱弱，明代湯顯祖《牡丹亭．第五齣延師》杜麗娘拜見老師，便謙遜的說：「學生自愧蒲柳之姿，敢煩桃李之教！」清吳敬梓《儒林外史．第三十五回》莊徵君見徐侍郎道：「山野鄙性，不習車馬之勞，兼之蒲柳之姿，望秋先零，長途不覺委頓，所以不曾便來晉謁」，都是主角自謙身體衰弱的意思。近代的言情小說中也常見「蒲柳之姿」一詞，但大多用來形容女子的體態，也有韶光易逝、紅顏易老的意思。

唐代的韓愈也因為「蒲柳之姿」而早生白髮，起先是：「吾年未四十，而視茫茫，而髮蒼蒼，而齒牙動搖」，一年後更「蒼蒼者或化為白矣，動搖者或脫而落矣」。年僅四十而髮白齒落，確實是體弱不堪。宋人蘇軾則因為文人的多愁善感而使白髮早生，〈念奴嬌．赤壁懷古〉詞：「故國神遊，多情應笑我，早生華髮」，嘲笑自己神遊三國舊地，猶自多情善感的嚮往那些英雄人物，難免使頭髮都花白了。

未若柳絮因風起

名句的誕生

謝太傅寒雪日內集[1]，與兒女講論文義[2]，俄而[3]雪驟[4]，公欣然曰：「白雪紛紛何所似？」兄子胡兒曰：「撒鹽空中差可擬。」兄女曰：「未若柳絮因風起。」公大笑樂。即公大兄無奕女，左將軍王凝之妻也。

～言語第二

完全讀懂名句

1. 內集：家人聚會。
2. 文義：文章內容。
3. 俄而：不久。
4. 驟：又大又急。

語譯：太傅謝安在一個寒冷的下雪天裡召集家人，與兒女、子姪輩們談論文理。不久，外頭下起了大雪，謝安興致一起，問道：「白雪紛紛像什麼？」謝安兄長的兒子胡兒回道：「差不多就像撒一把鹽在空中」。兄長的女兒則道：「不如說是細嫩的柳絮隨風揚起。」謝安非常滿意地笑了。這位才女正是謝安長兄謝無奕的女兒，後來嫁給左將軍王凝之為妻。

名句的故事

關於謝安的故事，最著名的莫過於他以謀略，成功對抗北方苻堅所率領的前秦大軍南下。由於北方蠻族善於游牧打仗，南方人卻連騎馬都不甚熟練，以東晉的兵力要對抗北方大軍，光是兵額的懸殊就足以使東晉政權岌岌可危。表面上，謝安似乎毫不緊張，雖然與北方敵人僅一水之隔，卻在家裡與客人從容地下圍棋。即使當他收到驛站傳來的第一手捷報，看完之後也沒露出任何高興的表情，將傳書放到一旁，繼續與客人繼續下棋，一切宛如雲淡風輕。對面的客人還以為戰敗了，考慮是否要回家收拾行李，謝安才徐緩回答：「贏了啦！」等到客人回去之後，謝安才回到房間。由於心裡實在太高興了，居然連木屐斷了都沒注意到，可見他內心的歡愉！後代以「謝安折屐」的成語，來形容遇到美事而故作鎮定、壓抑喜悅的樣子。

因為一句「未若柳絮因風起」，讓謝道韞留名青史。謝道韞出身於世家大族，謝氏乃是當地高門，家中女子也多受教育，遵守禮法的規範。謝道韞當時以詩、賦、誄、頌著名於世，她後來嫁給了王凝之，王凝之出身琅琊王氏，也是當時第一流的高門士族，門當戶對。

歷久彌新說名句

清人曹雪芹的《紅樓夢》中，在最初賈寶玉夢遊仙境時，仙姑指引帶著他遊歷「太虛幻境」。在這幻境裡，有數十個大櫥櫃，寶玉隨手拿起金陵十二金釵的別冊，他翻閱的冊子正是人世間與他交集最深的十二位女子。這些別冊實際上也預言著他們最後的下場，只是賈寶玉此時還不知道而已。其中一頁畫著兩珠枯木，木上懸著一圈玉帶，又有一堆雪，雪下有一枝金簪，旁邊則題有四句詞。其言：「可嘆停機德，堪憐詠絮才。玉帶林中掛，金簪雪裡埋。」這一頁正是寫著故事中的兩位才女，林黛玉與薛寶釵，兩人皆有「詠絮才」，可惜最後下場都不好。黛玉心死情斷、夭年早逝。寶釵雖得與寶玉共結連理，卻只得到痴痴傻傻的丈夫，最後賈家抄家敗亡，就算是詠絮之才也無力回天。

由於謝道韞以柳絮來比喻揚揚白雪，成為佳言，後世遂用常「詠絮」來稱讚才女，也成為詠柳、詠雪的典故。

傳神寫照，正在阿堵中

名句的誕生

顧長康[1]畫人，或數年不點目精[2]。人問其故，顧曰：「四體[3]妍蚩[4]，本無關於妙處，傳神寫照[5]，正在阿堵[6]中。」

～巧藝第二十一

完全讀懂名句

1. 顧長康：顧愷之字長康，小字虎頭，晉無錫人，博學多能，尤以善畫名傳後世。
2. 目精：眼睛的精光，指眼神而言。
3. 四體：四肢。
4. 妍蚩：美醜。
5. 傳神寫照：傳達神情摹寫人像。
6. 阿堵：當時的俗語，意為「這個」，此處指眼神。

語譯：顧愷之畫人像，有時間隔數年還不點上眼睛。別人問他什麼緣故，他說：「四肢的美醜和畫的妙處無關，要表達人物的神情意態，就在這對眼睛上。」

名句的故事

魏晉時期承襲漢代的人物鑒識，認為通過外形可以察知內在的精神，而人的精神往往由眼神來表現。人物品藻的角度也影響了人物畫，在畫人像時也著重表現人物的個性情感和精神風貌，要求「傳神寫照」、「氣韻生動」，才能捕捉畫中人物的內在精神。

顧愷之是東晉時候有名的畫家，尤以人物畫

像最為擅長。顧愷之畫人像即以「傳神寫照」為最高境界，「寫照」是畫家所描繪的客觀形象，「傳神」即透過形象表現出畫中人物蘊藏的內在精神。

「傳神寫照」的精微表現「正在阿堵中」，阿堵，是當時的俗語，意為「這個」，此處指的就是眼睛的神采，畫人物要「點睛」才能「傳神」。同樣的看法也可由《書鈔》上記載的故事略窺端倪，顧愷之為別人畫扇子，畫了嵇康、阮籍，都不點眼睛，便送還給扇子的主人，說：「點上眼睛便能說話了。」顧愷之認為點睛以後畫中人便有了生命。後世以「傳神阿堵」表示繪畫生動逼真，能充分表現事物的神情意態。

歷久彌新說名句

畫家「點睛」的故事一向為後人所津津樂道。據《建康實錄》記載：瓦官寺剛蓋好的時候，寺僧拿出捐款簿向達官顯貴募款，當時士大夫的捐款沒有超過十萬錢的，輪到顧愷之的時候，他竟然大筆一揮認捐一百萬。顧家素來清貧，大家認為是顧愷之說大話。顧愷之請寺院為他備妥一面牆，經過一個多月的努力，畫了一尊維摩詰圖像，壁畫完成準備要點睛的時候，顧愷之對寺僧說：「第一天來看畫的，請他們捐十萬；第二天來看畫的，請他們捐五萬；第三天以後來看畫的，可以任意捐獻。」為了要看顧愷之點睛的神來之筆，來看畫的人非常踴躍，很快就籌滿了一百萬錢。

另一個有名的「畫龍點睛」故事，發生在南北朝時。據《歷代名畫記》記載：名畫家張僧繇在金陵安樂寺的壁上畫了四條龍，但都沒畫上眼睛。他說：「若點上眼睛，龍就會騰空飛去。」有人認為這是荒唐的妄想，仍堅持請他給龍點眼睛。張僧繇點了兩條龍的眼睛後，不一會兒，電閃雷鳴，這兩條龍就駕雲騰空飛去，未點眼睛的那兩條龍還留在原處。後世以「畫龍點睛」比喻繪畫或寫文章時最重要的一筆，能使整體更加生動傳神，也用來比喻做事能把握要點。

手揮五弦易，目送歸鴻難

名句的誕生

顧長康[1]道畫：「手揮五弦易[2]，目送歸鴻難[3]。」

～巧藝第二十一

完全讀懂名句

1. 顧長康：顧愷之字長康，晉無錫人，博學多能，尤以善畫名傳後世。
2. 手揮五弦易：謂作畫時，表現動作的筆法比較容易。
3. 目送歸鴻難：指摹寫人物的表情神態比較困難。

語譯：顧愷之說：畫「手揮五弦」容易，但要畫「目送歸鴻」困難。

名句的故事

顧愷之是東晉時候有名的畫家，他工詩善畫，博學多能，有「才絕、畫絕、癡絕」之稱。他的畫作線條均勻而有節奏，像一根絲一樣連綿不斷，被稱為「春蠶吐絲」。他能把舊的題材重新構圖，用新的方法表現，也能根據當時人的文章，創造新的繪畫，他的〈女史箴圖〉、〈洛神賦圖〉、〈列女傳圖〉現在還能見到唐宋人的摹本。

「手揮五弦，目送歸鴻」是竹林七賢之一的嵇康所寫〈贈秀才入軍〉中的詩句，既充滿動感的張力，又顯得灑脫飄逸，實中有虛，雅致優美，表現了獨特的意境。顧愷之想為這首詩作圖，但覺得難度不小，他認為要畫「手揮五弦」的具體形象容易，畫「目送歸鴻」的抽象意境比較困難。因為要掌握「目送」的微妙神態，確實需要很深的功力，才能引起觀賞者的共鳴。

中國繪畫藝術的特色，在於一切藝術形式都必須超越技巧，傳達出作者的思想、情感，圖畫才能顯得有意境富神韻。顧愷之主張繪畫要「以形寫神、以神統形」，在形似的基礎上進而顯現人物的情態神思，能表現人物的精神狀態和性格特徵。

歷久彌新說名句

中國古代畫家如顧愷之等人，常把有名的文學著作，用具體的方式轉換為圖像，將文學上的想像，轉變成美術繪畫上的形象，這個過程和現代的電影導演有幾分相似，動態神韻的掌握讓畫中人的生命躍然紙上，進而引起觀賞者的情感交流。臺北故宮博物院收藏了一幅宋代馬麟的〈靜聽松風圖〉，畫面上有一個文人，坐在一棵老松樹下，側耳傾聽。松樹的樹梢上，松葉和長長的葛藤，都被風吹起。我們透過畫中人物的表情、松樹的姿態，好像也真能聽見風從松葉中吹過的聲音。

畫什麼最容易？畫什麼最困難？《韓非子．外儲說左上》記載這麼一個故事：

有一個畫師為齊王作畫，齊王問他：「畫什麼東西最難？」畫師回答：「畫狗和馬這樣的動物最難。」齊王又問：「那畫什麼東西最容易呢？」畫師說：「畫鬼怪最容易。因為畫狗和馬這些動物，大家都見過，不容易畫得讓人信服，所以特別難。而鬼怪這一類人們看不見的東西，沒有人知道應該是什麼樣子，隨你怎麼畫都行，所以就容易了。」

世說新語100

甯為蘭摧玉折
不作蕭敷艾榮

——處世原則

富與貴是人之所欲，不以其道得之不處

名句的誕生

桓公初報破[1]殷荊州，曾講論語，至「富與貴是人之所欲，不以其道得之不處」。玄意色甚惡[2]。

～尤悔第三十三

完全讀懂名句

1. 破：打敗。
2. 意色甚惡：臉色很難看。

語譯：當桓玄剛得到打敗殷仲堪的消息時，曾在講解《論語》，他正講到「財富與尊貴是人人都想得到的，但若不是以正當方法取得，是不可以接受的。」桓玄講完，臉色極為難看。

名句的故事

桓玄是東晉權臣桓溫之子。桓溫於晉廢帝太和六年（西元三七一年）廢帝，改立晉簡文帝，自己任大司馬專擅朝政，當時桓家可謂權傾一時。殷仲堪為世家大族出身，入朝為官後，深得晉孝武帝信任，後被拔擢為荊州刺史。

當晉孝武帝一去世，晉安帝即位，政局呈現一片混亂，丞相司馬道子父子在朝中相繼專權，桓玄和殷仲堪擔心朝廷免除其職，收回他們手上的兵權，為求自保，兩人決定於晉安帝隆安二年（西元三九八年）結盟，共同謀畫起兵。

不過，桓玄與殷仲堪之間，彼此都是心存猜

疑，唯恐對方先背叛自己，各自暗藏鬼胎；隔年，隆安三年（西元三九九年）桓玄攻下荊州，消滅殷仲堪的大軍，占領長江中游一帶，此後，桓玄的勢力更加坐大。

這篇描寫桓玄攻打昔日盟友殷仲堪時，桓玄正在與人講述《論語》：「富與貴是人之所欲，不以其道得之不處。」此時，剛好獲悉自己的軍隊打贏殷仲堪。桓玄一想到殷仲堪是「不以其道」而得到富貴，才落得今日慘敗下場，臉上不免露出極為厭惡的神情。

歷久彌新說名句

東晉桓玄在與殷仲堪作戰的當下，還能不忘與人高談《論語》，可見當時清談風氣之盛。《論語．里仁》孔子曾言：「富與貴是人之所欲也，不以其道得之不處也。貧與賤是人之惡也，不以其道得之不去也。」意指富貴是人們所想要的，但若不是依循正道而得，君子是不會接受那樣的富貴。相對地，貧賤是人們所痛恨的，但若無法依循正道擺脫，君子也不會捨棄原本的貧賤。

《莊子．至樂》云：「夫天下之所尊者，富貴壽善也。」其後又言：「夫富者，苦身疾作，多積財而不得盡用，其為形也亦外矣！夫貴者，夜以繼日，思慮善否，其為形也亦疏矣！」莊子認為天下人所看重的，無非是財富、顯貴、長壽以及名聲。只是富有的人，大都身心勞苦，累積了大量金錢也未必能好好享用，這樣對待生命實在太見外了！至於顯貴的人，總是日夜不休在思慮政策對錯，這樣對待生命也過於生疏了！莊子意在表明，人為了追求所謂的「富貴」，卻把生活弄得顛倒錯亂，縱使最後有了「富貴」，也差不多無「命」消受了，這樣的人生還有什麼意思呢？

換言之，孔子和莊子都瞭解人皆欲求在「富貴」一事。不同的是，孔子強調「以其道得之」的富貴是可以接受的；而莊子則是主張「苦身疾作」、「夜以繼日」的去汲汲富貴，根本在耗損人的身心，還不如無富無貴一身輕，活得逍遙又自在！

焉得登枝而捐其本

名句的誕生

殷仲堪既為荊州，值水儉[1]，食常五盌盤[2]，外無餘餚，飯粒脫落盤席間，輒拾以噉[3]之。雖欲率物[4]，亦緣其性真素。每語子弟云：「勿以我受任方州，云我豁[5]平昔時意，今吾處之不易。貧者，士之常，焉得登枝而捐其本？爾曹其存之。」

～德行第一

完全讀懂名句

1. 水儉：水澇成災，農作物無法收成。
2. 盌盤：碗盤。盌，wǎn，音ㄨㄢˇ，同「碗」字。
3. 噉：音ㄉㄢˇ，dǎn，吃。
4. 率物：為人表率。
5. 豁：不顧、捨棄。

語譯：殷仲堪擔任荊州刺史，遇到水澇成災，農作物收成不好，每餐要吃五碗飯，盤子外沒有殘留菜餚，飯粒掉落到盤席間，立刻撿起來吃進口中。這種行為雖堪稱人民表率，其實也因為他本性真誠樸素的緣故。殷仲堪每每告訴弟子說：「不要以為我擔任刺史，就說我忘記過去艱苦的心意，現在我能處在這個位置著實不易。貧窮，是讀書人常有的現象，人怎麼可以登上枝頭後，就捨棄原來的根本呢？你們應牢牢記住這一點。」

名句的故事

殷仲堪升任荊州（今湖北江陵）地方首長，

語重心長地告誡屬下，人在飛黃騰達之後，絕不可得意而忘源；此番言行本應令人敬佩效法，畢竟大多數的人，擁有了名利官爵，很快就會忘記自己原來的出身，內心也隨之驕奢矜功起來。

不過，據《晉書．殷仲堪傳》所記：「仲堪少奉天師道，又精心事神，不吝財賄，而怠行仁義，嗇於周急。」可見殷仲堪雖然三餐飲食儉樸，卻捨得花費大筆金錢奉請天師道，心力精神也全寄放在崇神一事。尤其最被詬病的是，在擔任荊州地方首長任內，當地發生嚴重水災，他竟可以完全不做任何補救措施，任由千戶居民飽受水患之苦，導致民不聊生，怨聲載道。相較之下，殷仲堪為人克己自律、惜物節儉的「美德」，與真心替百姓設想的「仁民愛物」，還相差一段很長的距離，故史書直批其「綱目不舉，而好行小惠」，顯見此人官宦生涯的不適任。

歷久彌新說名句

《論語．衛靈公》孔子曾言：「君子固窮，小人窮斯濫矣。」孔子意在闡述有德的人，能夠固守安貧樂道的生活，至於無德的人，一旦遇到貧困窘境，立刻就想要胡作非為了。此話也可引申為，有德之士不管是登上枝頭或身陷困厄，都能堅守自己的原始初衷，不會因所處位置的身分高低，而動搖本心。

有人則用「貴人多忘」來譏諷那些原本出身清苦，有朝一日功名成就後，即翻臉不念舊日交情者。初唐文人陳子昂，在其〈薛大夫山亭宴序〉中寫道：「夫貧賤之交而不可忘，珠玉滿堂而不足貴。」意思是說，人在貧困落難時所結交的朋友，是不可捨棄忘記的；一屋子堆積了琳瑯滿目的珠寶珍玉，也不足以顯示住在屋內的人有尊貴涵養。說明了人若忘本，不管坐擁多少財富，也稱不上是真正的尊貴，這亦可視為陳子昂對於做人不可「登枝捐本」的更深一層詮釋。

甯爲蘭摧玉折，不作蕭敷艾榮

名句的誕生

毛伯成既負[1]其才氣，常稱：「甯[2]為蘭摧玉折，不作蕭敷[3]艾榮。」

～言語第二

完全讀懂名句

1. 負：恃也。憑恃、憑藉。
2. 甯：同「寧」字。
3. 敷：散布、蔓延。

語譯：毛玄既已自恃本身的才氣，時常說道：「寧願為蘭草受到摧殘，玉器遭到折斷，也不願像蕭草到處蔓延，艾草繁茂旺盛。」

名句的故事

毛玄，字伯成，東晉末年人，曾為征西行軍參軍，負責參謀軍務工作，也是一位詩人。南朝梁人鍾嶸著《詩品》，堪稱中國第一部論詩之作，其評論毛玄詩作「文不全佳，亦多惆悵」，意指毛玄的詩並不全寫的好，詩風多有傷感悲愁的傾向。

《世說新語．言語》記敘毛玄因自恃其才，說出「甯為蘭摧玉折，不作蕭敷艾榮」，意喻自己寧可為清高賢才而夭折，也不願平凡長壽的久活人世，言語充滿對自己品德操守的深切期許。而毛玄這番自我期許箴言，因前後兩句對仗工整，正可互為對句，時被後人引作對聯佳句。

毛玄這種句法，早在《戰國策．韓策》已出現相似用語，主張六國合縱以對付秦國的蘇秦，前往韓國說服韓宣王時，他說了一句古諺：「寧為雞口，無為牛後」，暗指韓宣王身為堂堂一國之君，難道願意卑屈地跟隨牛（秦國）尾巴的後面嗎？因而成功的打動韓宣王加入合縱陣容。如今，我們經常聽到「寧為玉碎，不為瓦全」，其意與毛玄「甯為蘭摧玉折，不作蕭敷艾榮」完全相同，僅差別在喻依（一為玉、瓦；一為蘭玉、蕭艾）不同，都是意指品格高潔的人，寧可犧牲生命，保全自己的節操，也不願卑微或品德有瑕疵的活在世上。

歷久彌新說名句

古人很早就把「玉」視為有德君子的象徵。如《詩經．秦風．小戎》云：「言念君子，溫其如玉。」《管子．水地》也寫有：「夫玉折而不撓，勇也。」又《孔子家語．問玉》記載孔子曾言：「夫昔者君子比德於玉，溫潤而澤，仁也。」可見自古以來，讀書人對玉的鍾愛程度，認為玉足以代表人的美好品德。

至於香氣清幽的「蘭」也是一樣。戰國楚人屈原作《離騷》，其中云道：「戶服艾以盈要兮，謂幽蘭其不可佩。」又言：「何昔日之芳草兮，今直為此蕭艾也。」直指楚國人把卑賤的艾草掛滿腰際，卻直說芳香的幽蘭不可佩帶；又說昔日那些芬芳的香草，為何如今全成了蕭艾這類賤草！詩人以「蘭」喻比自己對楚王的一片忠心，而以四處橫生的「蕭艾」，喻比圍繞在楚王身邊的眾多小人。

南朝宋時文人顏延年，其〈祭屈原文〉寫：「蘭薰而摧，玉縝則折。」作者借蘭花的高雅芬芳，玉的純白無瑕，媲比屈原的高尚品德，又以「蘭摧」、「玉折」突顯屈原最後寧可選擇葬身魚腹，也不願與眾人合流的高貴情操。日後比喻賢德君子夭折，或哀悼年輕男子不幸身死，也可用「蘭摧玉折」作為弔詞或輓聯；若是年輕女性不幸夭逝，則可改以「蘭摧蕙折」作哀輓之詞。

雖不言，而四時之氣亦備

名句的誕生

謝太傅絕重[1]褚公，常稱「褚季野雖不言，而四時之氣亦備[2]。」

～德行第一

完全讀懂名句

1. 絕重：至為推重。
2. 四時之氣亦備：本指一年四季的氣象。後來用來比喻人的氣度弘遠。

語譯：謝安非常推崇褚裒，時常對人說道：「褚季野雖然不說話，可是展現出的氣度弘遠，人格完備。」

名句的故事

謝安，字安石，是東晉政治家兼軍事家，出生名門，早期曾做過一個多月的官，旋即辭職求去；後來長期隱居東山，直到四十歲，終於才答應出任司馬一職，從此人們把謝安重新出來做官稱之「東山再起」。

至於被謝安至為推崇的褚裒，字季野，與謝安同為東晉人。《晉書．褚裒傳》記載：「裒少有簡貴之風，沖默之稱。」可見褚裒在年輕的時候，外表看來樸實簡約，卻不減其內在散發出的貴氣，即使沒有開口說話，也能讓人感受他的修為涵養。正因如此，謝安才常向人提起自己非常敬重褚裒。

歷久彌新說名句

晉人謝安極力稱許褚裒「雖不言，而四時之氣亦備」，其中「不言」正與《老子》所說的「不言之教」意思相同。《老子．第二章》中寫道：「是以聖人處無為之事，行不言之教。萬物作焉而不辭，生而不有，為而不恃，功成而弗居。」意指有德的人是以無為的態度，來處理眾人之事，而不是用言詞教導；他任由萬物成長而不加以干涉，生養萬物而不據為己有，作育萬物而不恃傲己力，成就萬物而不居己功。總而言之，在老子的心目中，一個真正有作為的人，是以「不言」來平治天下的。

老子思想的最佳詮釋者莊周，其出生年代晚了老子好幾百年，大約在東周戰國時期，與發揚孔子思想的孟子，正好處於同一時代。莊周在《莊子．德充符》也提到了「不言之教」，其文為：「立不教，坐不議，虛而往，實而歸。固有不言之教，無形而心成者邪？是何人也？」在這一段話裡，莊周刻意虛構出一個身體殘障的人，描述其門下弟子眾多，直逼人人尊敬的孔子，此人站著不作教誨，坐著也不妄加議論，人們原本空虛前往，卻都能從他那裡滿載而歸。有人對此即提出了疑問：「難道這世間真的有不用言語的教導嗎？也有超脫形式，僅依賴心靈的感化嗎？這到底是一個怎樣的人呢？」語意充滿對此人的一心嚮往。

一般人覺得「殘」就是一種「缺陷」，在莊子那個年代更是如此。在當時，一個人如果外表有殘疾，表示他可能犯錯受到刑罰，或是先天本來殘疾的緣故。眾人對這樣的人多抱以異樣眼光，但莊子卻特別喜歡引外形殘缺不全的人為例，強調其品德的完美，藉以彰顯一般人只重視表面的「形全」，因而忽略了內在的「德全」才是最重要的。

明鏡疲於屢照，清流憚於惠風

名句的誕生

孝武[1]將講孝經，謝公兄弟[2]與諸人私庭講習。車武子[3]難苦問謝，謂袁羊[4]曰：「不問則德音有遺[5]，多問則重勞[6]二謝。」袁曰：「必無此嫌[7]。」車曰：「何以知爾？」袁曰：「何嘗見明鏡疲於屢照，清流憚[8]於惠風[9]！」

～言語第二

完全讀懂名句

1. 孝武：晉孝武帝司馬曜，簡文帝第三子，在位二十四年。
2. 謝公兄弟：指謝安與謝石。
3. 車武子：車胤字武子，南平人。累遷丹陽尹、護軍將軍、吏部尚書。
4. 袁羊：袁喬之小字，陳郡人。歷尚書郎、江夏相，封湘西伯，益州刺史。
5. 德音有遺：對於他的嘉言有所遺漏。
6. 重勞：太過勞苦。
7. 嫌：疑。問題的意思。
8. 憚：怕、畏懼。
9. 惠風：和風。

語譯：孝武帝準備開講《孝經》，謝安、謝石兄弟和眾人先在家裡研討講習。車胤不好意思老是提問題，就對袁羊說：「有疑而不問，恐怕會對他們的嘉言有所遺漏；問多了又怕太勞累兩位謝公。」袁羊說：「一定沒有這種問題。」車胤說：「怎麼知道是這樣呢？」袁羊說：「何曾見過明亮的鏡子因多次照映而疲憊不明，清澈的流水會害怕因和風的吹拂而混濁不清！」

名句的故事

謝安少有重名，早年與王羲之、許詢、支遁等人同遊，出入山水林園之間，對於朝廷屢次的徵召，他都一一推辭。謝安隱居於會稽東山，到了四十歲時，不得已出山任職。這場講經盛會極可能是由謝安兄弟主導籌劃，所以事先聚集與會眾人在家裡研討講習，推演經義。

據《續晉陽秋》所載，車胤從小就非常好學，博覽不倦，家貧沒有油點燈，就用布囊裝數十隻螢火蟲夜以繼日的苦讀。及長，博學多聞，又善於識鑒，在桓溫帳下任事時，常與桓溫一同參與盛會，大家都說「無車公不樂」。

車胤以一貫的好學精神，想針對不清楚的地方一一提出問題，又怕太麻煩兩位謝公，袁羊說：「何嘗見明鏡疲於屢照，清流憚於惠風！」明亮的鏡子不會因多次照映而疲憊不明，清澈的流水也不會害怕因和風的吹拂而混濁不清，所以車胤多提問題也不致於太勞煩兩位謝公。

歷久彌新說名句

東晉寧康三年孝武帝開講《孝經》，為一時盛事。《晉書．車胤傳》記下當時的情形：「孝武帝講《孝經》，僕射謝安侍坐，尚書陸納侍講，侍中卞耽執讀，黃門侍郎謝石、吏部郎袁宏執經，胤與丹陽尹王混摘句。」孝武帝當年只是十四歲的少年，其間如何進行、講些什麼，現在已經不得其詳，但可看出謝安、謝石、袁宏、車胤都是當時在皇帝身邊，實際推動大會進行的重要人物。

孝武帝之所以要講《孝經》，因為「君子之事親孝，故忠可移於君」，孝與忠是相通的，把對父母的那份孝拿來事奉國君就是忠。所以要求作臣子的對待國君要能「進思盡忠，退思補過，將順其美，匡救其惡」，全力輔佐國君。這種忠君愛國的說法，與帝王鞏固皇權的要求，完全吻合，所以歷代統治者都特別尊崇孝道。

知邪徑之速，不慮失道之迷

名句的誕生

南郡龐士元[1]聞司馬德操[2]在潁川，故二千里候之。至，遇德操采桑，士元從車中謂曰：「吾聞丈夫處世，當帶金佩紫[3]，焉有曲洪流之量[4]，而執絲婦之事？」德操曰：「子且下車。子適知邪徑[5]之速，不慮失道之迷。昔伯成耦耕[6]，不慕諸侯之榮；原憲桑樞[7]，不易有官之宅。何有坐則華屋，行則肥馬，侍女數十，然後為奇？此乃許、父[8]所以慷慨，夷、齊[9]所以長嘆。雖有竊秦之爵[10]，千駟之富，不足貴也。」士元曰：「僕生出邊垂[11]，寡見大義，若不一叩洪鍾[12]，伐雷鼓[13]，則不識其音響也[14]！」

～言語第二

完全讀懂名句

1. 龐士元：龐統字士元，襄陽人。龐德公之姪，與諸葛亮並為劉備軍師。
2. 司馬德操：司馬徽，字德操，有知人之鑒。
3. 帶金佩紫：帶金印，佩紫綬。形容地位非常顯赫。
4. 洪流之量：比喻才氣之大。
5. 邪徑：捷徑。
6. 伯成耦耕：禹為天子，伯成辭諸侯而耕於野。耦耕，結伴耕種。
7. 原憲桑樞：原憲字子思，孔子弟子。桑樞，以桑木做戶樞，言其居處簡陋。
8. 許、父：許由、巢父，上古高士。

9. 夷、齊：伯夷、叔齊，殷孤竹君之子，不食周粟餓死在首陽山。

10. 竊秦之爵：呂不韋賄賂華陽夫人，請立子楚，而取得秦國爵位。

11. 邊垂：邊遠之地。

12. 洪鍾：大鐘。

13. 伐雷鼓：擊雷門之鼓。雷門，指會稽城門，有大鼓，擊之，聲聞洛陽。

14. 不識其音響：指如果不加叩問，就無法知道司馬德操的胸懷氣度。

語譯：南郡龐統聽說司馬徽在潁川，駕車走了二千里路來拜候他。到達時，司馬徽正在採桑，龐統從車中對他說：「我聽說大丈夫處世，應當帶金印佩紫綬，身居高位。哪有委曲自己的大才，而去做婦人採桑的事？」司馬徽說：「你暫且下車來。你只知道捷徑的快速，而不顧慮迷途的痛苦。從前伯成結伴耕種，不羨慕諸侯的尊榮；原憲以桑木做戶樞，卻不願跟做官的人交換住所。哪有居住就非要華麗的屋子，出門就乘肥馬，侍女幾十人，然後才算是出眾呢？這就是許由、巢父所以悲嘆，伯夷、叔齊所以嘆息的緣故。雖然像呂不韋一樣竊取秦的爵位，有千乘的富貴，也是不足以為傲的。」龐統說：「我出生在邊遠的地方，很少聽到大道理，孤陋而寡聞。如果不敲大鐘，擊雷鼓，就不知道他音響有多大了！」

名句的故事

龐統認為大丈夫處世，應當「帶金佩紫」，指的就是帶金印、佩紫綬的高官顯爵。秦漢之時，做官的人都佩帶官印，把官印裝在腰帶裡，將綬帶垂飾在腰旁。印的質料有金、銀、銅、玉等。綬是繫於印紐上的絲帶，官位不同，所佩綬的顏色和織法也明顯不同，使人一望便可知道佩綬人的身分。在當時，最尊貴的是金印紫綬。

司馬徽對龐統說：「你只知道捷徑的快速，沒有想到迷路的痛苦。」是說龐統只知道快速取得富貴，卻沒有想到將迷失於道統。接著以伯成、原憲、許由、巢父、伯夷、叔齊這些安貧樂道的高士為例，君子憂道不憂貧，縱然有「竊秦之爵，千駟之富」也不足為貴。

「竊秦之爵」的人指的是呂不韋，《史記．呂不韋傳》裡記載，呂不韋結交當時在趙國為人質的秦國公子子楚，視之為「奇貨可居」，以奇珍異寶賄賂華陽夫人，使安國君立子楚為繼承人。呂不韋有一邯鄲姬，容貌姣好且善歌舞，子楚甚為愛慕，要求呂不韋把美姬送給他。邯鄲姬當時已經懷有身孕，她隱瞞了懷孕之事，生下一個兒子，取名為「政」。安國君在位一年後去世，子楚即位為襄王，以呂不韋為丞相，封為文信侯，賜食河南洛陽十萬戶。三年後襄王去世，太子政繼立（就是後來的秦始皇），尊呂不韋為相國，號稱「仲父」。呂不韋以不光明的手段，詐取非常的富貴，所以被稱為「竊」。

歷久彌新說名句

據《蜀志．龐統傳》與《襄陽記》記載：龐統是襄陽大賢士龐德公的姪兒，龐統十八歲時，龐德公要他前往潁川拜訪有清雅之名、善於品評人物的司馬徽；抵達時司馬徽正在樹上採桑，龐統就坐在樹下，二人從早到晚互相談論了好久，龐統的言談令司馬徽大為讚賞，稱他為「南州士之冠冕」，由是龐統才漸漸嶄露頭角。

近人余嘉錫指出，龐德公稱司馬徽為「水鏡」（另稱諸葛孔明為「臥龍」，龐統為「鳳雛」），可見很敬重他的為人。龐統在拜訪司馬徽之前，應該很清楚司馬徽其人，怎麼會無禮的坐在車中與人談話，而且在高士面前勸他「帶金佩紫」，如果龐統真的言行如此，又怎麼會讓司馬徽稱讚他為「南州士之冠冕」？認為此篇所載必然不是事實。

姑且不論實情如何，二人所言代表的正是生逢多事之秋的漢魏士人，對於處世立身兩種截然不同的態度，其一傾向於入世，想要建功立業，使地位顯赫；另一則崇尚避世，主張安貧樂道，自然無為。這兩種思想的相互衝擊，也是身處亂世的士人對人生問題恆久的思辨。

割席分坐

名句的誕生

管寧、華歆共園中鋤菜，見地有片金，管揮鋤與瓦石不異，華捉[1]而擲去之。又嘗同席讀書，有乘軒冕[2]過門者，寧讀如故，歆廢書[3]出看，寧割席分坐，曰：「子非吾友也！」

～德行第一

完全讀懂名句

1. 捉：拿起。
2. 乘軒冕：代指達官貴人經過。
3. 廢書：放下書。

語譯：管寧與華歆兩人一同在菜園裡鋤草種菜，看見地上有一小片金子，管寧照樣揮起鋤頭，與除一般瓦塊石頭沒兩樣。華歆卻把金子撿起又丟出去。還有一次兩人同坐在一張蓆子上讀書，有達官貴人經過，管寧照舊讀書，華歆卻將書放下跑出去看。管寧於是就割開蓆子，說道：「你不是我的朋友。」

名句的故事

一般人對於管寧與華歆的認識，僅止於「割席分坐」這則故事。因此對於管寧、華歆都有些錯誤的刻板印象。從「割席分坐」得知兩人志向有所不同，而且因此而斷交朋友情誼。這種解釋，似乎過於斷章取義，以此評判管寧節操高於華歆，對華歆常有鄙夷。事實上，管寧與華歆曾經是很好的朋友，兩人才會一同種菜、讀書。管寧是齊國宰相管仲的後代，孜孜不倦，貧賤不能移。華歆相對地較為務實，見到地上有遺金，像常人一般會心動、猶豫，但又能馬上記起聖賢遺訓，因此將黃金又丟了出去。當他見到高官貴族經過，車馬喧騰，也像凡人般愛湊熱鬧、百般殷羨。管寧之所以會用「割席分坐」如此激烈的手段，其實是想勸友人改過向善，發憤讀書，當個頂天立地的士大夫。

果真，管寧的勸戒確實收到效果，華歆後來當到中央司徒的高官，甚至上書給皇帝表示希望將官位讓給比他更有賢能的管寧。不過管寧的個性原本就較恬靜，不喜歡官場中的阿諛狡詐，當他聽到華歆的推薦，也只是笑笑地推辭。這件事已是「割席分坐」之後好幾年的事了，足見兩人的友誼並無受到太大的影響，或許道不同不相為謀，但仍是相知相惜。管寧與華歆兩人相識於求學之時，再加上邴原，三個人聲名大噪。當時人稱他們為「歆為龍頭，寧為龍腹，原為龍尾。」華歆排行最前，可見當時人對他期待之深。

事實證明，除了「割席分坐」的糗事之外，華歆的修為也甚好。在漢末危難之際，他與王朗一同乘船避難，路途上遇到陌生人想搭他們的船。華歆猶豫之中，王朗已經應允，後來當亂賊攻來之時，王朗反悔，想將陌生人趕下去。華歆阻止他，說道：「我當初猶豫，就是怕這樣，你既然已答應人家，就絕無拋下他的道理！」可見華歆為人的謹慎與風範。雖然我們翻開成語字典，「割席分坐」都代表著朋友絕交之義，但若清楚管寧、華歆背景脈絡，似乎言之太過。管寧與華歆僅代表著兩種不同態度的士人抱負而已，華歆知錯能過，善莫大焉！

歷久彌新說名句

管寧以「割席分坐」來勸戒華歆讀書人須重品德修養，不戚戚於貧賤，不汲汲於富貴。其實孔子也曾以蓎子為例，教導學生為人處世之道。孔子素以復興周代禮儀為志，因此對於當前諸侯逾禮越制，不恪守名份，深感憂愁。因此他認為禮儀的施行應該從日常生活中做起，身為一個「士」，須有相應的禮節修養，最基本的即是「割不正不食」，「席不正不坐」，從食衣住行做起。

有一次，孔子的徒弟原壤，等候孔子之際「夷俟」，孔子看到後非常生氣，罵道：「幼而不孫弟，長而無述焉，老而不死是為賊」，最後還拿起竹杖「叩其脛」。這是有關孔子事蹟記載中，第一次公開使用暴力。孔子為何如此生氣？這是因為所謂「夷俟」就是蹲坐，看起來相當不雅觀，只有粗鄙野人才會有的行為。因此當孔子看到自家子弟居然站無站像、坐無坐像，不禁勃然大怒，氣得當場動手修理原壤。足見孔子對於禮的重視。

《世說新語》開啟中國歷史記錄時代風俗、品藻人物行為言語的第一例，此後這種著作體例延續不絕。明代就曾出現一部以仿效《世說新語》而著名的書籍《芙蓉鏡寓言》。作者江東偉，他於前序即言，由於從小嗜讀《世說新語》，因此嘗試以其編纂體例，重新收納歷史上的類似故事。書中雖以劉義慶的分類標準，但所引用的記載不同於《世說新語》，可謂是「舊瓶裝新酒」。

無獨有偶，江東偉在書中也收入一篇與蓆子相關的史事。南朝時期著名孝子江革，從小喪父，事母至孝，家境貧苦，卻力爭上游，努力唸書。當時名士謝朓非常賞識他。有一天外頭下著大雪，謝朓剛好經過，看到江革「敝絮單席，而學不倦」，穿著破爛衣物坐在竹席上頭，勤勉力學。謝朓感動心疼之餘，脫下身上厚重的衣服為他披上，又將手邊的毛裘割下一半，讓江革晚上可以伴著暖和點的毯子入睡。謝朓與江革的交誼，於是成為千古佳話。

吾懼董狐將執簡而進矣

名句的誕生

蘇峻[1]既至石頭，百僚奔散，唯侍中鍾雅[2]獨在帝[3]側。或謂鍾曰：「見可而進，知難而退，古之道也。君性亮直[4]，必不容於寇讎，何不用隨時之宜[5]，而坐待其弊[6]邪？」鍾曰：「國亂不能匡[7]，君危不能濟[8]，而各遜遁[9]以求免，吾懼董狐[10]將執簡而進矣！」

～方正第五

完全讀懂名句

1. 蘇峻：蘇峻，字子高，長廣郡掖縣人，仕郡主簿，遷歷陽太守。
2. 鍾雅：鍾雅，字彥冑，潁川長社人，累遷至侍中。
3. 帝：指晉成帝司馬衍。
4. 亮直：誠信正直。亮同諒。
5. 隨時之宜：權宜之計。就是奔逃避難的意思。
6. 弊：同斃。
7. 匡：輔助、挽救。
8. 濟：援助、救助。
9. 遜遁：退避。
10. 董狐：春秋時晉國的史官。

語譯：蘇峻造反，已經兵臨石頭城，百官都四散奔逃，只有侍中鍾雅單獨留在成帝身邊。有人對鍾雅說：「見時機可行就出來做事，知道事情行不通了，就該引退，這是自古以來處世的道理。你的個性誠信正直，一定不能見容於敵人，為何不作權宜之計，先行逃避，難道要坐著等死嗎？」鍾雅說：「國家混亂不能加以匡正，君王有難不能救助，而各自退避以求倖免，我怕史官將要拿著書簡前來加以筆伐了！」

名句的故事

蘇峻之亂起因於成帝即位後，庾亮認為歷陽太守蘇峻屯兵建康上游，將來必為禍亂，就詔徵蘇峻入京，想要趁機解除他的兵權。蘇峻不肯應命，以討庾亮為名，率軍攻入建康。

董狐是春秋時晉國的史官。《左傳．宣公二年》記載，晉靈公是個聚斂無度、殘害百姓的昏君，執政大臣趙盾經常苦心勸諫他，靈公非但不聽，反而派人刺殺趙盾，趙盾只好逃亡。當他逃到邊境時，聽說靈公已被他的族弟趙穿帶兵殺死，趙盾於是返回晉都繼續執政。晉國的史官董狐在史書上寫道：「趙盾弒其君」，趙盾辯解說是趙穿所殺，董狐說：「你是執政大臣，逃亡未過國境，君臣之義並沒有斷絕，國君被殺了，你回到朝中，又不討伐弒君的亂臣，當然就等於是你弒君了。」

歷久彌新說名句

宋代文天祥〈正氣歌〉中有一句：「時窮節乃見，一一垂丹青。在齊太史簡，在晉董狐筆。」《左傳．襄公二十五年》記載，齊國的權臣崔杼殺了齊莊公，要太史伯在史書上謊稱莊公病死。太史伯不肯，堅持寫下「崔杼弒其君」，崔杼就殺了齊太史，太史的二個弟弟接替史官的職位，都寫了同樣的話，也被殺害了，到了最小的弟弟接任史官，依然提筆寫上「崔杼弒其君」，崔杼問他：「你也要像你的兄長一樣，不愛惜自己的生命嗎？」史官答道：「根據事實秉筆直書，這是史官的責任。」崔杼見他們一個個視死如歸，知道史冊無法更改，只好放了他。這種剛直的精神與高尚的道德情操，成為史家以及所有士人的榜樣。

犯上難，攝下易

名句的誕生

汝南陳仲舉[1]，潁川李元禮[2]二人，共論[3]其功德，不能定先後。蔡伯喈[4]評之曰：「陳仲舉強于犯上[5]，李元禮嚴於攝下[6]，犯上難，攝下易。」仲舉遂在「三君」之下[7]，元禮居「八俊」之上[8]。

～品藻第九

完全讀懂名句

1. 陳仲舉：陳蕃，字仲舉，汝南人，官至太傅。
2. 李元禮：李膺，字元禮，為人心志高尚，文武儁才。
3. 共論：眾人共同品評。
4. 蔡伯喈：蔡邕，字伯喈，東漢陳留人。通達有儁才，博學扇屬文，伎藝術數，無不精綜，仕至左中郎強。
5. 強于犯上：指其為人方直，容易強諫而反抗尊長。
6. 嚴於攝下：對待下屬教命急切。
7. 三君之下：當時指竇武、劉淑、陳蕃三賢為三君，陳蕃在三君中名列於下。
8. 八俊之上：指李膺、王暢、荀昱、朱寓、魏朗、劉祐、杜密、趙典，為當時人中英傑，李膺在八俊中名列於上。

語譯：汝南陳蕃，潁川李膺二人，都有賢名，眾人共同品評他們的功績德業，無法決定出他們的先後高下。蔡伯喈批評他們說：「陳蕃為人方直，容易強諫而反抗尊長，李膺對待下屬教命急切。犯上困難，持下容易。」因此將陳蕃排名在「三君」之下，李膺排名在「八俊」之上。

名句的故事

東漢桓帝、靈帝時由於宦官專擅引起的黨錮之禍，是兩次打擊士人和太學生的事件，陳蕃與李膺是當時的重要人物，素為太學生所敬重，稱之為「天下楷模李元禮，不畏強禦陳仲舉」。

李膺剛正不阿、執法嚴厲，在他為河南司隸時，河內豪強張成善於觀察天文星相，占卜吉兇；他預測近期會有大赦，於是教唆兒子殺人，李膺將其子治罪，竟不顧大赦令便將犯人處死。宦官以此為藉口，唆使張成的門徒上書誣告李膺勾結黨徒，此為第一次「黨錮之禍」的導火線，李膺因此被捕入獄。

陳蕃為官清廉，名重當時。他曾屢次上書痛陳時弊，抨擊宦官，反對濫封官爵。黨錮之禍起，陳蕃上書直諫，謂此舉「杜塞天下之口，聾盲一世之人，與秦焚書坑儒，何以為異」，卻深為桓帝所忌諱，罷免了他的官職。靈帝時竇太后召陳蕃為太傅，與大將軍竇武共同謀誅宦官，不幸事情洩漏，反被誅殺。

歷久彌新說名句

事實上陳蕃、李膺都是不畏強權，勇於與惡勢力抗爭的忠義之士。第二次黨錮禍起，鄉人勸李膺逃走，他說：「事不辭難，罪不逃刑，臣之節也」，終被拷問死於獄中。這種以天下為己任，有難不避，有罪不逃的高尚氣節，無愧名列「八俊」之上。

唐人王勃寫了一篇千古傳誦的〈滕王閣序〉，其中「人傑地靈，徐穉下陳蕃之榻」，說的是陳蕃禮賢下士的高邁風範。《世說新語》卷首記載，陳蕃就任豫章太守，第一件事便是問賢士徐穉所在，想去拜訪他；其後陳蕃並在郡府為徐穉設一臥榻，雅相諮詢，徐穉離去後，便將臥榻懸起，不接待其他賓客。

皮裡陽秋

名句的誕生

桓茂倫[1]云：「褚季野[2]皮裡陽秋[3]。」謂其裁中也。

～賞譽第八

完全讀懂名句

1. 桓茂倫：桓彝，字茂倫，官至散常侍。死於蘇峻之難，追贈廷尉。
2. 褚季野：褚裒，字季野，晉康獻皇后父。持重少言，頗有盛名。
3. 皮裡陽秋：對人對事，心中已有的評論，但不說出來。陽秋即春秋，因簡文帝司馬昱之母鄭太后名阿春，故晉人避諱，改春為陽。孔子修《春秋》義含褒貶，所以這裡用春秋以示批評。

語譯：桓茂倫說：「褚季野是皮裡陽秋。」意思是說，他口無臧否而內心有褒貶裁定。

名句的故事

魏晉時期是政治、社會動盪不安的時代，政權不斷更迭，權臣纂亂不斷。當時社會上的名士賢人，想要苟全性命，無不佯狂裝瘋，或者放逐山水，仍留在官場者，則是謹言慎行，深恐一個不小心，說錯話做錯事，與當權者的意見不同，而遭來殺身之禍。

褚季野是東晉時的名士，曾經擔任東晉政權的征北大將軍，趁著北趙內亂時，率著晉軍北伐，後來卻失敗而回。當時他的女兒是晉康帝司馬岳的皇后，貴為晉朝皇帝的國丈，權臣想要拉攏他入朝共同主持朝政。但是他因為自己是外戚的身分，為了避嫌，寧願請求外放，遠離權力中心。足見他是個謹慎小心的聰明人，了解自己若是牽涉朝廷中拉黨結派，只會糾葛牽扯不清。

從他的立身行事，就不難看出，他的皮裡陽秋式的處世方式，固然是他的個性，卻也是當時知識分子面對惡劣政治環境之下，避免忤逆當道的明哲保身之道。

歷久彌新說名句

「皮裡陽秋」，是說表面上不做評論，而內心卻自有一把尺，仍暗藏一套判斷的標準。不彰顯自己的意見，怕自己的立場外顯，而遭到有心者的利用。道家的始祖老子也說：「國之利器，不可以示人。」意思是說國家有最厲害的武器，不可以顯露給人知道，顯露則被敵人知其底細，必敢來侵犯。皮裡陽秋的處世方式正符合了老子的處世精神。

中國傳統的社會，主要以儒家的思想為立身行事的指導原則，儒家的思想教人「誠於中，而形於外」，內心的「誠」，表現於外在的日常行為，而「禮由外作，仁由內生」，講究的是形式與內容的和諧如一。因此，對於言不由衷、口是心非，表裏不一的人，則給予負面的道德上的評價。

「皮裡陽秋」與「口是心非」，雖然都有內外不一的意思，但意義上並不相同。「皮裡陽秋」在強調個人的內心自有判斷的準則，而「口是心非」則在強調表裏的不一致。不過，「皮裡陽秋」，掩藏了個人內心的想法，有違儒家教人「誠於中，而形於外」的行為準則。這個成語，後來用以說人心機詭詐，而不動聲色，與權謀、陰險等畫上了等號。

上人著百尺樓上，儋梯將去

名句的誕生

殷中軍廢後[1]，恨簡文曰：「上人著百尺樓[2]上，儋[3]梯將[4]去。」

～黜免第二十八

完全讀懂名句

1. 殷中軍廢後：殷浩北征，兵敗廢為庶民，當時簡文帝司馬昱為會稽王掌理朝政大權，因晉穆帝年幼，由簡文輔政。
2. 上人著百尺樓：讓人爬上百尺高的樓。
3. 儋：通「擔」。肩扛。
4. 將：持，拿。此指撤走梯子。

語譯：殷中軍被廢黜以後，怨恨簡文帝說：「把人送到百尺高的樓上之後，又把梯子撤走了。」

名句的故事

西晉永嘉之亂後，晉朝政權南渡到長江下游的建業，與北方的胡人政權，形成南、北的對立狀態。為了對抗胡人的南侵，與北伐的軍備，勢必加重地方的軍閥勢力，但是，地方軍閥勢力的過度膨脹，又危及到晉朝皇室的安全。

桓溫為東晉的名將，英略過人，在一次奇襲的作戰當中，滅了在四川的成漢，一戰成名，並當上了征西大將軍兼荊州刺史，一時之間，戰功榮耀及於一身。桓溫雖然擴展東晉的勢力，卻引來朝廷大臣更大的猜忌。當時，主政者會稽王司馬昱（後來即位為晉簡文帝），為平衡桓溫的勢力，引殷浩為心腹，任命以中軍將軍，都督五州軍事，並委以北伐重任，企圖以對抗桓溫。

殷浩為東晉名士，善於清談，特別喜歡《老子》，但對於軍事才能卻甚為平庸。當初，率領軍隊北伐出征時，自己卻從馬上掉下來。在中原大亂、北人紛紛來降的大好形勢下，殷浩居然不敢起軍北進。後來，北征以失敗收場。殷浩敗績，桓溫借機上疏彈劾，結果殷浩被廢為庶人。

歷久彌新說名句

最初，殷浩與桓溫二人年少時齊名，後來桓溫不服，問殷浩：「你和我相比怎麼樣？」殷浩則回答說：「我與自己相處久了，還是願意做我自己。」言下頗有不屑之意。王羲之曾密勸殷浩不宜與桓溫為仇，殷浩不從。桓溫曾私下對人說：「殷浩有道德有口才，如果作尚書令或僕射，足以為百官的表率，但朝廷讓他擔任軍旅之任，所用不是他的才能啊！」這話他真說對了。

在桓溫主政時，曾想重新起用殷浩這個老對頭，讓他參與內政。當時，桓溫寫了一封信給殷浩，殷浩收到信之後非常高興，恭恭敬敬寫了回信，但是不放心，原本寫完了已封住的信又拆開來看，連續數次，結果信函卻掉在桌下，寄了空的信封回給桓溫，桓溫看了之後大怒。從此之後，殷浩便失去了重回朝政的機會。

殷浩在抱怨簡文帝「把人送上高樓，卻把梯子撤了」的同時，沒有意識到歷史只是不斷重演的事實，政治權力是現實的。所謂「成也蕭何，敗也蕭何」，西漢韓信受蕭何推薦而拜為大將，又因蕭何設計而掉了腦袋。人們哀嘆韓信之死，偏重於外部因素，所以就用「成也蕭何，敗也蕭何」加以總結。其實，功過、是非、利害、得失，誰又算得清？韓信的成敗根本原因，還是歸咎其個人的行為。殷浩的行為，也是相同的道理。

損有餘，補不足，天之道也

名句的誕生

梁王、趙王，國之近屬[1]，貴重當時。裴令公歲請二國租錢數百萬，以恤[2]中表[3]之貧者。或譏之曰：「何以乞物行惠？」裴曰：「損有餘，補不足，天之道也。」

～德行第一

完全讀懂名句

1. 近屬：最近的親屬。
2. 恤：賑濟、救濟。
3. 中表：父親的姊妹之子為外兄弟，母親的兄弟姊妹之子為內兄弟，內為中，外稱表，故統稱中表。

語譯：梁王司馬彤、趙王司馬倫，兩人皆為晉朝皇帝的近親，在當時可說權貴顯赫。中書令裴楷每年都要求梁王和趙王拿出租錢數百萬，以救濟自家的貧苦親戚。有人譏笑裴楷說：「為什麼要以乞討的方式來行施恩惠？」裴楷回答對方：「從多餘的拿出一些來補不足的，此乃自然的法則呀！」

名句的故事

梁王司馬彤是司馬懿第三個兒子，趙王司馬倫是司馬懿第九個兒子，兩人為同父異母的兄弟。由於司馬懿之孫司馬炎篡魏，成為晉朝開國皇帝，他大肆分封宗室為王，梁王、趙王在朝廷也都權高位重，富貴逼人。

裴楷擔任晉武帝司馬炎的中書令，知道梁王與趙王不但官爵顯赫，家中財物也是用之不竭，所以向他們請求租錢數百萬，用來救濟自家的窮苦親戚。素來被人稱許其儀容風采俱佳的裴楷，聽到有人在譏笑他，也直言替自己的行為辯白，強調他所做的是一件合乎自然天理的事，只有「損有餘，補不足」，天下物資才能維持正常的供需平衡。

據《晉書．裴楷傳》記載：「楷風神高邁，容儀俊爽，博涉群書，特精理義，時人謂之玉人。」可見裴楷不但外貌長相生得俊美，也是一位飽讀群書、才學兼備的文人，所以贏得「玉人」的稱譽。或許正是受盛名所累，裴楷的言行更容易被眾人加以放大檢視。

歷久彌新說名句

相傳晉人裴楷對《易經》與《老子》之學頗有研究。學《易經》使人機智，學《老子》使人瞭然天地自然法則。《易經．謙卦》有云：「君子以裒（音ㄆㄡˊ）多益寡，稱物平施。」意指有德的君子，會減去多餘的以彌補不足，使物資的施予，不會失去平衡，其中「裒多益寡」一語，便成為後人常用的一句成語。

《老子．第七十七章》寫道：「有餘者損之，不足者與之。天之道，損有餘，而補不足。人之道則不然，損不足，以奉有餘。孰能有餘以奉天下？唯有道者。」過滿的就減少一些，不夠滿的就補足一些。自然的法則，就是減去有餘的，並補上不足的。但人世的作風是減損不足的，取來給有餘的。誰能把有餘的拿來供應天下人？只有悟道的人才能做到吧！老子體認到人世的作風，正好和自然法則完全相反，所以才會造成天下資源分配不均，貧富差距擴大，使富者更富、窮者恆窮，這根本是有違自然平衡與和諧的作為。

《易經》書中「裒多益寡」一語，以及《老子》所言「損有餘，而補不足」，兩者其實是一樣的意思，裴楷援引《老子》中「損有餘，補不足」，是他堅信自己實踐的是「天之道」，別人譏笑他，是因為那些人只懂得依循「人之道」的緣故。

我以第一理期卿，卿莫負我

名句的誕生

卞範之為丹陽尹[1]。羊孚南州[2]暫還，往卞許，云：「下官疾動[3]，不堪坐。」卞便開帳拂褥，羊徑上大床，入被須[4]枕。卞回[5]坐傾睞，移晨達莫[6]。羊去，卞語曰：「我以第一理[7]期卿，卿莫負我。」

～寵禮第二十二

完全讀懂名句

1. 丹陽尹：官名，即丹陽郡太守。丹陽，位在今江蘇南京，為東晉京都建業所在，故稱「尹」，至隋滅南朝陳，廢稱「丹陽」地名。
2. 南州：泛指南方地區。
3. 疾動：疾病發作。
4. 須：等待。
5. 回：遠。
6. 莫：音ㄇㄨˋ，mù，「暮」的本字。傍晚。
7. 第一理：第一要理，意指至高無上的真理。

語譯：卞範之擔任丹陽尹的時候，羊孚從南方暫時回來，前往卞範之住處拜訪，說道：「卑職的病發作了，無法坐下。」卞範之就親自為他打開蚊帳，拂去被子上的塵土，羊孚也不謙讓，直接鑽入被窩，等待卞範之送枕頭來。當天卞範之遠遠坐在床前，傾身注視著羊孚，從早晨一直到傍晚。羊孚告辭的時候，卞範之對他說：「我期望您成為至高無上的的賢才，您可不要辜負我！」

名句的故事

卞範之，又名卞鞠，字敬祖，東晉人。《晉書．卞範之傳》寫其「識悟聰敏，見美於當世」，他與桓玄為年少好友，後來桓玄逼迫晉安帝禪位，所擬寫的那份「禪詔書」，就是出自卞範之之手。

羊孚，字子道，其父親羊綏，深得東晉名臣謝安的賞識，羊孚為羊綏的第二子。桓玄因對羊孚相當敬重，所以也不敢有所篡位行動；等到羊孚一死，桓玄馬上篡位。可見羊孚生前的諄諄告誡，仍對桓玄有一定程度的影響。

《世說新語．寵禮》描寫貴為京城太守的卞範之，捨一尹之尊的上位，禮遇位居下位的羊孚，不但將大床提供給羊孚休息，還替其打開蚊帳、拂去被上塵土，並親自送來枕頭，從早到晚守候在旁，等到羊孚起身離去，卞範之才對羊孚說道：「我以第一理期卿，卿莫負我。」道出他對羊孚的深切期許，希望羊孚銘記受過自己最高規格的禮遇，日後千萬不可辜負他。

歷久彌新說名句

東晉丹陽尹卞範之一句「卿莫負我」，意表他對羊孚存有一份殷望之情，當時官場爾虞我詐，使得卞範之急欲拉攏羊孚，但終究羊孚早逝，卞範之沒能得到任何回報，但他的「卿莫負我」也成為後人期待情感不要被對方辜負的一句名言。

達賴喇嘛六世倉央嘉措，生於清聖祖康熙二十二年（西元一六八三年），十四歲時剃度坐床，十年後遭西藏政教鬥爭波及，被清廷廢黜。相傳倉央嘉措日間為活佛，入夜則到處獵豔，卻因此留下了六十餘首動人情詩。其中一首為：「只恐多情損梵行，入山又恐負傾城。世間哪得雙全法，不負如來不負卿。」寫出自己修佛與追尋愛情的兩相矛盾，身為達賴喇嘛是他身分的不得已，對於傾城美人他也有萬般不捨，所以想探尋世間可否有雙全法門，能夠讓他不辜負如來佛，也不負他心上愛人的款款衷情。

內舉不失其子，外舉不失其讎

名句的誕生

荀慈明與汝南袁閬相見，問潁川人士。慈明先及諸兄，閬笑曰：「士但可因親舊而已乎？」慈明曰：「足下相難[1]，依據者何因？」閬曰：「方問國士，而及諸兄，是以尤[2]之耳。」慈明曰：「昔者祁奚內舉[3]不失其子，外舉[4]不失其讎[5]，以為至公[6]。公旦[7]文王之詩，不論堯、舜之德，而頌文、武者，親親之義也。春秋之義，內其國而外諸夏。且不愛其親而愛他人者，不為悖德乎？」

～言語第二

完全讀懂名句

1. 相難：相責難。此指對方責怪自己。
2. 尤：怨恨、責怪。
3. 內舉：舉薦自己的親人。
4. 外舉：舉薦親人以外的人才。
5. 讎：仇怨。此指仇家。
6. 至公：此作非常公正。
7. 公旦：指周公。周公姓姬，名旦。

語譯：荀爽遇見汝南袁閬，袁閬向他問起潁川一帶的知名人士。荀爽先提到自己幾位兄長，袁閬笑說：「談論名士，怎麼可以因為是自己的親人，就把他們算是名士呢？」荀爽說：「您這樣指責我，有什麼依據嗎？」袁閬說：「剛才我問你名士，你先提到自己的兄長，所以我才怪你啊！」荀爽說：「從前春秋晉國大夫祁奚告老還鄉時，對內不避開推舉自己的兒子，對外不避開推舉自己的仇人，大家一致認為祁奚非常公正。周公旦以詩歌頌文王，他不談論堯、舜的功德，卻大力讚美文王和武王，那是因為他懂得愛護自己親人的道理。《春秋》一書記事的準則，是以魯國年史為內，以華夏其他諸國為外。況且，不愛自己的親人卻愛其他外人，這不是有違人倫道德嗎？」

名句的故事

荀爽，字慈明，他的父親是東漢桓帝時曾擔任朗陵侯相的荀淑，為人公正明理，素有「神君」美稱；荀淑共生有八子，皆頗有文才，當時公認他的兒子都是賢能之人，荀淑在外的傑出成就，沒讓這些兒子自恃而驕，還贏得了「八龍」的稱譽。

荀爽堪稱荀家「八龍」最為傑出的一人，他是荀淑的第六個兒子，時有諺語曰：「荀氏八龍，慈明無雙。」可見荀家八子在外聲名遠播，其中又以六子荀爽的才德學識，最受眾人矚目與稱頌。

儘管如此，在荀爽的心目中，卻認為兄長們才是最值得推崇的「國士」。一般人向來不好意思直道自家人的好，或向外薦引自己親屬，怕有循私為己之嫌，徒增外界非議。但荀爽可不是這麼想，文中他引經據典，逐一陳述古來聖賢推舉人才不分親疏恩仇，諸如春秋晉國大夫祁奚，大公無私向晉悼公推舉自己的親人和仇家；又言周公旦以詩讚美自己的父兄文王、武王，所建立一番赫赫功業；最末則道《春秋》這部史書，也是作者孔子以自己魯國史為主要記年，其他諸侯各國史為書中次要記年。正因有先賢聖人之例可循，荀爽自認兄長們確實具備品德才能，那他又怎可捨棄自己親人，而虛偽地說其他人士才是最好的呢？從荀爽對袁閬說的話看來，可知他不但深具辯才，還是一位學識淵博的人呢！

歷久彌新說名句

荀爽所言「內舉不失其子，外舉不失其讎」，其源出自《左傳．襄公廿一年》的一段記事。當年晉國大夫羊舌肸（又名叔向）的異母弟羊舌虎，和晉大夫欒盈為同黨，欒盈與握有大權的范宣子不和，圖謀殺害范宣子，但這場刺殺行動失敗，欒盈逃奔楚國，其同黨羊舌虎被范宣子所殺，並將他的哥哥羊舌肸囚禁起來。

有親近晉平公的人，主動要替羊舌肸求情，但遭到羊舌肸拒絕；旁人覺得不解，想知道羊舌肸腦子裡到底想些什麼？羊舌肸告訴對方：「祁大夫外舉不棄讎，內舉不失親，其獨遺我乎？」意指公正無私的祁奚，一定會出頭為自己說話，也只有祁奚所說的話，才足以令晉平公和范宣子信服。

果然，已告老還鄉的祁奚，一聽到向來盡忠國家，又有才能的羊舌肸遭到囚禁，立刻驅車去見范宣子，希望范宣子釋放羊舌肸，還說就算羊舌肸日後十代子孫有罪，光憑羊舌肸對晉國社稷之功，也值得寬恕。范宣子聽完祁奚的話，即和他一同去見晉平公，並赦免了羊舌肸的罪。

為何一個退休老臣的話，會如此受到大家的尊敬呢？當時晉國晉悼公問起準備退休的祁奚，誰有能力接替祁奚「中軍尉」的位子，祁奚先是推舉自己的仇家解狐，不過解狐還沒上任就去世了；晉悼公只好再問祁奚，祁奚這次推舉的是自己的兒子祁午。此事傳開之後，大家都知道祁奚向國君推舉人才，只考慮此人是否適任，而不管對方是自己的仇家或親人，他這種「無偏無黨」的作為，自然贏得眾人的尊敬。

後來比喻人不以外仇或內親為顧忌，凡有德有才者皆可薦舉，除了《左傳》中「外舉不棄讎，內舉不失親」之語，也可採用《世說新語．言語》裡的「內舉不失其子，外舉不失其讎」，還有「祁奚之舉」、「祁奚薦仇」或「祁奚舉午」等，意思是完全一樣的。

以小人之慮，度君子之心

名句的誕生

劉慶孫[1]在太傅[2]府，于時人士，多為所構[3]，唯庾子嵩[4]縱心事外[5]，無跡可間[6]。後以其性儉家富，說太傅令換[7]千萬，冀其有吝，於此可乘。太傅於眾坐中問庾，庾時頹然已醉，幘[8]墮几上，以頭就穿取[9]。徐答云：「下官家故可有兩娑[10]千萬，隨公所取。」於是乃服。後有人向庾道此，庾曰：「可謂以小人之慮，度君子之心。」

～雅量第六

完全讀懂名句

1. 劉慶孫：劉輿，字慶孫。有豪俠之氣，長於謀算，善結交。
2. 太傅：指司馬越，西晉宗室，司馬懿族孫，封東海王，累遷司空、太傅。
3. 構：陷害。
4. 庾子嵩：庾敳字子嵩，穎川人，仕至豫州長史。
5. 縱心事外：任縱其心於事外，不理會這些事。
6. 無跡可間：沒有事跡可以毀謗。
7. 換：借。
8. 幘：包髮的頭巾。
9. 以頭就穿取：用頭去頂頭巾希望把它戴上。
10. 娑：與「三」是雙聲字，假借為「三」字用。

語譯：劉輿在太傅府中，當時人士多數都被

他所陷害，只有庾敳不理會這些事，沒有事情可以讓他毀謗。後來因為庾敳生性節儉而家道富有，就勸太傅向他借錢千萬，希望他吝嗇不借，讓自己在這方面有機可乘。太傅當著眾人在坐時問庾敳借錢，庾敳當時已經喝醉，身體歪歪斜斜，頭巾掉在桌子上，就用頭去頂回那頭巾希望把它戴上。不慌不忙的回答說：「下官家裡本來就約有兩三千萬，隨便您來取用。」於是劉輿就心服了。後來有人向庾敳提到這件事，庾敳說：「這可說是以小人之心，度君子之腹。」

名句的故事

劉輿是永嘉詩人劉琨的長兄，《晉書．劉輿傳》說他雋朗有才謀，年少時就與其弟名重當時。八王之亂後，東海王司馬越想要召見他，有人對司馬越說：「劉輿像塊髒肉，誰接近他都會受到污染。」司馬越就對他心存疑戒，未加重用。劉輿入京後，暗中檢視天下兵簿，觀察各地駐軍、倉庫處所、人穀多少、牛馬器械都默記在心。當時內憂外患，戰事頻仍，司馬越每次召集臣僚共議軍事，手下那些將領都不知所對。只有劉輿能侃侃而談，仔細籌謀且規劃詳盡，司馬越就任命他為左長史。

庾敳是當時名士，頗受士大夫所推崇，《晉書．庾敳傳》說他「長不滿七尺，而腰帶十圍」，胸襟寬闊，性情通達，以老、莊之徒自居。他看到當時天下紛擾，政局多變，有為的人各顯才能，但到最後往往沒有好下場，所以庾敳雖然在司馬越帳下任職，但未曾攬事爭權，常靜默無所作為。

劉輿善於心機喜歡算計別人，庾敳以他的恢弘氣度化解了欲加之禍。雖然史書說他聚斂財貨而家道富有，這點常為眾人所嘲笑，但從這則故事看來，家有兩三千萬，可以隨人所取，確實慷慨大度，器量非凡！

歷久彌新說名句

大家比較熟悉的說法是「以小人之心，度君子之腹」，本來是指做臣子的用自己已經飽足的肚子為例，期望君王的欲望也有滿足的時候。出自《左傳．昭公二十八年》：「及饋之畢，願以小人之腹為君子之心，屬厭而已。」這句話後來用以比喻用小人狹隘的心理，去猜想君子光明磊落的心地。

古往今來「以小人之心，度君子之腹」者比比皆是，《莊子．秋水篇》就記載這個故事：惠施做了梁國的宰相，莊子去拜訪他，有人對惠施說：「莊子來了，是要來謀取您的相位。」惠施就派兵搜索了三天三夜。莊子去見惠施說：「南方有一種鳳鳥叫鵷雛，不是梧桐樹不棲止，不是竹實不肯吃，不是甘泉牠不喝。當時，有一隻貓頭鷹，剛找到一隻腐爛的老鼠，見到鵷雛飛過，就威嚇的叫說：『赫！你不要來搶我的老鼠。』現在你想以梁國的相位來威嚇我嗎？」

另一個故事，是戰國四公子之一的孟嘗君，他禮賢下士，食客三千人的待遇都與自己相等。有一天，孟嘗君請大家吃宵夜，其中有一食客誤以為飯菜有差等，就憤而離席，孟嘗君立刻把自己所吃的食物捧到那人面前相比較，那食客一看，食物果然沒有兩樣，認為自己「以小人之心，度君子之腹」，慚愧之餘就拔劍自刎而死。不過，如此剛烈的自責，似乎有違孟嘗君傾心待客的本意，教做主人的情何以堪呢！

可以理奪，難以情求

名句的誕生

許允為吏部郎，多用其鄉里，魏明帝遣虎賁[1]收之。其婦出誡允曰：「明主可以理奪，難以情求。」既至，帝覈問[2]之，允對曰：「『舉爾所知』，臣之鄉人，臣所知也。陛下檢校[3]為稱職與不？若不稱職，臣受其罪。」既檢校，皆官得其人，於是乃釋[4]。允衣服敗壞，詔賜新衣。初允被收，舉家號哭。阮新婦自若[5]，云：「勿憂，尋還。」作粟粥待。傾之[6]，允至。

～賢媛第十九

完全讀懂名句

1. 虎賁：官名，負責朝廷防護與侍衛。
2. 覈問：審核查問。
3. 檢校：審查、核實。
4. 釋：釋放。
5. 自若：顏色自然、神態如常。
6. 傾之：一會兒。

語譯：許允擔任吏部郎中時，大都舉用與其同鄉之人。魏明帝知道後，認為其中有弊，於是派虎賁將許允逮捕入獄。許允妻子得知後，趕出來勸丈夫說：「對英名的君主可以用道理來說服他，但很難用感情去請求他。」許允被押解到朝廷，皇帝問他為什麼要這麼做？許允回答：「孔子說：『提拔其所知道的人才。』臣同鄉的人，都是臣所了解的人，陛下您可以審核看他們是否稱職？若不稱職，臣願受懲處。」查驗之後，許允所推薦的人果然都稱職得位，皇帝於是放了他。由於許允當時穿的衣服破舊，皇帝還賜給他新衣服。起初，許允被逮捕時，全家人都號哭失措。只有他的妻子阮氏神態自若，還安慰大家道：「別擔心，一會兒就回來了。」妻子還準備好小米粥等候許允。果然過了一會兒，許允就回來了。

名句的故事

許允這次被抓，是因為他當時在吏部任職，掌管銓選與任用官員的職務。從東漢末年開始，中央的士族、地方上的豪族，幾乎壟斷了進入官場的門路。主要原因即在於「鄉舉里選」的制度。這項制度設立之初，立意甚佳，認為人才的選任，應該是從地方選拔，再到中央任職。但這項制度實施多年以後，弊端也跟著出現。原因在於擔任地方選拔的官員，容易參雜個人的主觀喜好，不僅多用自家相關之人，甚至還有收賄。許允這次被抓正是因如此，他毫不避嫌，所用之人皆是自己認識的，因此引來皇帝的不滿，認為他有集結勢力的嫌疑。所幸許允經過妻子的叮嚀之後，想到以孔子為例據理力爭，免於牢獄之災。

許允回答皇帝之「舉爾所知」，即是孔子與學生仲弓的典故。有一天擔任季氏宰臣的仲弓，向孔子請教如何治理政事。孔子回答道：「先有司，赦小過，舉賢才。」即管理者應該要將工作分給各個部門，原諒他們犯的小錯誤，最後要選拔賢能有德的人。仲弓聽了之後又問，「怎麼樣才能辨別賢能之人呢？」孔子回答：「舉爾所知，爾所不知，人其舍諸？」就推舉你所知道的賢人，那些你所不知道的，別人難道會把他們埋沒嗎？換句話說，即使你現在還不清楚這個人有賢才，時間一久，你也會察覺。

歷久彌新說名句

許允的妻子面臨丈夫即將被抓入獄，不僅不慌不忙，更是冷靜、有條理叮嚀丈夫千萬不可犯上。阮氏勸丈夫，「可以理奪，難以情求」，要理直氣壯地跟皇帝解釋，用理來博得信任。不能因為對方是皇帝，就隨便認罪，甚至低聲求情，這只會招來皇帝的厭惡。儘管這次許允獲免於罪，但官場有如戰場，後來他因為與夏侯玄等人交善，而被皇帝懷疑，將被流放時，卻收到過去長官的任用狀，當下高興地跟妻子說：「太好了，這下子不用受刑了。」妻子卻回答：「禍端已經到了，你還不知道？怎麼可能得以減免呢？」果然，後來許允還是被流放，被魏文帝派來的人殺死於途中。事情爆發後，許允的門生趕緊回來告訴師母，阮氏毫不訝異，淡淡道：「早知會如此下場。」後來皇帝怕許允兒子會來報仇，於是派鍾會去探聽。兒子們趕緊問母親該怎麼辦？阮氏回答道：「你們的資才雖然還算可以，但遠比不上你們的父親，平常心對待就可以了。」後來果然安全渡過。

現代俚語常言道：「聽妻嘴，大富貴。」許允在這則名句中，因為聽了妻子的話，而得以獲釋。話說春秋戰國時期，齊國宰相晏子的僕夫，因為每天得以親近權貴之人，也跟著狐假虎威起來。有一天他的妻子看到丈夫正在為晏子拉車，意氣洋洋，威風凜凜。僕夫回家後，妻子說：「唉！你是個卑賤的人。」丈夫大吃一驚，不知妻子為何口出此言。妻子回答：「晏子長不滿三尺，身相齊國，名顯諸侯，今者吾從門間觀其志氣，恂恂自下，思念深矣。今子長八尺，乃為之僕御耳，然子之意洋洋若自足者，妾是以去也。」僕夫趕緊道歉挽回妻子，此後也漸漸收起他的傲氣，以禮代人。晏子感到奇怪，一問之下才知道原因，認為僕夫能納賢言改過向善，非常可佳，於是封他為大夫。從許允妻或僕夫妻的例子，讓我們知道不可以小覷女人的智慧喔！

覆巢之下，復有完卵乎

名句的誕生

孔融被收，中外惶怖[1]。時融兒大者九歲，小者八歲，二兒故琢釘戲[2]，了無遽容[3]。融謂使者曰：「冀罪止於身，二兒可得全不[4]？」兒徐進[5]曰：「大人豈見覆巢之下，復有完卵乎？」尋亦收至。

～語言第二

完全讀懂名句

1. 惶怖：驚恐。
2. 琢釘戲：一種童玩遊戲。
3. 遽容：遽，音ㄐㄩˋ，jù，恐懼的臉色。
4. 不：通否。
5. 徐進：徐緩從容貌。

語譯：孔融被押捕時，朝廷內外無不感到驚恐。當時孔融的孩子大的才九歲，小的才八歲，兩個孩子在一旁正玩著遊戲，一點也沒有害怕恐懼的樣子。孔融對前來逮捕他的使者請求：「希望懲罰只限於我個人，兩個孩子是否能保全性命呢？」孩子卻從容地說道：「父親您何時見過傾倒的鳥巢下，還會有完整的蛋呢？」過了不久，來拘捕兩個孩子的差使也到了。

名句的故事

孔融的個性剛烈，不假雕飾，從他十歲時就能對抗大人嘲弄，反諷對方「想君小時，必當了了」即可知。處世有方、圓潤有節，是為政者必備的修養，得饒人處且饒人，孔融卻無法做到此點。對於政事他自有一套看法，卻多以批判、諷刺、不屑的言行表達，非常容易得罪他人，果然最後為他招來殺身之禍。東漢末年中央大權已經操縱在曹操的手上，為了搏取名士賢能的效忠，他發出求賢令，容納各方的指教。孔融不改其冷嘲熱諷的態度，多次針對曹氏家族發出嚴正的批評。直到曹操不堪其擾，下了最後通牒，抄斬孔融一家。

本則名句中，我們看到孔融身為父親形象的一面，對於個人生死可以置之度外，一旦牽涉到家人、小孩，即便行事嚴正如他，也鬆軟態度，祈求對方饒恕家人一命。反而是孔融的孩子繼承了父親夙慧，面臨生死大劫，卻毫不畏懼，尚能講出如此有見地的看法，不愧是虎父無犬子。《世說新語》所載孔融二兒，「兒」既可指稱子女，也可單獨指涉兒子，是男或是女由於史料用詞曖昧，故難以評斷。范曄《後漢書・孔融傳》載孔融被誅時，兒子方九歲，女兒年方七歲，因此二兒似一男一女。但趙一清《三國志注補》則又有不同講法，故此處只能存疑。

講出「覆巢之下，復有完卵乎」的孔融二子，還有一項趣聞。他們一個六歲、一個五歲時，趁著白天父親睡午覺，小的就躡手躡腳跑到父親床頭前，偷偷拿起父親擱在上頭的酒來喝。大的那個看了之後，奇怪地問著手足：「你喝酒前為什麼不先跟父親行禮告知呢？」小的回答：「偷，哪得行禮！」（我是用偷的耶，哪裡還能行禮？行禮的話豈不是不打自招？）孔融在歷史上的紀錄，也是非常嗜酒的，在曹操下令禁止喝酒時，他還公開表示「酒以成禮，不宜禁」。他床頭前還會擺著酒，足見其「性嗜酒」的形象躍然紙上，讓小朋友也想嚐嚐那是什麼滋味。

歷久彌新說名句

孔融之子以鳥類「覆巢之下，復有完卵乎」，來比喻父子關係密切，生死相存。其實以鳥獸之巢穴來比喻唇亡齒寒的道理，早在《逸周書・月令》中已經出現：孟春之月時

「禁止伐木，無覆巢，無殺孩蟲，胎夭飛鳥」。

這段記載以今日眼光而言，似乎說明保育生態的概念；若放在經書的背景脈絡，其實更述說統治者驅使民力應有所節度。《孟子．梁惠王上》言：「斧斤以時入山林，材木不可勝用也。」意思也是相同。人們伐木也需要按照時節，而非濫砍濫伐，適度地讓天然萬物休養生息，才能增加使用年限。孟子這段話，其實也是勸諫統治者仁心愛民，要關心百姓需求，農忙時不可徵調人民服役當差，只能趁農閒調員操練。

《史記》中記載孔子周遊列國，求取國君重用時，原本朝著西方準備到晉國去。卻在過河途中聽到兩位賢人竇鳴犢、舜華都已被趙簡子害死，哀傷地望著河水嘆息說道：「美哉河水，洋洋乎！丘之不濟，命也夫！」（多麼美麗的滔滔流水呀！我的命運是多麼坎坷呀！）學生子貢詢問老師為何突有此言。孔子回答：「刳胎殺夭則騏驎不至，竭澤而漁則蛟龍不合陰陽，覆巢毀卵則鳳凰不翔，何則？君子諱傷其類。」意思是說，我聽說國君若殘害幼胎，祥瑞麒麟就不會來；若為了捕魚而枯竭水澤，那蛟龍也不會出現；樹上鳥巢若毀壞，那鳳凰也不會到。這是為什麼呢？正是君子最忌諱傷害萬物本類。孔子的說法，亦是說明在上者若無仁心包容萬物，那祥瑞治世也不會到來。孔融之子所言：「覆巢之下，復有完卵乎？」即是承繼著先祖孔子所說的「覆巢毀卵」。本則名句「覆巢之下，復有完卵乎」，此後也用來形容不幸遭罹覆滅的意思。

世說新語100

明府當為黑頭公

——當代領袖

牀頭捉刀人，此乃英雄也

名句的誕生

魏武將見匈奴使[1]，自以形陋[2]，不足雄遠國[3]，使崔季珪[4]代，帝自捉刀立牀頭[5]。既畢，令間諜問曰：「魏王何如？」匈奴使答曰：「魏王雅望非常；然牀頭捉刀人，此乃英雄也。」魏武聞之，追殺此使。

～容止第十四

完全讀懂名句

1. 匈奴使：北方匈奴國的使臣。
2. 形陋：外貌醜陋。
3. 雄遠國：以姿容威儀懾服遠方的國家。
4. 崔季珪：崔琰字季珪，清河人，眉目疏朗，鬚長四尺，甚有威重。
5. 頭：坐榻旁邊。

語譯：曹操要召見匈奴使者，但覺得自己相貌醜陋，無法用姿容震懾遠方外族，就派下屬崔琰做替身，自己則持刀站在坐榻旁邊，充當侍衛。接見完畢後，便派間諜問匈奴使者說：「魏王為人怎樣？」使者回答說：「魏王雅正威望，非比尋常；但坐榻旁那位持刀人才是真正的英雄人物。」曹操聽了，就派人追殺這名使者。

名句的故事

所謂「牀頭捉刀人」是指皇帝坐榻旁的帶刀侍衛。皇帝的身邊通常都有貼身侍衛保護，不過，從前秦始皇擔心身邊的侍衛變成刺客，曾經下令士兵不准帶武器上朝。因此，帶刀侍衛必定是皇帝的親信。

「匈奴」是中國西北邊境的外族，占有蒙古之地，漢時分為南北匈奴，北匈奴為竇憲所破，遠走西方，南匈奴歸漢為屬國。魏晉時期很注重人的形貌，曹操貴為人君，一旦要接見外族使者，當然希望姿容能震懾遠方。《魏氏春秋》說曹操「姿貌短小」，所以他找了身材高大、眉目俊秀而有威儀的崔琰來假扮他。

對於曹操的這一場變裝戲，匈奴使者仍然看出「牀頭捉刀人，此乃英雄也」，可見英雄氣概是無法掩藏的，曹操雖然形貌醜陋，外表無足稱道，但他英姿煥發的神態，遠勝過崔琰高大的身材與嚴正的儀容。曹操追殺匈奴使者，或許不願意假扮的事情外洩，也可能不願意被外族誤認為「魏王的侍衛氣勢更勝於魏王」，而匈奴使者慧眼識英雄的結果，竟然是斷送一條命，恐怕也是始料未及吧！

歷久彌新說名句

後世以替人做事稱為「捉刀」，尤其以代作文字最為常見。清代張潮《幽夢影》說：「延名師訓子弟，入名山習舉業，丐名士代捉刀，三者都無是處。」丐，是請託的意思。事實上，請名士代為捉刀，首先要讓名士看得起，願意代你捉刀，再來也要負擔得起豐厚的報酬。史上著稱而且價值不菲請名士捉刀的例子，就是漢代被幽居長門宮的陳皇后，以黃金百斤的代價請司馬相如寫了一篇洋洋灑灑的〈長門賦〉，只是雖然辭意婉轉、情意懇切，終究也沒能使漢武帝回心轉意。

捉刀的風氣到了現代更是有過之而無不及，古今中外，小至單位領導，大至國家元首，通常都有專門為其寫演講稿、書面稿的捉刀手。前些日子英國《每日明星報》爆料，首相布萊爾聘請的講稿捉刀手，竟是一位頗有名氣的色情小說家，引起民眾一片嘩然。據說美國前第一夫人希拉蕊也曾為其自傳公然招募請人代筆捉刀，由於酬勞豐厚，應徵者多達二、三十人。「捉刀人」的英文有個很貼切的名詞叫做ghost-writer，譯為「影子作家」。

明府當為黑頭公

名句的誕生

諸葛道明初過江左[1]，自名道明，名亞王、庾[2]之下。先為臨沂令，丞相謂曰：「明府[3]當為黑頭公[4]。」

～識鑒第七

完全讀懂名句

1. 江左：古代指長江下游以東的地方，即今江蘇省南部等地。
2. 王、庾：王導、庾亮。
3. 明府：官府，古時候人民對於地方長官的尊稱。
4. 黑頭公：指人在壯年、頭髮未白就位居高位者。

語譯：諸葛恢剛剛來到江東，自己改名道明，名聲僅次於王導和庾亮之後。因為他之前當過臨沂縣縣令，丞相王導特別以「明府」稱呼他說：「你將來一定是位黑頭的王公。」

名句的故事

諸葛道明就是諸葛恢，琅玡陽都（今山東沂南）人，在晉朝「王與馬共天下」的時候，與當時權傾天下的王導交好。諸葛恢大約二十歲的年紀就享有清譽，擔任臨沂縣令時，政平人和。然而晉朝政局常處於不安的局面，諸葛道明於是避居到江左一帶，以他當時在社會上的名望，僅次於王導、庾亮。

身為政治前輩的王導，尊重諸葛道明擔任過縣令，因此稱他為「明府」。這樣的用語，顯示王導對於當時的後進諸葛道明，不僅是衷心嘉許，也顯示他自身的謙虛。而這兩位人物也因為互重，所以交情甚匪淺。例如，他們常常為了爭辯族姓排列的先後順序而爭吵。王導說：「為什麼不可以稱葛王，而非得稱王葛呢？」諸葛恢回答說：「譬如稱驢馬吧，這樣稱呼的意思難道是說驢就勝過馬了嗎？」

值得一提的是，王導的孫子王珣，也被人稱讚為「黑頭公」。話說王珣才思敏捷，文筆其佳，弱冠時便被大司馬桓溫聘為主簿。桓溫有一次想要試試王珣的膽量，在其府上有聚會時，他故意騎一匹馬，從後堂直衝大廳。只見眾人嚇得驚慌失措，只有王珣聞風不動。桓溫敬重地說：「王掾當作黑頭公。」王掾就是王珣。

歷久彌新說名句

《樂府詩集》則記載，在《古今樂錄》中有一首〈秦始皇歌序〉：「秦始皇祠洛水，有黑頭公從河中出，呼始皇曰：『來受天寶。』乃與群臣作歌。」大意是說，秦始皇祭祀洛水的時候出現異象，有一隻黑頭公鳥從洛水中探頭出來，呼叫秦始皇接受天命。這裡的黑頭公是一種古代少見的奇珍異鳥，叫做「紅耳鵯（音ㄅㄟ）」，頭頂為黑色，並且有聳立的羽冠，所以俗稱「高髻冠」，而其嘴、腳都是黑色。話說古代帝王登基之前總會有一番驚人的天兆，以作為君權神授的理由，黑頭公因為其少見，而成為祥瑞之鳥。

歷史上真正堪稱黑頭公者，當然是宋朝鐵面無私的包青天——包拯。丘崈的〈浣溪沙〉中有這麼一段描述：「俊遊人在笑聲中，羅綺十行眉黛綠，銀花千炬簇蓮紅，座中爭看黑頭公。」描述元宵佳節歌舞表演的情景，這裡的黑頭公指的就是扮演包公的要角，角色的扮相勾畫了個黑臉，所以稱為黑頭公。後來「黑頭」卻演變為戲曲中扮演花臉角色的通稱。

後來領袖有裴秀

名句的誕生

諺[1]曰：「後來領袖[2]有裴秀。」

～賞譽第八

完全讀懂名句

1. 諺：民間流傳的話語。
2. 領袖：衣服的領子和袖子，引申為能提攜他人、為人典範的人。

語譯：民間中流傳：「後起的領袖是裴秀。」

名句的故事

裴秀字季彥，河東人，出身政治世家，八歲便能寫文章，「博學強記，無文不該」。當時裴秀的叔父微很有名望，來訪的客人很多，裴秀才十幾歲時，拜訪裴微的人，也會順道拜訪裴秀。

然而，裴秀為庶出，親生母親出身低微，所以裴秀的嫡母（妾所生子女對其父親正室的稱呼）宣氏瞧不起他，客人來訪時，就叫裴秀像僕人一樣，端送茶水食物。沒想到來訪的賓客看到裴秀送食物來，居然都站了起來。裴秀的母親看了便故意說：「我這樣地卑賤，都是為了小兒的緣故。」宣氏聽了之後，就不再隨意驅使裴秀了。

客人看到裴秀起身的行為，足以顯示大家對年紀輕輕的他的敬重。因此《晉書．裴秀傳》記載，當時的人有句話叫做：「後進領袖有裴秀。」原來在晉朝時人的評價中，裴秀年紀輕社會聲譽，真是後輩中的優秀人物呀！

而裴秀堪稱為領袖之處，是對中國地圖文籍的貢獻。裴秀擔任地方官時，考證注解古代地理文籍，特別是《禹貢地域圖》十八篇，他提出了「製圖六體」：分率、準望、道裏、高下、方邪、迂直等原則來製作地理圖籍。以這些方法引領中國地圖學的發展幾百年，裴秀實為中國古代地圖學理論的奠基者。

輕便「兼包顏、冉、游、夏之美」，也就是他具備顏回的品德、冉求的政術、子游的辯才、子夏的博學，孔門四大弟子的優點都具備了。後人也通稱「季彥領袖」，形容一個人年紀輕就有領先群倫的才華，堪稱為年輕人的領袖。

歷久彌新說名句

晉朝的胡毋輔之字彥國，泰山奉高人（今山東泰安東），他是一個不拘禮法、妙語如珠的人，與王澄、王敦、庾敳等人號稱為「四友」。其中王澄便曾稱讚胡毋輔之：「彥國吐佳言如鋸木屑，霏霏不絕，誠為後進領袖也。」意即胡毋輔之的談吐不凡，說起話來口沫橫非、機智過人，實在是當下年輕人的表率。其中的成語「彥國吐屑」，形容一個人的個性不拘小節，時常口出妙語。

還有一個成語「後起之秀」或「後來之秀」，也是讚美後輩中的優秀人物。例如同是〈賞譽〉篇中的范豫章稱讚王忱說：「卿風流俊望，真後來之秀。」亦即王忱有言行灑脫的

山濤不學孫吳，而闇與之理會

名句的誕生

晉武帝講武於宣武場，帝欲偃武修文，親自臨幸，悉召群臣。山公[1]謂不宜爾，因與諸尚書言孫吳用兵本意；遂究論，舉坐無不咨嗟[2]。皆曰：「山少傅乃天下名言！」後諸王驕汰，輕遘禍難，於是盜寇處處蟻合[3]，郡、國多已無備，不能制服；遂漸熾盛，皆如公言。時人以謂[4]「山濤不學孫吳[5]，而闇與之[6]理會」。王夷甫亦歎云：「公闇與道合。」

～識鑒第七

完全讀懂名句

1. 山公：即山濤，字巨源，晉懷人，為竹林七賢之一。
2. 咨嗟：讚嘆。
3. 蟻合：如蟻之聚合，形容眾多。
4. 以謂：以為，謂通「為」。
5. 孫吳：孫是孫武，吳指吳起，兩位都是戰國時代的武將。
6. 之：這裡指孫武、吳起的兵法。

語譯：晉武帝在宣武場講習軍事，有意藉此時機放下干戈武備，讓國家有休養生息的機會，所以親自駕臨，召集全部大臣。但是，山濤聽完晉武帝的見解，認為這件事情不可行，便在現場和幾位尚書談論孫武、吳起之所以建立武備的本意，接著徹底討論這個問題，在座所有人沒有不讚嘆的。當時的人認為「山濤雖然不學孫武、吳起的兵法，可是他的見解卻和這兩個人的兵法道理相通」。王夷甫也讚嘆：

「山公見識與大道相符合呀！」

名句的故事

《孫子．九變篇》記載：「故用兵之法，無恃其不來，恃吾有以待之；無恃其不攻，恃吾有所不可攻也。」即用兵的原則並非期待敵人不會來，而是有萬全的準備，可以隨時應戰；也不要期待敵人不會進攻，而是要建立起自己可以不被攻破的武備。《吳子兵法．圖國篇》則是說：「昔承桑氏之君，修德廢武，以滅其國家；有扈氏之君，恃眾好勇，以喪其社稷；明主鑒茲，必內修文德，外治武備。」承桑氏、有扈氏都是上古時代的國家名稱。前一位君主因過分重視文德，廢棄武備，導致國家滅亡；後一位君主則過分倚賴自己人多勢眾，最後也失去了他的國家，所以文德武備兩者應該並重。

山濤便是援引上述的觀點深入分析，讓在場的人無不佩服，只是山濤的意見不被晉武帝所用。後來晉室諸王起兵作亂，各地盜賊也趁勢危害地方，因為沒有武備，無法即時控制局面，導致諸王的勢力越來越大。晉朝後來的發展狀況顯然被山濤說中了，所以王夷甫才稱讚他的見解，掌握了孫武、吳起的兵法的精髓。這衍生出成語「孫吳暗同」，意即讚美一個人具備非凡的軍事才華。

歷久彌新說名句

歷來皆把「孫吳兵法」視為戰備武力布局、訓練、實施的教戰守則。據《史記．將軍驃騎列傳》記載，有「驃騎將軍」之稱的霍去病，為人寡言、性格深沉，在沙場上卻勇猛無比。漢武帝欣賞霍去病的軍事才能，因此希望他能進一步學習孫吳兵法，霍去病卻回答：「顧方略何如耳，不至學古兵法。」意即作一個將領應隨時運謀，何必要拘泥古法呢？這句話固然無誤，但是霍去病因為屢立戰功、少年得志，僅知道重視戰術，卻忽略帶兵的道理，不免留下了「以和柔自媚於上」的歷史紀錄。

時月不見黃叔度，則鄙吝之心已復生矣

名句的誕生

周子居[1]常云：「吾時月不見黃叔度，則鄙吝[2]之心已復生矣。」

～德行第一

完全讀懂名句

1. 周子居：周乘，字子居，東漢安城人。
2. 鄙吝：見識淺短，吝惜錢財。

語譯：周子居經常對人說：「要是一、二個月沒有看到黃叔度，那麼庸俗貪鄙的心態就會又出現了。」

名句的故事

黃憲字叔度，汝南慎陽人，出身貧困，是一個牛醫的兒子，但是他的德行卻為人所景仰。《後漢書．黃憲傳》有這麼一則故事。荀淑是東漢末年享有德高望重般清譽的人物，一天，他在過路投宿的旅店中認識了黃叔度，與之交談後，竟大讚黃叔度：「子，吾之師表也。」後來又問同為名士的袁閬：「子國有顏子，寧識之乎？」荀淑將黃叔度與顏回相提並論，可見黃叔度所受到的敬重。

甚至也有人將黃叔度比喻為孔子。戴良是黃叔度的同鄉，是一位自視頗高的人，曾有「獨步天下，誰與為偶」的豪語（《後漢書．逸民列傳》）。可是一遇到黃叔度，戴良也不得不承認：「良不見叔度，不自以為不及；既為其人，則瞻之在前，忽焉在後，固難得而測矣。」如果沒看到黃叔度，還不知道自己不如他；看到之後，才發現黃叔度根本深不可測。「仰之彌高，鑽之彌堅，瞻之在前，忽焉在後」出自《論語．子罕》，顏回稱讚孔子的用語，如今卻是讚美黃叔度的用詞，其人品位之高可見一斑。所以周子居謙稱一、兩個月看不到黃叔度就會生出「鄙吝之心」，儼然是將黃叔度當作一個言行的標竿。

後人則以成語「鄙吝復萌」，形容淺薄庸俗、吝惜錢財的心態又出現了。

歷久彌新說名句

賀知章字季真，是盛唐時期有名的詩人，性情率真豪放、言談風趣，受到當時文人的愛戴。當時的工部尚書陸象先與他交好，陸象先常對別人說：「吾與子弟離闊，都不思之，一日不見賀兄，則鄙吝生矣。」賀知章的真可從詩文〈回鄉偶書〉略知一二：「少小離家老大回，鄉音無改鬢毛催；兒童相見不相識，笑問客從何處來。」這就是辭別唐明皇，放下高官厚祿、返鄉修道的賀知章，也窺見其人的真性情。

在《鏡花緣》第十五回有個有趣的橋段。唐敖、林之洋、多九公來到了毛民國，沒想到這個國家的人都長了一身毛。多九公就告訴大夥，原來這個地方的人也跟其他人一樣，都很正常，但是因為「生性鄙吝，一毛不拔」，所以死後來到閻王爺面前，閻王就投其所好，讓他們重新投胎做人後，長了一身長毛；久而久之，「別處凡有鄙吝一毛不拔的，也托生此地」。上述這個橋段，也反映出中國小說裡的報應觀。

卓卓如野鶴之在雞群

名句的誕生

有人語王戎曰：「嵇延祖[1]卓卓[2]如野鶴之在雞群。」答曰：「君未見其父[3]耳。」

～容止第十四

完全讀懂名句

1. 嵇延祖：就是嵇紹，是西晉有名的賢士，為嵇康之子。
2. 卓卓：高的樣子。
3. 其父：指嵇康。

語譯：有人告訴王戎說：「嵇紹這個人氣宇軒昂，如同野鶴站立在雞群當中。」而王戎卻回答他說：「你還沒見過他父親呢！」

名句的故事

嵇紹雖然在別人的眼中是卓然出眾，卻仍舊比不上他自己的父親嵇康。話說嵇紹十歲的時候，父親嵇康便過世了，竹林七賢之一的嵇康是因為讒言而被晉文帝司馬昭所殺，由於司馬氏當權，嵇紹只能遠避朝廷而安於家中。

後來竹林七賢之首的山濤為嵇紹進言，稟告晉武帝所謂「父子罪不相及」，並舉薦嵇紹為秘書郎。晉武帝果真從善如流，這讓嵇紹來到當時的首善之都洛陽。洛陽人看到嵇紹後，便有「卓卓如野鶴之在雞群」的感受，這就是成語「鶴立雞群」的典故。後人便用這句話來形容一個人才能超眾，不同於一般人。

再者，到底嵇紹的父親嵇康容貌舉止如何

呢？根據《世說新語》的形容是：「為人也，岩岩若孤松之獨立；其醉也，傀俄若玉山之將崩」。從松和玉的譬喻得知，嵇康當時所受到的品評之高！

劉義慶透過人們對自然生物的圖景意象，用隱喻、象徵、情境的串聯，使讀者去體會文中更勝於言語者的形象，例如：夏侯太初朗朗如日月之入懷、李安國頹唐如玉山之將崩等等，不僅充分展現晉朝名士的審美觀——重視內在與外在，也讓《世說新語》的文學表現更上一層樓。

歷久彌新說名句

「鶴」也是中國文化中的祥瑞之物，常是仙人的座騎，例如南極仙翁身旁伴的就是一隻仙鶴，南極仙翁與鶴都是中國人眼中長壽的象徵；又如宋朝有位隱士林逋，終其一生的嗜好就是養鶴種梅，所以人稱「梅妻鶴子」。鶴與人之間的相處顯然非常融洽，然而歷史上也有一個愛鶴愛到亡國的例子。

根據《左傳》記載，衛懿公非常喜歡鶴，並將鶴寵到可以乘坐士大夫的車子，還將之稱為「鶴將軍」。有一天衛懿公要帶鶴出遊時，獲知狄人要進攻衛國，他慌忙地想召集兵士抗敵，卻沒人肯聽令。衛懿公生氣地想知道原因，旁邊的將士便說：「讓鶴去打仗呀！」衛懿公當然知道鶴無法去打仗，在這一刻他才知道自己因為鶴，失去國家最重要的資產——老百姓。因此，衛國最後遭狄人屠城而亡國。

我們在社會上都有可能成為鶴，但是孤立的鶴並無法真正帶領團體。例如在「希望森林生涯輔導網」上有一篇分享領導力的文章，其中說到具備領導能力的人：「他可以鶴入雞群，但卻與雞群處的很好，最後讓整個雞群（或者至少八十％以上的雞）都變成鶴。」也就是說，先採取融入團體的方式，去了解每一個人的素質，再根據每一個人的素質去調教、影響，讓每一個人都有成為「鶴」的機會，這就是真正優秀領導人應有的能力呀！

元方難為兄，季方難為弟

名句的誕生

陳元方[1]子長文[2]有英才，與季方[3]子孝先[4]，各論其父功德，爭之不能決，咨[5]於太丘。太丘曰：「元方難為兄，季方難為弟。」

～德行第一

完全讀懂名句

1. 陳元方：陳紀，字元方。
2. 長文：陳群，字長文，他是東漢末年備受朝野敬重的陳寔之孫。
3. 季方：陳諶，字季方，是陳寔最小的一個兒子。
4. 孝先：陳忠，字孝先，他也是陳寔的孫子。
5. 咨：商量、詢問。

語譯：陳紀的兒子陳群富有傑出的才華，和叔父陳諶的兒子陳忠，分別談論起自己父親的功德，兩人爭辯許久，始終沒有結果，於是前去詢問他們的祖父陳寔。陳寔告訴這兩個孫子說：「若要論起功德，陳紀難以算是哥哥，陳諶難以算是弟弟。」

名句的故事

陳家一門出了三傑，即陳寔、陳紀和陳諶，世人稱他們為「三君」。也許就是陳紀和陳諶在外的名氣聲望，不相上下之故，使得陳紀之子陳群，以及陳諶之子陳忠這兩名堂兄弟，為了證明自己父親的功德高於對方父親而爭論不休，兩人面紅耳赤辯說了半天，還是爭不出所以然來，決定找祖父陳寔為他們裁奪。

陳寔處事向來持平公允，裁決鄰里百姓間的是非對錯，也都可以讓每一個人心服口服，偏偏這回找上他主持正義的是自己的兩個寶貝孫子。陳寔明知道自己兩個兒子都很優秀，也實在說不出誰的才學品德比較好，但兩個孫子卻都堅持自己的父親比對方的品德好。陳寔為了平息孫子這場無謂的爭論，只好告訴他們說：「元方難為兄，季方難為弟。」意指在長幼有序方面，陳紀雖然是哥哥，陳諶是弟弟，但論及個人品德，根本沒有誰先誰後的問題，兩人可說是不分軒輊，無高下之別！

歷久彌新說名句

《世說新語．德行》中「元方難為兄，季方難為弟」，意本在稱許兄弟才學品德俱佳。《舊唐書．穆寧等傳》最末贊語寫著：「二李英英，四崔濟濟，薛氏三門，難兄難弟。」指出唐代如李家的李遜、李建兩兄弟，崔家的崔邠等四兄弟，以及薛家的薛戎、薛放兩兄弟，此三門人家的兄弟皆為朝廷的濟濟英才，分不出哪一門人家的兄弟比較優秀。最末出現的這句「難兄難弟」，即在讚美同門兄弟都擁有傑出才能，至於李、崔、薛三門之間，一樣彼此勢均力敵，難以分出哪一門的高下。

原在褒揚他人的「難兄難弟」一語，日後卻逐漸變成諷刺他人的意思，形容兩人各方面條件能力都半斤八兩，不過爾爾，語氣充滿貶斥。如清人吳敬梓《儒林外史．第四十九回》裡，武正字故意對一心巴結高翰林的萬中書說：「高老先生原是老先生同盟，將來自是難兄難弟可知。」表面上武正字是在說萬中書和高翰林過去是多年結盟好友，將來萬中書在官場上的成就，一定和高翰林不相上下；實則是武正字在暗批萬、高兩人皆為逢迎阿諛的腐敗官員。這種明褒暗貶的筆法，正是《儒林外史》的玩味之處，也使這部作品成為中國古典諷刺小說的代表作。

現在，「難兄難弟」又多了一層意思，指同患難或處於相同困境的兩個人。

言談之林藪

名句的誕生

裴僕射[1]，時人謂為「言談之林藪[2]」。

～賞譽第八

完全讀懂名句

1. 裴僕射：就是裴頠，頠音ㄨㄟˇ，wěi，為人弘雅而有遠識。
2. 林藪：人或物聚集的地方，這裡指關於談論的人。

語譯：裴僕射被當時的人稱讚為「擅於言語談論的人」。

名句的故事

裴頠（西元二六七—三〇〇年）字逸民，他的父親就是西晉王朝的開國功臣之一裴秀，他的岳父就是權傾朝野的王戎。裴頠在崇尚個人修為、才能的時代，被人讚譽為「言談之林藪」，自是有其不凡之處。

《晉書．裴頠傳》有這樣的記述：「樂廣嘗與頠清言，欲以理服之，而頠辭論豐博，廣笑而不言。」在當時的清談界中，有一個重要的對抗主題，就是「崇有」與「貴無」；樂廣是「貴無」的支持者，裴頠是「崇有」的主張者。有一次，樂廣試圖與裴頠辯論，想要用理讓裴頠服氣，卻沒想到裴頠旁徵博引、言辭精闢，這使得樂廣辭窮，談不下去了，便藉口「虛無」是必須要體驗的，不再繼續討論了。由此可見裴頠確實不負「言談林藪」的美譽。

裴頠所推崇的「有」，是指世俗禮法，《晉

書．裴頠傳》記載：「頠深患時俗放蕩，不尊儒術……口談浮虛，不遵禮法。」由於當時玄談的風氣已經流於空談，對於虛無的追求，已經違背世俗禮教，因此即裴頠便作《崇有論》，希望對「貴無」的風氣能有所抗衡。

然而在當時「貴無」的支持者中，王衍被視為這個派別的領袖，據說裴頠也只有在王衍的面前，才有稍稍退卻的時候，《世說新語．文學》便記載：「裴成公作崇有論，時人攻難之，莫能折。唯王夷甫來，如小屈。」

歷久彌新說名句

「林藪」是指草木茂盛的地方，或是比喻事物聚集的地方，也引申出比喻山野間隱居的地方。具有隱居的意義時，即是指高人、有識之士存在之處。例如《明史．黃道周傳》記載，黃道周認為真正的人才「不在廊廟則在林藪」。意思是說，明萬曆皇帝身邊所圍繞的臣子，並非都是真正的可用之臣，反倒是隱居不願出仕者，才是皇帝必須多加注意的。黃道周以為，當時的政壇風氣是「知其為君子而更以小人參之」，很多既得利益者不願意讓真正的人才出頭天，因此他特別上疏皇帝，真正的君子是在「林藪」中呀！

「林藪」也可用來比喻事物的深邃處。例如《後漢書．班彪傳》記載：「與之乎斟酌道德之淵源，肴覈仁義之林藪。」「肴覈」是咀嚼的意思，即探討道德的真正根源，反覆玩味仁義的真正深意。

荀君清識難尚，鍾君至德可師

名句的誕生

李元禮[1]嘗歎荀淑、鍾皓曰：「荀君清識難尚，鍾君至德可師。」

～德行第一

完全讀懂名句

1. 李元禮：即李膺。

語譯：李元禮曾經讚揚荀淑、鍾皓二人說：「荀淑見識卓越，別人很難超過。鍾浩道德高尚，足以為人師表。」

名句的故事

李元禮是東漢太學生的領袖李膺，其為人言行一致、表裡如一，自身持世標準很高，並且以正天下之名為己任，所以他在當時的文人體系中，素有「天下楷模」的美譽。因此，由李膺提出的意見、看法，都會成為時論的中心，當時的讀書人皆以受李膺接納、肯定為榮，當時稱為「登龍門」。

和李膺同郡的荀淑，是他真正少數有所交接的師友之一。荀淑是戰國時代思想家荀子的第十一代子孫，年少便有高尚的德行，博覽群書、不拘泥於章句，為鄉里推崇為智者（《後漢書．荀淑傳》），李膺則誇讚他見識卓越。

鍾皓年少時便以實踐道德而著稱，鑒於政壇晦暗，即使被連續徵召為官，他還是謙辭不願意接受（《後漢書．鍾皓傳》）。這就是古代儒家所秉持「大道不行隱於世」的原則，在東漢士人意識鮮明的背景下，李膺認為他如此堅持，更顯道德高尚。

東漢很多人為了能夠「登龍門」，無不想盡辦法拜訪李膺；能夠獲得他所接見者，都是當時社會上的有識之士，或是品德高尚者。荀淑、鍾皓的風範被足為天下楷模的李膺所讚揚，除了顯示其二位的真才實學之外，也可看出李膺對於端正東漢社會風氣的用心。

歷久彌新說名句

關於這句名言，有另一個記載，《三國志．鍾繇》：「荀君清識難尚，陳、鍾至德可師。」這其中的「陳」係指同時期的太傅陳仲舉——陳蕃。當時東漢朝廷中，反宦官派系的高官李膺、陳蕃、王暢等人，被視為清流派所擁護的領袖，「天下模楷李元禮，不畏強權陳仲舉，天下俊秀王叔茂」，這句讚言在太學生們之間熱烈地流傳著。

陳蕃的德行之受人崇敬，並獲得「不畏強權」的美譽，是因為在他擔任樂安太守時，漢順帝皇后的哥哥梁冀仗著自己是時任大將軍，寫一封信要求陳蕃為他做一件事情。當梁冀的信差來到陳蕃府上，卻被陳蕃拒於門外；不料信差乾脆假傳大將軍親自求見。陳蕃知道是假，一怒之下用皮鞭打死信差。小小一個太守居然敢得罪皇后的哥哥，這種正直不阿的德行，便在太學生之間傳開來。

近代文史大師錢鍾書在其散文集《寫在人生邊上》裡談到，外人稱讚他的兒子文章或學問比他好，他都不覺得有什麼值得驕傲；如果人家稱讚他的兒子「篤實過我，力行過我」，才真正感到欣慰。這是錢鍾書的謙虛，也看出他對於一個人腳踏實地的要求，遠過於能輕易看到的好文章、好學問，更該是做人的重要指標。

爛若披錦；排沙簡金

名句的誕生

孫興公云：「潘文爛若披錦[1]，無處不善；陸文若排沙簡金[2]，往往見寶。」

～文學第四

完全讀懂名句

1. 爛若披錦：文辭綺麗，如同披著錦繡般，光采奪目。
2. 排沙簡金：撥開沙子來挑選金子，比喻從大量的東西中選取精華。

語譯：孫興公說：「潘岳的文章猶如披著錦緞，文采斑斕，無處不美；陸機的文章好比披沙淘金，往往能發現瑰寶。」

名句的故事

潘岳字安仁，滎陽（現今河南省）人，據說少年時便富有才氣，被鄉里視為神童，他的文章特色是「辭藻絕麗，尤善為哀誄之文」（《晉書．潘岳傳》）。潘岳的辭藻華麗，不難窺見其才情之高，方可將字句層層裝飾、表達靈活。然而，為什麼大多是寫哀傷的詩文呢？可能因為他曾經「才名冠世，為眾所疾，遂棲遲十年」，所以即使出任縣令，還是鬱鬱不得志。

陸機則是三國時代孫吳名將陸抗的兒子，《晉書．陸機傳》記載他「身長七尺，其聲如鐘……伏膺儒術，非禮不動」，有名門之後的風範，他也是西晉太康、元康期間，最具聲譽的文學家，後人稱他為「太康之英」。陸機作文章重視辭藻的鋪陳與對偶，他在《文賦》中說：「其會意也尚巧，其遺言也貴妍。」字句要靈巧、重豔麗，足見他這方面的用心。

孫興公即是「擲地有聲」的孫綽，他除了認為潘岳的文章「爛若披錦」，還說他「淺而淨」，即潘文用典淺近、字句明暢；至於陸機除了「排沙簡金」，孫綽還認為他「深而蕪」，意即陸機用典深奧，且顯得繁雜。另外，元魏時期的元好問在其著《論詩三十首》提到：「陸文猶恨冗於潘」，陸機的文章還是比潘岳更嫌冗長，如此看來潘岳顯然略勝一籌。

歷久彌新說名句

唐代劉知幾寫了中國最早的史學理論叢書《史通》，其中〈直書篇〉是談論史家修養及寫史態度，由於史家有保存史實的責任，因此他認為：「然則歷考前史，徵諸直詞，雖古人糟粕，真偽相亂，而披沙揀金，時有獲寶。」「排沙簡金」亦作「披沙揀金」，對於徵引過去的歷史應該是要照實直書、不得隱瞞，雖然古史會有真偽問題，但是仔細勘查，還是會取得意想不到的資訊。因為劉知幾的正直、宏觀，他的「史家三長」：史才、史學、史識，才能藉由《史通》流傳千古，並成為後代史家所遵循的典範。

中國江南有許多著名的園林，其中蘇州的「拙政園」更是名聞遐邇。「拙政園」中有一座「三十六鴛鴦館」，根據館內的介紹，這個館的名稱是取自東漢大將軍霍光所寫：「園中鑿大池，植五色睡蓮，養鴛鴦三十六對，望之燦若披錦」的典故。「燦若披錦」與「爛若披錦」是同樣的意思，我們稍微發揮想像力，眼前就可看到一幅色彩繽紛、絢麗的畫面，套一句孫興公的話，這個「三十六鴛鴦館」真是無處不善呀！

生兒不當如王夷甫邪

名句的誕生

濤[1]甚奇之，既退，看之不輟，乃歎曰：「生兒不當如王夷甫[2]邪？」羊祜[3]曰：「亂天下者，必此子也！」

～識鑒第七

完全讀懂名句

1. 濤：人名，山濤，竹林七賢之首。
2. 王夷甫：即王衍，字夷甫，晉朝臨沂人，人稱其丰姿高徹，如瑤林瓊樹。
3. 羊祜：晉武帝時期坐鎮襄陽的重要將領，甚得人心。

語譯：山濤對於王夷甫的口若懸河感到驚訝，王夷甫道別後，山濤一直目送，還嘆息說：「生兒子不就該像王夷甫這樣嗎？」羊祜說：「將來擾亂天下的人，一定就是他！」

名句的故事

《晉書．羊祜列傳》曾記載，王衍十四歲時曾經去拜訪羊祜，席間他言辭清晰、辯才無礙，面對當時聲望頗高的羊祜，一點都不卑屈。在場人士讚嘆王衍的口才時，羊祜卻不為他陳情之事所動，王衍氣的拂袖而去。羊祜看著王衍離去後，回頭告訴在場的賓客：「王夷甫方當以盛名處大位，然敗俗傷化，必此人也。」意思是說，王衍才剛位居要職，便這樣為人陳情說事，必然會帶壞社會風氣。

王衍出身於當時著名的琅琊世族王氏，不僅以清談玄理著稱，卻也矛盾地享受權力能帶來的物質享受，《晉書．王衍列傳》便評斷：「衍雖居宰輔之重，不以經國為念，而思自全之計。」王衍在亂世中力求鞏固自家政權，對於經國大事向來擺在次位。

據說，當胡人進攻中原時，王夷甫居然勸說胡人石勒稱帝。石勒登上帝位後反問王夷甫為何沒有抵抗，沒想到原是西晉重臣的王夷甫將國家責任推的一乾二淨。石勒聽了之後很生氣地說：「你少年便當官，到年老時仍然掌握政權，怎能說國家敗亡與自己無關呢？會讓國家滅亡的就是你這種人呀！」王衍直到臨刑前才悔悟，但是已經來不及了。

至於他所擅長的清談之道，最為人所知的本領就是能夠隨口把說錯的道理更正過來，所以當時人評論他為「口中雌黃」。後人便用「口中雌黃」、「信口雌黃」，形容一個人發現說錯話了，隨即就可以更改，替自己找臺階下。

歷久彌新說名句

「清談誤國」是我們對西晉文人的通論。但是宋朝文學家蘇洵在〈辨姦論〉中卻說：「王衍之為人，容貌言語，固有以欺世而盜名者。然不忮不求，與物浮沉。使晉無惠帝，僅得中主，雖衍百千，何從而亂天下乎？」意思是說，王衍雖然用他的外表欺騙世人，盜取好名聲，但是他對於政治權力淡然處之；因此，蘇洵把亡國的責任直接加諸在皇帝頭上。殊不知，國家朝政豈是皇帝一人就可以為之？王衍不過是躲在政治權力背後，直接掠取政治利益的人罷了。

桂樹焉知泰山之高，淵泉之深

名句的誕生

客有問陳季方：「足下家君[1]太丘，有何功德，而荷[2]天下重名？」季方曰：「吾家君譬如桂樹生泰山之阿[3]，上有萬仞之高，下有不測之深；上為甘露所沾，下為淵泉所潤。當斯之時，桂樹焉知泰山之高，淵泉之深？不知有功德與無也？」

～德行第一

完全讀懂名句

1. 足下家君：足下，古代下對上或同輩相稱的敬辭。家君，對人稱自己父親。此處家君係稱對方父親。
2. 荷：音ㄏㄜˋ，hè，承當、擔負。
3. 阿：音ㄜ，ē，此指山凹。

語譯：有客人問陳諶說：「你的父親有什麼功德，可以享有天下的盛名？」陳諶回答說：「我的父親就像生長在泰山山凹的桂樹，上有萬丈的高山，下有不可測知的深淵；枝葉上承受甘露霑澤，其根又被深淵泉水所滋潤。這個時候，桂樹哪裡知道泰山有多高，淵泉有多深？所以，不知我的父親這樣算是有功德還是沒有呢？」

名句的故事

陳諶，字季方，他的父親是東漢末年備受百姓推崇的陳寔。陳寔在桓帝時曾擔任太丘長，主張清靜無為，使百姓過安寧生活；後來退休居住鄉閭，凡鄉人遇有爭訟之事，都會找上陳寔，請其判論誰是誰非，正因陳寔論事持平公正，令當時百姓信賴與稱頌。

不過，陳寔的名氣實在太大了，有人即語帶好奇問陳寔的小兒子陳諶，想知道陳寔何以得到天下人讚揚的美譽；陳寔的小兒子陳諶是一個才學博達之人，面對一個對父親品德感到懷疑的人，他完全不用口舌爭辯，以獲得對方認同，而是採取譬喻以形容父親，認為父親陳寔如似生長在泰山山凹的桂樹，上有莊嚴高山、下有幽冥深淵，相互輝映著桂樹，但桂樹本身並不知自己的清幽高雅。陳諶這段話裡，已經明白點出父親陳寔的美好品德。

陳寔受人推崇的不只是秉公處理事情的態度，其為人也非常寬容大量。據《後漢書．陳寔傳》記載，有一年陳寔的家鄉鬧饑荒，很多人都找不到工作，有人因沒工作而成了小偷。某天晚上，一名小偷溜進陳寔家中，躲在屋梁上面，準備等陳寔全家睡著再下來偷東西；陳寔早已發現小偷，卻故意假裝沒有看到，還把全家人都叫到大廳說道：「不善之人未必本惡，習以性成，遂至於此。梁上君子者是矣！」意指有些人雖然做惡，但本性並不壞，只是沒有機會養成好習慣，才會做出不對的事來，就像正在屋梁上的人就是如此。

小偷聽到陳寔這番話，羞愧地從屋梁上爬下來，請求陳寔的原諒，陳寔不但沒有責怪小偷，反而送他絹布二匹，並勸他回去一定要好好重新做人。這件事情傳開之後，大家對陳寔以德報怨的胸襟，更心生佩服，全縣此後沒再出現一個竊盜犯。這段史事正是「梁上君子」成語的由來，也成了日後對竊賊的一種雅稱。

陳寔在八十四歲高齡去世，離他從官場退休已有好長一段時日，但送葬隊伍竟達三萬餘人，皆是百姓感念陳寔生前恩澤，自發性地前來送他最後一程，成為當時轟動一時的大事。

歷久彌新說名句

東漢末年，陳諶以生長在泰山的桂樹，喻指父親陳寔的品德聲望，因為泰山外表雄偉壯觀，氣勢磅礡，自古為中國五嶽之首，更是歷來皇帝封禪祭神之所在，故有「天下名山第一」的稱譽。

而孔子也曾親自造訪過泰山，《孟子．盡心》中：「孔子登東山而小魯，登泰山而小天下；故觀於海者難為水，遊於聖人之門者難為言。」意思是說，孔子登上東山，發覺魯國變得好渺小，登上泰山，又覺得全天下都變得好渺小，進而引發孔子對生命更深一層的認知，體會到曾經看過遼闊大海的人，川河之水即無法再吸引他的注意，對於曾親臨聖人門下的人而言，其他的言論也就難以再吸引他了！這是孔子登上泰山之後，對其個人的精神追求，有更強烈向上伸張的動力。

《楚辭．招隱士》相傳為西漢淮南王劉安與其門下賓客，為感懷戰國末年楚人屈原忠貞愛國所作之賦，前兩句寫道：「桂樹叢生兮山之幽，偃蹇連蜷兮枝相繚。」意指芬芳高雅的桂樹，藏隱在幽靜山谷，而桂樹枝葉交錯茂盛的樣子，象徵有德之士的美好德行。

唐人詩聖杜甫，其五言律詩〈自瀼西荊扉且移居東屯茅屋〉後四句為：「煙霜淒野日，秔稻熟天風。人事傷蓬轉，吾將守桂叢。」此乃詩人在唐代宗大曆二年（西元七六七年）所作。時年杜甫已經五十六歲，經歷了多年顛沛流離，終於暫時安頓在東屯茅屋，終日浸淫在野日稻香裡，傷感過去自身如浮萍般的飄泊，嚮往長守在桂樹叢生的清幽生活。不過，杜甫最後終究事與願違，不但在寫此詩的同一年開始耳聾，身體健康也每況愈下；隔年他仍然收拾行李，渡船從四川出峽，行至湖北、湖南，於代宗大曆五年（西元七七〇年）客死湖南湘江舟上，結束其感時憂國、有志難伸的一生。由此可知，前人以「桂樹」喻比人的品德志節比比皆是。

世說新語100

東山之志

——仕途實踐

老驥伏櫪，志在千里

名句的誕生

王處仲[1]每酒後，輒詠「老驥[2]伏櫪[3]，志在千里。烈士暮年[4]，壯心不已」。以如意[5]打唾壺[6]，唾壺邊盡缺。

～豪爽第十三

完全讀懂名句

1. 王處仲：王敦，王導的堂兄。
2. 老驥：年老的千里馬。
3. 伏櫪：趴靠在馬槽邊緣吃食。
4. 暮年：晚年。
5. 如意：器物名，用骨器或玉器作成，用來搔癢、賞玩等途。
6. 唾壺：同痰盂。

語譯：王敦每逢喝酒之後，就一邊吟詠著曹操詩作：「老驥伏櫪，志在千里。烈士暮年，壯心不已」（年老的千里馬只能趴在馬槽裡吃東西，志向卻仍在馳騁千里。壯士到了晚年，豪心壯志依然不減。）一邊手拿著如意，敲打著痰盂，把壺口的邊緣都敲缺了。

名句的故事

王敦在歷史上的評價頗有爭議。他是東晉建國的功臣之一，出身於北方高門琅琊王氏。他與堂弟王導皆是江左建國的重要人物，王導負責朝中輔政，王敦則負責在外領兵征伐，兩人的勢力足以左右天下大權。初期晉元帝積極攏絡他們，仰賴王氏兄弟協助安定局勢。但隨著偏安政局的逐漸穩定，皇帝對於王敦帶有重兵開始起了疑心。加上王敦為人桀傲，皇帝對他深感畏忌，因此從朝廷派官員劉隗、刁協、戴淵等人前往監督、牽制王敦。此舉也引來王敦的不滿，讓他有著「老驥伏櫪，志在千里。烈士暮年，壯心不已」的感嘆。抱怨中央只會利用人，一旦臣子年老之後，就將他丟到一旁。因此每當王敦喝醉酒時，心裡的不滿就靠著酒意，慷慨悲歌，宣洩內心怨言。

激憤累積久了之後，再加上有心人士的煽動，後來王敦果真起兵造反。由於王敦握有重兵，在社會上也享有威望，響應他的支持者也不少，讓朝廷一時之間頗為頭痛。當王敦連戰連勝，逼近首都建康，中央簡直荒了手腳，晉元帝因此憂憤過世。太子司馬紹繼位之後，王敦不僅想逼使朝廷投降，甚至還想篡位當王。當他積極部署之際，晉明帝大用賢才，收買人心，與大臣共商征討對策。隔年，王敦由於身染重病，無法主持大業，朝廷於是乘勝追擊，一邊詔赦之前參與造反的人，一邊率軍攻打王軍。王軍逼敗如山倒，王敦聽了戰敗的消息，病情加重，不久便撒手人寰。

歷久彌新說名句

王敦抑鬱不得志所吟唱的詩，正是由一代梟雄曹操所作之〈步出夏門行〉之第四章，也正是這首詩的高潮所在，因此歷來也有詩解家將此章獨立出，命名為〈龜雖壽〉。整首詩云：「神龜雖壽，猶有竟時；騰蛇乘霧，終為土灰。老驥伏櫪，志在千里；烈士暮年，壯心不已。盈縮之期，不但在天；養怡之福，可以永年。幸甚至哉，歌以詠志。」曹操首章藉由神龜仙壽、騰蛇乘霧，最終仍不免死亡來起興，感嘆生命終有期限。次言自己雖已五十餘，卻老當益壯，散發著自強不息的豪邁氣概。末章駁斥「死生有命，富貴在天」說法，認為生命若能養怡，也可延年益壽，稍稍撫慰詩人暮年壯志的野心。曹操不愧為三國時代的領袖，積極進取的精神，在此詩中清晰可見。對於人生的價值，以其堅毅信心面對著生命的考驗。這種正視挑戰、剛毅不拔的精神，不僅深為王敦所佩服，也值得我們效法。

曹操所言之「老驥伏櫪，志在千里。烈士暮年，壯心不已」，氣勢豪邁、傲視千里的抱負，歷來深受人們的喜愛。唐代杜甫一生懷才不遇，更是時時記頌著這段名言。他於〈贈韋左丞丈濟〉，吟道：「老驥思千里，饑鷹待一呼」，這是委婉請求朋友協助謀職的干謁詩。杜甫於詩中自謙自己雖已不年經，卻還如「老驥伏櫪，志在千里」，飢餓的老鷹就等待朝廷的呼喚。

南宋的愛國詩人陸游，積極堅持主戰抗金，卻受到政敵主和派的攻擊，一生仕途並不得意。他在〈聞虜亂有感〉詩中，嘆言：「羞為老驥伏櫪悲，寧作枯魚過河泣」。陸游此時已經將近五十歲，仍對於關懷社稷民安，羞恥當一匹伏在櫪槽的老馬，為了國家頭可拋、血可流。

「唾壺擊缺」是王敦每於醉後吟唱詩，一邊拿著如意敲打唾壺，壯志未酬的形象。後來也成為歷史典故，以「唾壺歌」、「擊唾壺」、「壺敲缺」的說法，來形容壯懷激烈、渴望施展才能之貌。如蘇軾在〈次韵劉景文見寄〉寫給朋友的詩當中，言道：「莫因老驥思千里，醉後哀歌缺唾壺」，即運用著王敦敲擊唾壺的典故。此後歷朝各代抑鬱悲歌的文人也多採用此典，來抒發其憤恨不志的情懷。足見王敦「唾壺擊缺」之舉，受文人士大夫的同情，成為他們慷慨悲歌的代言者。

既不能流芳後世，亦不足復遺臭萬載邪

名句的誕生

桓公[1]臥語曰：「作此寂寂[2]，將為文[3]、景[4]所笑！」既而屈起[5]坐曰：「既不能流芳後世，亦不足復遺臭萬載邪？」。

～尤悔第三十三

完全讀懂名句

1. 桓公：桓溫。
2. 寂寂：形容冷清寂靜貌，亦比喻不能成就大事業。
3. 文：指晉文帝司馬昭。
4. 景：指晉景帝司馬師。
5. 屈起：起身。語譯：桓溫躺在臥席上說：「做這種沒沒無聞的事情，將會被文帝、景帝所取笑！」接著他起身坐著道：「既然不能留名後世，難道還不足以遺臭萬年嗎？」

名句的故事

桓溫是東晉著名的軍事將領，也是我們熟知的北伐英雄，他成功地討伐成漢，擴大東晉屬地。但隨著他的聲望增益，朝廷對他甚為忌諱，設法牽制，最後派出揚州刺史殷浩來抗衡。桓溫對於晉室接二連三的小動作，也頗為困擾，為了躲避朝廷的追擊，他一方面「作此寂寂」，一方面又恐於「將為文、景所笑」，內心糾結於兩相對抗與掙扎。他不甘就此沉寂，才對著左右部下宣稱道：「既不能流芳後世，亦不足復遺臭萬載邪？」奮而繼起上書給朝廷，掛上收復故土的旗號，再次要求出兵北伐。中央既想要藉著桓溫威赫的武力北伐胡族，又畏懼他會因此坐擁大權。最後朝廷還是換湯不換藥，一邊允諾桓溫出兵北伐，一邊要求殷浩明為輔助、暗為監視地率軍協助。

可惜的是，朝廷所打的如意算盤並不成功，殷浩大敗而回，損失慘重。桓溫乘勝追擊，連連上書要求朝廷治罪。畏於輿論，晉室只好將殷浩免職，此後軍權仍歸桓溫所有。桓溫統合部隊，再次出兵北伐，征伐順遂，一路攻打到洛陽，創下前人所未有之功績。桓溫收復洛陽之後，在國內的聲望水漲船高。晉穆帝牽制不成，撒手人寰，幼皇哀帝繼位，桓溫受詔輔政，擔任大司馬，此後內外大權盡落入他的手中。不久哀帝過世，廢帝即位，桓溫展露其野心，改立傀儡簡文帝，預謀篡位。

事實上，桓溫圖謀不軌，早在先前言「將為文、景所笑」已隱約暗示。晉景帝、晉文帝即是司馬師與司馬昭，兩兄弟皆曾廢立舊主，改立新皇，所謂「司馬昭之心，路人所知也」。司馬昭早有篡位之心，卻畏於時機與輿論，不敢直接稱帝，需到其子司馬炎才正式奪權。桓溫心中老早就以這兩人為偶像，有類似的盤算。可惜的是，桓溫等得太久，時運也不佳，不僅朝中有賢臣謝安等人與之抗衡，他自身也感染重疾，不久就過世。此後桓家勢力仍存，但規模已不能與桓溫當時相比。

歷久彌新說名句

桓溫所言之「既不能流芳後世，亦不足復遺臭萬載邪?」一言成讖，確實搆不著「流芳後世」，雖有謀逆之嫌，卻倒也還不至於「遺臭萬載」。因為桓溫是歷史上眾多北伐史當中較有功績的案例。桓溫北伐的成功不能不歸諸於他本身勇猛善戰、戰術使用得宜。持平而論，他或許無法純粹地歸於「流芳後世」，但也無法簡單地「遺臭萬載」。事實上歷史中形形色色的人物，即使說「蓋棺論定」，但要區分「非善即惡」也是甚為困難，桓溫即是一例。

我們可以確定的是，桓溫所謂的「流芳後世」

與「遺臭萬載」，後來成為重要典故。這兩詞有時會改寫為「流芳百世」或「遺臭萬年」，甚至縮短為兩字「流芳」、「遺臭」。胡適在一篇〈略談人生觀〉的文章中，提到古代儒家有三不朽：立德、立功、立言。但「究竟一個人要立德，立功，立言到何種程度，我認為範圍必須擴大，因為人的行為無論為善為惡都是不朽的。我國的古語：『流芳百世，遺臭萬年』，便是這個意思。」對於胡適來說，人類的一舉一動都應該向社會、自我負責，一旦有所差錯，便容易對後人有壞的影響，遺臭萬年。

與胡適約同時期的現代作家冰心，則有不同看法。她與友人的一場對話中說：「我想什麼是生命！人生一世，衹是生老病死，便不生老病死，又怎樣？渾渾噩噩，是無味的了，便流芳百世又怎樣？百年之後，誰知道你？千年之後，又誰知道你？人類滅絕了，又誰知道你？」冰心雖只針對「流芳百世」發言，但已足見其對於歷史聲名的態度。事實上，作者的詰問頗具現代性，很符合現代人今朝有酒今朝醉的想法。不過這種末世論就某方面而言，確實不符合儒家教育下的立德、立功、立言，也容易讓人頹廢喪志。

東山之志

名句的誕生

王右軍[1]語劉尹[2]：「故當共推安石。」劉尹曰：「若安石東山志立，當與天下共推之。」

～賞譽第八

完全讀懂名句

1. 王右軍：就是書聖王羲之。
2. 劉尹：就是劉惔，東晉名士，擅清談，曾為丹陽太守，故也稱劉丹陽。

語譯：王右軍告訴劉尹說：「我們一定得共同推舉安石。」劉尹說：「如果安石在東山立志做官，我將和天下的人一同推舉他。」

名句的故事

謝安字安石，曾經在東山隱居，因此後人常以「東山」來指稱他。謝安在當時的士家大族中，是一個很被看好的人物，但是他寧可隱居，也不願出來做官。後來曾因為當時的揚州刺史庾冰的多次請薦，謝安不得不勉強出仕，但過了一個多月便辭官回到東山。直到四十多歲，謝安終究出來擔負國家重任，後人便把謝安重新出來做官稱為「東山再起」。

征西大將軍桓溫，想聘請謝安為司馬，《晉書．謝安傳》裡提到，謝安答應要動身前往江寧任職時，很多人去送他，其中有人說：「卿累違朝旨，高臥東山，諸人每相與言，安石不肯出，將如蒼生何！」意思是說，謝安屢次不願接受官職，寧可在東山遊憩，大家紛紛互相傳述，安石不肯出來作官，天下蒼生該怎麼辦呀！謝安一聽，感到相當慚愧。所以謝安的「東山之志」是指在東山立志，出來為天下百姓做事。

而句中的劉尹就是劉惔，他是謝安的妻舅，在當時享有清談的盛名，而且「為名流所敬重」（《晉書．劉惔傳》）。劉惔倒是比較傾向尊重謝安的決定，除非謝安有做官的心意，否則不打算勉強他。後人則用「東山之志」、「高臥東山」，指稱隱居不仕的志願，跟這個故事的原意，倒是有點出入。

歷久彌新說名句

我們熟知詩仙李白一生不得意於政壇，而他對謝安「東山之志」的欽羨，屢屢在詩詞中顯露。在〈贈常侍御〉中：「安石在東山，無心濟天下。一起振橫流，功成復瀟洒。」李白顯然是一個有政治理想的詩人，期許自己目前的蟄伏，有一天也會像謝安一樣功成名就。然而日復一日，他不斷鼓勵自己：「東山高臥時起來，欲濟蒼生未應晚。」（〈梁園吟〉）事實上，李白並未獲得「東山再起」的機會，當然也沒有救濟天下蒼生的實踐，他的政治抱負始終只是酒酣後的一場夢。

〈四塊玉〉是關漢卿很有意思的一首散曲：「南畝耕，東山臥。世態人情經歷多，閒將往事思量過。賢的是他、愚的是我，爭甚麼！」短短幾句，真真言簡意賅，顯現出作者灑脫的人生態度。清晨起，可以到屋子南邊的田畝去耕作，太陽西下便可休憩。這裡的「東山臥」有兩層意義，第一就是效法謝安隱居不仕的生活態度，第二則是指太陽西下後的閒適，而此時的太陽正在東邊躺臥著，準備明日在東方升起。關漢卿不打算在人情世事上有所爭執，打算持「老子之愚」，淡泊名利、享受人生，而這也是元代許多文人的心願。

夜光之珠，不必出於孟津之河

名句的誕生

蔡洪[1]赴洛，洛中人問曰：「幕府初開[2]，群公辟命[3]，求英奇於仄陋[4]，採賢俊於巖穴[5]。君吳、楚之士，亡國之餘，有何異才而應斯舉？」蔡答曰：「夜光之珠，不必出於孟津之河；盈握之璧，不必采於崑崙之山。大禹生於東夷，文王生於西羌。聖賢所出，何必常處。昔武王伐紂，遷頑民於洛邑，得無諸君是其苗裔[6]乎？」

～言語第二

完全讀懂名句

1. 蔡洪：字叔開，吳郡人，有才辯，初仕於吳。
2. 幕府初開：軍旅出征，施用帳幕，所以將軍府也稱為幕府。幕府初開：新政府剛成立，此處指晉。
3. 辟命：徵召任命。
4. 仄陋：窮鄉僻壤的地方。
5. 巖穴：指賢士隱居的地方。
6. 苗裔：後代子孫。

語譯：蔡洪到洛陽，洛陽的人問他說：「新政府剛成立，各個將帥徵召任命廣求人才，到窮鄉僻壤的地方尋找優秀才俊，到山中探訪隱居的賢士。而你是吳、楚地方亡國的人，有什麼奇才可以響應這個徵召呢？」蔡洪回答說：「發光的夜明珠，不一定要產自孟津之旁的黃河；一手無法掌握的和氏璧，也不一定採自崑崙山上。大禹出生在東夷，文王出生在於西羌。聖者賢人的出身，何必要在固定的地方？從前周武王討伐商紂，把不服從命令的頑民遷徙到洛陽，各位先生大概就是他們的後代子孫吧！

名句的故事

夜光之珠也稱「隋侯之珠」。據《淮南子·覽冥》記載：隋侯是漢東地方姓姬的諸侯。有一天隋侯外出，遇到一條被攔腰砍傷的大蛇，隋侯用藥幫牠裹傷後就放回草叢中去了，後來這條蛇從江中銜來一顆大明珠以報答他的恩情。這顆大明珠能在夜晚放出光亮，像月光普照，可以照亮整個屋子，因此這顆大明珠就叫做「隋侯之珠」，也稱為「明月珠」。

盈握之璧指的是「和氏璧」。據《韓非子·和氏》記載，楚國人卞和在山中發現一塊璞玉，將這塊玉石獻給楚國的厲王、楚王，都被玉匠認定為石頭，因此被砍掉了雙腳，和氏抱著玉石在荊山慟哭了三天三夜，新即位的楚文王派人詢問事情緣由，命工匠將玉石加以琢磨，終於得到舉世無匹的美玉，命名為「和氏璧」。「隋侯之珠」與「和氏璧」是歷史上有名的二寶，所以兩者往往並稱。

歷久彌新說名句

中華文明起源於黃河流域，以中原文化為正統，歷來的經濟、政治和文化重心都在長安、洛陽一帶，至於南方長江、珠江流域的吳、楚等地則被視為蠻夷之鄉。魏晉以後雖因政治動盪、南北分裂造成民族大遷徙，但北方士人對南方人仍有某種程度的輕視，蔡洪早期在吳國任職，所以中原士人視蔡洪為亡國之臣，這種歧視南方人的現象當時普遍存在。

蔡洪面對洛陽人士的刁難，先舉明珠、美玉的產地並沒有一定的地方，比喻徵召人才也不應講求出身高低，接著以出生於荒遠地區的聖賢為例，讓大家無法辯駁，隨後又反問那些視他為「亡國之人」的諸君，莫不是商紂頑民的後代子孫？這樣機智的言詞與咄咄逼人的氣勢，讓眾人啞口無言。

以爾為柱石之臣，莫傾人棟梁

名句的誕生

陸玩[1]拜司空[2]，有人詣[3]之，索美酒，得，便自起，瀉著棟梁柱間地，祝曰：「當今乏才，以爾為柱石之臣[4]，莫傾人棟梁。」玩笑曰：「感卿良箴。」

～規箴第十

完全讀懂名句

1. 陸玩：字士瑤。東晉吳郡吳人。
2. 司空：職官名，三公之一，掌水土營建之事。
3. 詣：拜訪、進見上級或長輩。
4. 柱石之臣：擔負國家重任的大臣。

語譯：陸玩被任命為司空以後，有人前去拜訪他，向他索取好酒。客人拿到酒後便起身到梁柱下，將酒倒在梁柱中間，祝福他說：「如今朝廷缺乏人才，任命你為擔負國家重任的大臣，你千萬不要讓國家的梁柱倒下呀！」陸玩笑著說：「感謝您的箴言。」

名句的故事

陸玩是晉元帝時的丞相參軍，後來因功一再升遷，這句名言就是發生在他官拜司空時；當時，王導、庾亮等大臣，都已經先後去世了。由於陸玩行事風格一直有「器量淹雅」的美譽，對於客人道賀時所說的「傾人棟梁」的玩笑話，教訓他不要讓國家衰敗，陸玩聽後只是很有雅量地笑笑說：「感謝您的箴言。」

這句名言中有兩個重要的詞，第一是「柱石

之臣」、第二是「棟梁」，前後二者的意義其實是相通的。柱石是指支撐屋梁的柱子和柱下的基石，比喻為國家擔負重要任務的大臣；棟梁則是建造房屋的材料，如《莊子》記載：「夫仰而視其細枝，則拳曲而不可以為棟梁。」樹幹所成的木材，不可以細、不可以彎曲，才能夠成為作房子的材料，就是棟梁，後人也比喻為國家擔負重要任務的大臣就是「棟梁之才」。

在當時講究門第社會的前提下，陸玩雖是出身南方望族，卻很謙虛地告訴賓客：「以我為三公，是天下為無人。」意思是說讓我陸玩坐上三公的位置，是因為天下沒有人才了呀！而在陸玩擔任司空的這段期間，很多後生晚輩都受到他的提攜，果然不負為柱石之臣、棟梁之才。

歷久彌新說名句

《世說新語》有幾則故事都有提到「棟梁」。例如〈言語篇〉：「松樹子非不楚楚可憐，但永無棟梁用耳！」松樹苗雖然不是長的楚楚可憐，但恐怕沒有機會成為棟梁了。又如〈賞譽篇〉：「森森如千丈松，雖磊有節目，施之大廈，有棟梁之用。」庾子嵩評論和嶠是一個直挺聳立，好像高有千丈的松樹，雖然上面有很多節，如果把它用在建築高大的房子上，有當作棟梁的用途。這些就是「棟梁之才」、「棟梁之用」的根據。

蜀漢後主時期的一日，孔明宴請將士商討如何與東吳聯合討伐曹魏。卻不料忽然有一陣東北風吹過，把庭前的松樹吹折了。孔明掐指一算，結果竟是要折損一名大將。在場將士並不太相信，卻沒想到此刻趙雲的兒子們前來稟告，趙雲在昨晚病重過世。孔明聽了痛哭說：「子龍身故，國家損一棟梁，去吾一臂也！」果真是折損一名大將。

駑馬有逸足之用，駑牛可以負重致遠

名句的誕生

龐士元至吳[1]，吳人並友之。見陸績[2]、顧劭[3]、全琮[4]，而為之目[5]曰：「陸子所謂駑馬有逸足[6]之用，顧子所謂駑牛可以負重致遠[7]。」或問：「如所目，陸為勝邪？」曰：「駑馬雖精速，能致一人耳。駑牛一日行百里，所致豈一人哉？」吳人無以難。「全子好聲名，似汝南樊子昭[8]。」

～品藻第九

完全讀懂名句

1. 龐士元至吳：龐統字士元，襄陽人。周瑜任南郡太守時，龐統在他手下任功曹，不久周瑜病死，龐統送葬到吳郡。
2. 陸績：字公紀，官至鬱林太守。
3. 顧劭：字孝則，吳郡人，二十七歲為豫章太守。
4. 全琮：字子黃，吳郡人，為大司馬。
5. 目：品評。
6. 逸足：疾足。指步履快速。
7. 負重致遠：背著重物到達很遠的地方。
8. 樊子昭：樊子昭出身於商賈之子，謹守本分。

語譯：龐統到吳郡，吳中人士都和他結交。見到陸績、顧劭、全琮就品評他們說：「陸子就是所謂劣馬，能讓人有步履快速的效用，顧子就是所謂笨牛，可以背著重物到達很遠的地方。」有人問他：「如你所品評的，是陸績比較好嗎？」龐統回答說：「劣馬雖然較為精壯快速，但乘坐的只是一人罷了。笨牛一天走百里路，所負載的又豈只是一個人呢？」吳郡人無法再追問了。他又說：「全子的名聲好，好像汝南的樊子昭。」

名句的故事

龐統品評陸績與顧劭，認為陸績可謂「駑馬有逸足之用」，顧劭則是「駑牛可以負重致遠」。駑，是跑不快的劣馬；雖然以駑馬、駑牛相類比，但又肯定二人「有逸足之用」、「能負重致遠」，所以此處的「駑」字已經不是貶抑之詞。駑馬雖然是跑不快的劣馬，與行動遲緩的笨牛相比，已顯得飛馳神速；但馬的載重能力遠不及牛，奔馳的馬只能乘坐一人，行動緩慢的牛，卻能背負重物到達很遠的地方。

龐統認為陸績個性俊快，而顧劭性情厚重，二人才力雖各有短長，但以實用價值而言，顧劭成事之能力比陸績更勝一籌。其後顧劭為豫章太守，對百姓導之以德政而使教化大行；陸績為鬱林太守，惟專力於著述而已。龐統對兩人的品評，可謂中肯。

歷久彌新說名句

品評人物又稱為人物品藻，在我國起源甚早，而在東漢、三國之際最為風行。品評人物，就是對人物的德性、才能、風采各方面給予評價和議論，當權者也往往以此社會公論作為用人的標準。這種評論會影響到個人的升遷榮辱，所以一般士人都十分注重名譽。

《蜀志．龐統傳》記載，龐統喜歡品評人物，但每次對人物的稱許，大多超過對方的才能，別人覺得奇怪而問他，龐統回：「如今天下大亂，正道衰微，善人少而惡人多，想要振興善良的風俗，增長德業，如果不為這些好人多美言幾句，他們的聲名就不足以讓一般人有慕企之心，那麼願意為善的人就更少了。現在拔舉十人當中可能錯失五人，還有半數，可以推崇世俗的教化，使有志為善者能夠自我勉勵，這樣不是很好嗎？」可見其用心良苦。

窮猿奔林，豈暇擇木

名句的誕生

李弘度[1]常歎不被遇。殷揚州[2]知其家貧，問：「君能屈志百里[3]不？」李答曰：「北門之歎[4]，久已上聞[5]；窮猿[6]奔林，豈暇擇木？」遂授剡縣。

～言語第二

完全讀懂名句

1. 李弘度：李充，字弘度，江夏人。官至大著作、中書郎。
2. 殷揚州：殷浩，字淵源，長平人。官至揚州刺史、中軍將軍。
3. 屈志百里：委屈大才去治理百里的小縣。
4. 北門之歎：《詩．邶風》有北門篇，是致仕而不得志的作品。
5. 上聞：上傳到府君耳內。
6. 窮猿：被獵人緊緊追捕走頭無路的猿猴。

語譯：李充常慨嘆沒有遇到賞識他的人。揚州刺史殷浩知道他家境貧困，問他說：「你能否忍受委屈，去治理方圓百里的小縣嗎？」李充答道：「仕途不得志的情形，上傳到府君您耳內已久；我像走頭無路逃奔森林的猿猴，哪有餘暇去選擇樹木？」殷浩就授予剡縣縣令的職務。

名句的故事

殷浩問李充能否「屈志百里」，方圓百里的

地方，大約是一個縣。「屈志」當一個治理小縣的地方官，可能是殷浩的客套話，但確有許多賢士不屑為之，《漢書．仇覽傳》中，漢代王渙當縣令時就說：「百里豈大賢之路！」而《蜀志．龐統傳》裡，三國時龐統為耒陽縣令，因為不管事而被免職，魯肅寫信給劉備，說「龐士元非百里才也」，得給他更顯要的差使才能「展其驥足」，於是就提拔他和諸葛亮並列為軍師中郎將。真是人生際遇各有不同，怪不得李充會有「北門之嘆」。

對於去治理一個小縣邑，李充的回答是：「窮猿奔林，豈暇擇木」，指被獵人追捕走頭無路而逃奔森林的猿猴，哪有餘暇去選擇樹木。表示自己已經窮途末路，急於尋找任何可以安身的地方，當然也就接受了剡縣縣令的職務。

歷久彌新說名句

歷來在集權政治體系下，求官任職往往沒有什麼選擇的自由。宋代蘇軾離開黃州的時候，朋友勸他長住在揚州，他說：「非不知揚州之美，窮猿投林，不暇擇木也。」（〈與王定國書〉），因為他將派駐何處，須經皇帝同意，不是他自己能決定的。不過，「不暇擇木」至少還有個棲身之地，唐代杜甫的〈寄杜位〉詩中說：「寒日經簷短，窮猿失木悲。」指自己流離失所，連安身之處都沒有了，比較起來景況更堪憐。

並不是所有的文士都是「窮不擇處，若窮猿投林」，孔子一生周遊列國，就是非良木不肯棲，寧可「道不行，乘桴浮於海」，並且說：「鳥則擇木，木豈能擇鳥。」這句話是比喻賢者擇主而事的意思。後來《三國演義．第十四回》中，滿寵勸徐晃投效曹操，就說：「豈不聞『良禽擇木而棲，賢臣擇主而事？』遇可事之主，而交臂失之，非丈夫也。」遇到好的時機，就要好好把握，否則，「窮猿奔林，豈暇擇木」，屆時就由不得自己了。

罪同胥靡，不能發明王之夢

名句的誕生

孔融曰：「禰衡[1]罪同胥靡[2]，不能發明王之夢。」魏武[3]慚而赦之。

～雅量第六

完全讀懂名句

1. 禰衡：字正平，東漢平原人。
2. 胥靡：古代服勞役的囚犯。
3. 魏武：指曹操。

語譯：孔融說：「禰衡的罪就像殷商時代的胥靡一樣的輕，都是無法使聖君懷抱成為一個賢明君王的夢想呀！」曹操聽了之後感到慚愧，便赦免了禰衡。

名句的故事

禰衡是一個出了名心高氣傲的文人，卻與孔融異常投緣，兩人有「仲尼不死，顏回復生」的美譽。孔融也因為賞識禰衡的才華，所以曹操請孔融招降劉表時，孔融立刻推薦禰衡。

或許真是個性使然，禰衡居然將曹操的文臣武將都貶的一文不值。曹操便質問他有什麼才能，禰衡表示，天文地理無所不懂，豈和俗夫相提並論？這當然不對曹操的脾胃，所以曹操便藉機羞辱他，派他擔任鼓吏一職。

曹操這一計反給自己帶來更大的難堪，禰衡不顧一切上演「擊鼓罵曹」，數落曹操不識他這個比孔融才能高上十倍的人！在座的孔融機警地說出：「禰衡罪同胥靡，不能發明王之夢。」孔融用的典故，是殷商時期曾經淪落為囚犯的傅說，後來因為殷高宗的尋訪而致布衣宰相，也促成殷商的繁榮昌盛。

話說孔融出聲，當下曹操只好忍痛放過禰衡，卻使出借刀殺人之計，讓禰衡前往荊州勸降劉表。到了襄陽之後，劉表也不喜歡禰衡，便請他去江夏見黃祖。在雙雙都喝醉酒的情況下，黃祖問禰衡對他的評價，禰衡毫不掩飾地說：「你就像廟裡面的神像，雖然受到眾人的祭祀，只是一點都不靈驗！」黃祖大怒，殺了禰衡。據說，禰衡到死之前，都還是不斷狂傲罵人。

歷久彌新說名句

「胥靡」是古代對於服勞役囚犯的一種稱呼，他們被用繩索綁著強制勞動，主要是進行築城的工作。最早在《史記．殷本紀》記載了一則故事，殷高宗繼位之後遲遲未能等到聖人出來輔佐國政，卻在一次夢中看到一位賢人。殷高宗醒來之後，便下令根據夢境開始尋找，最後在傅險這個地方找到了一位築城的囚犯，名字叫做「說」。殷高宗便與說談論國是，發現他具備了治國的才能，就封他為宰相，殷商也得以大治。

「胥靡」基本上就是一種刑責，《莊子》記載：「胥靡登高而不懼，遺死生也。」服勞役的囚犯之所以敢爬到高處築城牆而不怕死，是因為已經拋開生死的問題了。而還有另一種人也將生死置之度外，那就是宦官。宦官是中國專制政治下的特殊產物，是專門伺候皇族的家臣。

《魏書．閹官列傳》記載：「石顯、張讓所以翦二京也，豈非形質既虧，生命易忽，譬之胥靡，不懼登高。」堂堂男子之軀，誰願意接受宮刑成為宦官呢？因此宦官嗔恨、殺戮的心態，也比一般人更為激烈，所以才會出現石顯、張讓這樣的宦官，居然帶頭屠殺皇城。就像胥靡一樣，他們哪怕登高？因為生死對他們已無差別了！

風景不殊，舉目有山河之異

名句的誕生

過江諸人[1]，每至暇日，輒相邀出新亭[2]，藉卉[3]飲宴。周侯[4]中坐而歎曰：「風景不殊，舉目有山河之異！」

～言語第二

完全讀懂名句

1. 過江諸人：指晉朝渡江南下的達官貴人。
2. 新亭：地名，位於江蘇省江寧縣南，東晉名士常遊宴於此。
3. 藉卉：坐在草地上。
4. 周侯：指周顗。

語譯：晉室渡江南下的貴人，只要遇到合適的日子，每每相約到新亭，坐在草地上飲酒作樂。有一次周顗突然在席中嘆氣：「這兒的風景沒有什麼不同，抬眼望去，山河卻已經變樣。」

名句的故事

晉室渡江南下，是因為已經無法抵擋來自北方外族強大的威脅。晉元帝江左立國，史謂東晉的開始，而當時護主有功的王導權傾朝野。「新亭」則是一個地名，位於江蘇省江寧縣，是在三國時代孫吳所建立的一個重要的軍事基地，後來東晉的名士常常在此遊宴。就像往常一樣，新亭聚會時難免想起山河變異的窘境，就在大家紛紛感傷落淚時，有領袖之姿的王導起身鼓勵說：「當共戮力王室，克服神州，何至作楚囚相對泣邪！」王導提醒大家，何必像被判刑的囚犯一樣相對哭泣呢？頓時世家大族收起消極的情緒，加強對東晉政權的向心力。楚囚就是囚犯、戰俘，「楚囚對泣」或「楚囚相對」被後人用來比喻陷於困境時，如囚犯相對哭泣、無計可施的樣子。

而句中周顗所說的「江河之異」是指長江和洛水的區別。洛水在魏晉時期是名士們聚會酒酣、高論清談的地點，從洛水邊轉移到長江邊，意味著當年盛況已不復再呀！後人便以「新亭淚」或「新亭對泣」，比喻對國家前途的憂傷。

歷久彌新說名句

清朝的「甲午戰爭」是中國國力被外人看穿的一大轉捩點，「馬關條約」也開啟中外不平等條約的大門，當時有識之士譚嗣同便感嘆：「風景不殊，山河頓異，城郭猶是，人民復非。」所以他將自己習得的西方新學，結合中國傳統政治思想，並與康有為、梁啟超等人聯合起來，促使光緒皇帝進行「戊戌變法」。雖然變法僅維持百日，就被慈禧太后推翻，但創立學會、興辦學堂、開設報館等等作為，卻是中國邁向現代化的重要歷程。

在《台灣文獻叢刊．臺灣遊記》裡，記載了張遵旭擔任福建省長所派代表到台灣參遊的經歷，在〈臺灣遊記〉中談到遊訪紀念明朝將領鄭成功的延平郡王祠時，眼見「東西兩廡安置延平王部將百十四人之神位，皆明時殉難諸烈士也」，不禁肅然起敬。放眼望去延平郡王祠遺留的明朝風格，他也疾書「大有風景不殊、舉目山河之感」，因為當時的台灣因為馬關條約已割地給日本了呀！

中文經典100句01

台灣師範大學國文系 季旭昇 教授　總策畫
文心工作室　編著
定價 二〇〇元

愛之欲其生，惡之欲其死

【名句的誕生】

子曰：「主忠信，徙義，崇德也。愛之欲其生，惡之欲其死；既欲其生，又欲其死，是惑也。」

～《論語‧顏淵‧十》

【完全讀懂名句】

孔子說：「親近忠信的人，讓自己趨近於道義，就是提高品德。喜歡一個人時，就希望他好好活著；厭惡一個人時，便希望他快快死去，既要他活著，又要他死去，這就是迷惑。」

【名句的故事】

孔子在衛國期間，曾發生一樁駭人聽聞大事，即衛國太子蒯聵刺殺生母南子，形跡敗露後，蒯聵逃到宋國。這之間是怎樣巨大的愛恨糾葛？

【歷久彌新說名句】

張愛玲說：「生得相親，死亦無恨。」應可作為她情感的註腳。只是時事更迭，她絕口不提過往的一切。德國劇作家布萊希特在〈頌愛人〉中，也描寫出愛惡的矛盾：「當時她見我就生氣，但愛我仍堅定不移。」既愛又恨，人類的情感令人疑惑啊！

《蘋果日報》總主筆卜大中、臺北大學中國語文學系副教授 馬寶蓮 強力推薦

中文經典100句 02

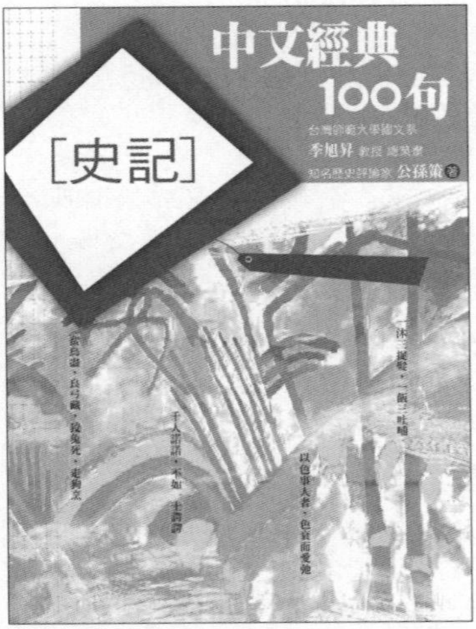

台灣師範大學國文系 季旭昇 教授　總策畫
公孫策 著
定價 二〇〇元　特惠價 一二九 元

以色事人者，色衰而愛弛

【名句的誕生】

韋因使其姊說夫人曰：「吾聞之，以色事人者，色衰而愛弛。……」

～漢・司馬遷《史記・呂不韋列傳》

【完全讀懂名句】

呂不韋請華陽夫人的姊姊對夫人說：「我聽說，以美貌事奉人者，一旦年華逝去，美貌衰退，寵愛也就消失了。……」

【名句的故事】

敘述眼光獨到、手腕高明的呂不韋，如何打動秦太子寵姬華陽夫人的心，讓子楚繼位為王，而自己成為權傾一時的宰相，以及秦國雄霸天下整個過程中最具關鍵性的那一幕與那一句話。

【歷久彌新說名句】

現代社會中，誰是「以色（藝）事人者」，你能體會他們「色衰而愛弛」的危機意識嗎？

【名句可以這樣用】

教你如何引經據典，名句脫口出，下筆有如神，國語文能力讓人刮目相看！

北市明湖國中校長 朱桂芳、小說家廖輝英、作家、媒體人 蔡詩萍 強力推薦

中文經典100句 03

台灣師範大學國文系 季旭昇 教授　總策畫
文心工作室 編著
定價 二四〇元

落霞與孤鶩齊飛，秋水共長天一色

【名句的誕生】

落霞與孤鶩齊飛，秋水共長天一色。

～唐・王勃〈滕王閣序〉

【完全讀懂名句】

天邊落霞與江上孤鶩一同飛舞，碧綠秋水和蔚藍長天相映成趣。

【文章背景小常識】

〈滕王閣序〉的作者王勃的父親王福被貶至交趾擔任縣令，這篇文章就是王勃到交趾省親時，途中經過南昌，正趕上都督閻伯嶼新修滕王閣成，重陽日在滕王閣大宴賓客，王勃在席間寫成的。

【名句的故事】

在滕王閣大宴賓客的閻都督原是要向大家誇耀自己女婿的才學，宴會中，閻都督假意請大家為滕王閣作序，王勃竟然不推辭，還接過紙筆，當眾揮筆而書。閻都督老大不高興，拂衣離席，後來才打發人去看王勃寫些什麼。起先只覺老生常談，但聽到「落霞與孤鶩齊飛，秋水共長天一色」，都督不得不歎服道：「此真天才，當垂不朽！」

【歷久彌新說名句】

社會新聞的家庭暴力事件常可見「拳腳與棍棒齊飛，汗水共淚水一色」的消息；娛樂新聞則來個「那英與群英齊飛，星光共星島一色」。

名作家、建中資深國文教師 陳美儒、淡江大學中文系教授 曾昭旭 強力推薦

中文經典100句 04

台灣師範大學國文系 季旭昇 教授　總策畫
文心工作室 編著
定價 二四〇元

以五十步笑百步，則何如？

【名句的誕生】

填然鼓之，兵刃既接，棄甲曳兵而走。或百步而後止，或五十步而後止。以五十步笑百步，則何如？

～梁惠王章句上

【完全讀懂名句】

戰場上擊戰鼓要求進攻，可才與敵軍剛一接觸，士兵們就紛紛扔掉鎧甲、拖著武器倉惶失措地開始逃跑，有的人跑了百步後停了下來，有的人則跑了五十步就停下來。若這時，跑五十步的笑話跑百步的，算是怎麼樣的一個情形呢？

【名句的故事】

「五十步笑百步」這個現今極為知名的典故，其實最早始自孟子，它的產生原由緣自於孟子所講述的一則寓言故事。孟子巧妙地以戰爭來做為比喻，表明人們看事物應當看到事物的本質與全局，不能只看表面和局部，因為雖然故事中跑五十步者沒有跑百步者逃得遠，但卻同樣都是畏戰而逃。

【歷久彌新說名句】

「五十步笑百步」與閩南俗諺中的「龜笑鱉無尾」有著異曲同工之妙，都是用來諷刺只看得到別人所犯錯誤，卻對自己所犯錯誤視而不見的人。在英語之中也有個類似的諺語「pot calling the kettle black」（鍋嫌壺黑），也是相同的意思。

臺北大學中國語文學系副教授 馬寶蓮 強力推薦

國家圖書館出版品預行編目資料

中文經典100句——世說新語 / 文心工作室　編著.
-- 初版. --臺北市 : 商周出版 : 家庭傳媒城邦分公司發行, 2006[民95]
面：　　公分.--（中文經典100句；9）

ISBN 986-124-654-1（平裝）

857.1351　　95007060

中文經典100句09
世說新語

作　　者／文心工作室
（翁淑玲、胡雲薇、黃淑貞、劉素梅、劉彥彬）
副總編輯／楊如玉
責任編輯／吳心惠
發 行 人／何飛鵬
法律顧問／中天國際法律事務所周奇杉律師
出 版 者／商周出版
城邦文化事業股份有限公司
台北市104民生東路二段141號9樓
電話：(02) 25007008　傳眞：(02)25007759
E-mail：bwp.service@cite.com.tw
發　　行／英屬蓋曼群島商家庭傳媒股份有限公司城邦分公司
台北市中山區104民生東路二段141號2樓
書虫客服服務專線：02-25007718・02-25007719
24小時傳眞服務：02-25001990・02-25001991
服務時間：週一至週五09:30-12:00・13:30-17:00
郵撥帳號：19863813　戶名：書虫股份有限公司
讀者服務信箱E-mail：service@readingclub.com.tw
歡迎光臨城邦讀書花園　網址：www.cite.com.tw
香港發行所／城邦（香港）出版集團有限公司
香港灣仔軒尼詩道235號3樓　網址：hkcite@biznetvigator.com
電話：（852）25086231 傳眞：（852）25789337
馬新發行所／城邦(馬新)出版集團 Cite (M) Sdn. Bhd.
41, Jalan Radin Anum, Bandar Baru Sri Petaling,
57000 Kuala Lumpur, Malaysia.
Tel:(603)90578822 Fax:(603)90576622 Email: cite@cite.com.my

封面設計／徐璽
電腦排版／冠玫電腦排版股份有限公司
印　　刷／韋懋實業有限公司
總 經 銷／高見文化行銷股份有限公司
電話：(02)2668-9005　傳眞：(02)2668-9790　客服專線：0800-055-365

■2006年05月03日初版　printed in Taiwan
■2013年06月14日初版13刷
定價200元
 ISBN 986-124-654-1